古典文獻研究輯刊

初　編

曾永義　主編

第12冊

《西遊記》中韻文的運用

許麗芳　著

《三言》中的婚姻與戀愛

蔡蕙如　著

國家圖書館出版品預行編目資料

《西遊記》中韻文的運用 許麗芳 著／《三言》中的婚姻與戀
愛 蔡蕙如 著—— 初版 —— 台北縣永和市：花木蘭文化出版社，
2010〔民 99〕
目 2+114 面／目 2+108 面：19×26 公分
（古典文學研究輯刊 初編：第 12 冊）
ISBN：978-986-254-375-7（精裝）
1. 西遊記 2. 章回小説 3. 研究考訂
857.47 99018483

古典文學研究輯刊
初 編 第十二冊　　　　　　　ISBN：978-986-254-375-7

《西遊記》中韻文的運用
《三言》中的婚姻與戀愛

作　　者	許麗芳／蔡蕙如
主　　編	曾永義
總 編 輯	杜潔祥
出　　版	花木蘭文化出版社
發 行 所	花木蘭文化出版社
發 行 人	高小娟
聯絡地址	台北縣永和市中正路五九五號七樓之三
	電話：02-2923-1455／傳眞：02-2923-1452
網　　址	http://www.huamulan.tw 信箱 sut81518@ms59.hinet.net
印　　刷	普羅文化出版廣告事業
初　　版	2010 年 9 月
定　　價	初編 28 冊（精裝）新台幣 45,000 元

《西遊記》中韻文的運用

許麗芳　著

作者簡介

許麗芳，1968 年生，台灣基隆人。中山大學中文系博士（1997），台灣大學中文所碩士（1993）。日本長崎大學環境科學部（文化環境）客員研究員（2005--2006）、日本東北大學中國文學研究室客員研究員（2009.1 － 2009.2），現任彰化師範大學國文系教授，主要研究領域為中國古典小說。著有《歷史的書寫與想像：以三國演義與水滸傳的敘事為例》（2007）、《古典短篇小說之韻文》（2001）與《傳統書寫之特質與認知：以明清小說撰者自序為考察中心》（2000），並發表多篇相關單篇論文。

提　要

　　本書以百回本《西遊記》中的韻文運用為研究中心，分析韻文於小說中的各種敘事功能與特徵。

　　百回本《西遊記》經由唐宋兩代通俗文學的累積，不僅在故事上包羅各類史實傳說，在形式上更是承繼以往，進而發揚光大。除了收集既有的相關故事片斷、殘存話本、另結合民間其它傳說，在民間集體創作的基礎上運用了個人想像鋪陳而完成，其間最明顯的書寫現象即各式韻文的大量運用。《西遊記》之內容與形式雖相當程度沿襲傳統，但敘事中卻夾雜大量詩詞歌賦，形成明顯的形式特徵，也凸顯相關的文史價值意識。

　　《西遊記》作者並非單純沿用這些韻文，而是另出新意，藉以描寫山川景物、刻劃人物、塑造場面或暗示情節發展、賦予寓意等，並於其中展現綜述情節與個人評價，韻散夾雜的形式使行文豐富活潑，也呈現了章回小說敘事的多樣面貌。《西遊記》作者運用了各種韻文類型，包括詩、詞、賦與對句等，這種現象所透露之意義、所具有之敘事功用及對整部作品整體面貌之影響等，皆有探討價值。

目

次

第一章 緒 論

第一節 唐、宋的說唱文學

　　「小說」一詞很早即出現於古籍〔註1〕《漢書藝文志》:「小說家者流,蓋出於稗官,街談巷語,道聽途說者之所造也」〔註2〕。所指小說,應是瑣碎之言或野史雜記之類,既不符後來所謂小說的形式,更無成熟小說技巧可言。及至唐朝,小說由以往的叢殘小語進至細緻描寫、曲折情節及完整藝術結構,〔註3〕傳奇即為一例。又因盛極一時的唐變文俗講及宋元說話的影響,小說的技巧更趨豐富成熟,無論人物言行、性格、情節舖述各方面皆極力著墨,也開始重視景物與細節描寫。明清小說不僅套用說書人的說書技巧,也運用正史中的多重焦點敘述法或列傳形式。中國長篇小說實際採用的語文媒體乃混合文言與市井俗話而成,書中一些既有的套語形式實為作者有意的手法,以製造反語或距離等效果。〔註4〕經由唐宋兩代通俗文學的累積,《西遊記》不僅在故事上包羅各類史實傳說,在形式上更是承繼以往,進而發揚光大。

一、唐代的俗講與變文

　　如前所述,話本一詞與宋元兩代盛行的說話有關,而這種民間田講唱活

〔註1〕 《莊子》〈外物〉:「飾小說以干縣令,其於大達亦遠矣。」但此處的小說並非文學作品,而是與大道相對的小道小技,即細碎之言。
〔註2〕 班固,《漢書》〈藝文志〉(台北:鼎文,1986),頁 1745。
〔註3〕 賈文仁,《古典小說大觀園》(台北:丹青,1983),頁 5-6。
〔註4〕 蒲安迪,〈中西長篇小說文類之重探〉,收於《中西比較文學論叢》(台北:時報,1986),頁 175 及 179。

動實際上又可回溯至唐代的俗講與變文。俗講本為宣揚佛教的方，故多於寺中。慧皎《高僧傳》：

> 昔佛法初傳，於時齊集，止宣唱佛名，依文教禮。〔註5〕

其內容本為宣揚佛教，但為配合大眾需要，漸趨通俗化及故事化：

> 談無常則令心形戰慄，語地獄則使怖淚交零，徵昔因則如見往業，
> 覈當果則已示來報，談怡樂則情抱暢悅，敘哀戚則洒淚含酸。〔註6〕

這種精彩的演義經文自是吸引愚夫冶婦，樂聞其說，「聽者填咽寺舍，瞻禮崇拜」的盛況也不足為奇了，成為風行的民間活動，甚至王公貴族亦加入聽講行列。〔註7〕

也由於其漸趨大眾化的發展，不僅講唱的題材擴大，講唱的地點由寺院走向民間，而講唱者也由當初的僧侶漸轉變為民間其他人士了，成為民間文學。這些為了演義佛經經文或故事而來的文字記載，即統稱「變文」，為一種韻散合體的講唱文體。韻文部分有七言、六言、五言三言甚至十言不等，此種韻散夾雜的句法一向被視為白話小說的起源，〔註8〕有的先以散文敘述，後以韻文重複，有的則以散文部分作引起，而以韻文詳細敘述。同時，其開始與結束也有經文或勸人之詩，如「欲問若有如此事，經題名目唱將來」及「今日為君宣此事，明朝早來聽真經」等，已具有後世章回小說形式的雛型，如《西游記》中的回首韻文與回末對句等，實可視為變文形式的殘留。

二、宋代的說話活動

變文的產生亦影響了包含議論、詩筆、史才的唐傳奇，〔註9〕及其他如鼓子詞、寶卷等，更影響了盛行宋代的說書。說書的盛行有其社會因素，《東京夢華錄》記有北宋時汴梁的太平盛景：

> 太平日久，人物繁阜，垂髫之童，但習鼓舞；斑白之老，不識干戈。
> 時節相次，各有觀賞；燈宵月夕，雪際花時，乞巧登高，教池遊苑……

〔註5〕慧皎，《高僧傳》初集，下冊卷十五（台北：臺灣印經處，1958），頁376。
〔註6〕慧皎，《高僧傳》初集，下冊卷十五，頁377。
〔註7〕如蘇鶚《杜陽雜編》中載有懿宗敬天竺教，製二高座，一日講座，一日唱經座，見《筆記小說大觀》第二十一編，頁599。
〔註8〕Richard E. Strassbers 著，張芬齡譯，〈敦煌所發現的佛教講唱文〉，收於《中國文學論著譯叢》下冊（台北：學生，1985），頁828。
〔註9〕尉天驄，〈唐代的俗講與變文〉，《幼獅學誌》五卷一期（1966），頁21。

青樓畫閣，繡戶珠簾，雕車……寶馬……新聲巧笑……，按管調
玄……，八荒爭湊，萬國咸通。集四海之珍奇，皆歸市易；會寰區
之異味，悉再庖廚。〔註10〕

此段記載詳細說明了宋朝君民的生活活動，也由此可見當時的繁華豪奢，在
不識干戈歌舞昇平的太平盛世裏，自是容易產生豐富的瓦舍伎藝，說話也從
中得到良好的發展。《都城紀勝》中〈瓦舍眾伎〉條下記載：

說話有四家：一者小說，謂之銀字兒，如煙粉；靈怪；傳奇；說公
案，皆事搏刀趕棒及發跡變態之事；說鐵騎兒，謂士馬金鼓之事。
說經，謂演說佛書。說參請，謂賓主參禪悟道等事。講史書，講說
前代書史文傳興廢戰爭之事。〔註11〕

由此一記載可看出宋代說話種類之多及發達程度，且其中仍有說佛經一項，
可證說話乃唐代俗講變文的延續，並由此擴大發展。此外，在說話盛行之際，
說話人的角色亦值得考慮。有關說話人的記載，如《武林舊事》〈諸色伎藝人〉
條所述，共分「演史」、「說經」、「小說」、「說諢話」、「商謎」及「合笙」六
類共一百零六人，可見當時瓦舍諸伎藝之繁盛，同時，在說經方面，說者多
爲僧尼，亦可見說話與唐俗講之關係。

至於說話人的技巧，蘇軾《東坡志林》卷一曾如是記載：

王彭嘗云：塗巷小兒薄劣，其家所厭苦，輒與錢令聽古話。至說三
國者，聞劉玄德敗，顰蹙有出涕者；聞曹操敗，即喜唱快。〔註12〕

《醉翁談錄》的〈小說開闢〉亦提及：

國賊懷奸從佞，遣愚夫等輩生嗔；說忠臣負屈銜冤，鐵石心腸也須
下淚。講鬼怪令羽士心寒膽戰，論閨怨遣佳人綠慘紅愁。說人頭廝
挺，令羽士快心；言兩陣對圓，使雄夫壯志。

談呂相青雲得路，遣才人著意群書；演霜林白日升天，教隱士如初
學道。瞳發跡話，使寒門發憤；講負心底，令奸漢包羞，講論處不
滯搭不絮煩，敷演處有規模、有收拾。冷淡處提掇得有家數，熱鬧
處敷演得越久長。曰得詞，唸得詩，說的話，使得砌。言無訛舛，

〔註10〕孟元老，《東京夢華錄》序，收於《筆記小說大觀》第九編第五冊，頁3189。

〔註11〕耐得翁，《都城紀勝》，收於《西湖老人繁勝錄三種》（臺北：文海，1981），
　　　　頁82。

〔註12〕《東坡志林》（臺北：木鐸，1982）卷一〈懷古〉塗巷小兒聽說三國語，頁7。

遺高士善口讚揚；事有源流，使才人怡神嗟訝。〔註13〕
由此可見說話人所具的豐富材料、廣泛技巧及強烈感染力，且說話藝術亦未
達高度水準，而在瓦會眾技藝的發達及諸藝人的各有所長，各項民間說唱活
動自然亦有所競爭，如「講史者最畏小說人，蓋小說者能講一朝一代故事，
頃刻聞捏合」〔註14〕，此一記載說明了小說家的技巧具競爭性外，講史與小
說篇幅的長短不同也影響聽眾的選擇，為一種商業考量。說話人也因利益故
無不出奇制勝，盡顯才學，「各運匠心，隨時生發了」。〔註15〕

　　為求演出時有最大最佳效果，說話人自是接受過訓練，且多為師徒相傳，
《醉翁談錄》〈小說開闢〉：

> 夫小說者，雖為末學，尤務多聞。非庸常淺識之流，有博覽該通之理。
> 幼習《太平廣記》，長攻歷代史書、煙粉奇傳、素蘊胸次之問；風月須
> 知，只在唇吻之上。《夷堅志》無有不覽，《琇瑩集》所載皆通。動哨
> 中哨，莫非《東山笑林》；引悼底悼，須還《綠窗新話》。論才詞有歐、
> 蘇、黃、陳佳句；說古詩是李、杜、韓、柳篇章。舉斷模按師表規模，
> 靠敷演令看官清耳。只憑三寸舌，褒貶是非；略噀萬餘言，講論古今。
> 說收拾尋常有百萬套，談話頭動輒是數千回。說重門不掩底相思，談
> 閨閣難藏底密恨。辨草木山川之物類，分州軍縣鎮之程途。講歷代年
> 載廢興，記歲月英雄文武。有靈怪、煙粉、傳奇、公案，兼樸刀、杆
> 棒、妖術、神仙。自然使席上風生，不枉教坐間星拱。〔註16〕

說書人的訓練與經驗的累積也來自其他說書人及觀眾，除了一己的努力或看
法外，還必須考量他人經驗是否有可取處，同時，聽眾的意見亦極為重要，
他們有時也能指出說書人未發現的錯誤。〔註17〕因此，為得致聽眾的最大迴
響，說書人的訓練與刻意經營心態可見一斑。此本為商業考量，卻也因而造
成藝術上的成就。在說書者與聽眾的互動下，說話人既從舊有書籍找材料，
也採用一些志怪傳奇，又挖掘生活中的大小事件或詼諧口語等民間傳說進行
改編創造。話本也因而歷經補充增添，成為民間的集體創作，為日後的各式
小說藝術成就奠基。百回本《西遊記》的產生亦是經由如此的背景，由其內

〔註13〕 羅燁，《醉翁談錄》〈小說開闢〉（台北：世界，1958），頁6。
〔註14〕 吳自牧，《夢梁錄》，文海書局知不足齋本，頁566。
〔註15〕 魯迅，《中國小說史略》卷十二（台北：明倫，1969），頁115。
〔註16〕 羅燁，《醉翁談錄》〈小說開闢〉，頁6。
〔註17〕 Glan Dudbridge, *The His-yu Chi*,（London: Cambridge UP, 1971），pp4.

容及形式可見上述各項因素的影響。

三、話本的形式

說話產生了話本，即說話人的底本，此乃通稱，講史者一般稱爲平話。話本的特徵除有前述類似變文的入話、散場詩外，形式上亦採用了韻散夾用；於散文講述之後以「正是」、「卻是」等引起韻文亦頗類變文的「若爲」、「若爲陳述」，而「有詩爲證」也如同變文的「詩云」、「詩曰」，又如變文中亦有如此的收場言詞：「今日爲君宣此事，明朝早來聽眞經」，可見已有分段現象。及至話本，如《大唐三藏取經詩話》共分十七回，此種表現方式可謂後來章回小說的雛型，所謂「欲知後事如何，且聽下回分解」。而變文中華麗的修辭亦於說話中重現，在山水、人物、戰爭等常有華麗的表現。〔註18〕這些現象證諸於百回本《西遊記》，在韻文使用上幾乎完全相同，其中亦有「詩云」、「正是」之類，至於山川風景的描繪，更是《西遊記》的一大特色。

另外，以《大唐三藏取經詩話》爲例，此乃中雜詩詞的話本，講的是三藏取經故事，故應算是「說經」、「說參請」之類的話本，可視爲唐變文的直接後裔，形式上有許多相似之處，如變文在一般唱詞之前的「若爲陳說」的套語，即標明以唱詞描寫部分，而取經詩話大部分標題下亦有一「處」字，取經詩話中的人物亦多言詩，如（「行程遇猴行者處第二結尾」），亦與敦煌寫卷中如《伍子胥變文》、《蘇武李陵執別詞》等性質類似，均可視爲變文形式的遺跡，〔註19〕《西遊記》承取經詩話而來，形式上的類似自是合理。

第二節　百回本《西遊記》的故事淵源及特殊形式

儘管百回本《西遊記》故事來源及作者問題至今迭有爭議，然現存的《西遊記》是由史實、民間傳說再加上文人的整理而成，則明顯爲事實。

一、《西遊記》故事來源略述

有關西天取經的史實記載除見諸《舊唐書》卷一九一外，亦有由玄奘口

〔註18〕 李本燿，《宋元明話本研究》，《師大國文研究所集刊》第 18 號（1974），頁 14～17。

〔註19〕 程毅中，《宋元話本》（台北：木鐸，1983），頁 38～39。

述，其弟子辯機筆錄的《大唐西域記》，二書所載者與《西遊記》的情節無甚關連，至慧立著《大唐慈恩寺三藏法師傳》，則已帶有宗教神秘氣氛。〔註20〕慧立記述玄奘取經事蹟相當生動詳細，因其為佛教徒，且取經故事關乎教譽，故其中多夾雜神奇靈異事，〔註21〕頗具宗教神秘氣氛，也因而形成民間傳說的最佳條件。〔註22〕同時，這些記載形成日後《西遊記》中各項妖魔災難的雛形。至此，取經故事開始以帶有神話化的面貌流傳民間。取經事蹟既成為民間傳奇，除有愈傳愈奇，愈離史實的趨勢外，亦有愈傳愈廣的可能。據歐陽修《于役志》的記載，取經故事甚至已成壁畫素材，〔註23〕雖不知壁畫內容是否神話化，但可見其流傳之遠。至於先把玄奘西遊故事完全神話化，並寫成小說的，應是明代楊志和的《西遊記傳》，內容已具百回本《西遊記》規模。〔註24〕

　　上述為有關西天取經的史實記載與後來演變，多少與《西遊記》本事相關，然而，《大唐三藏取經詩話》與〈魏徵夢斬逕河龍〉故事卻與百回本《西遊記》最為相關。《大唐三藏取經詩話》於民國四年由羅振玉及王國維在日本發現，〔註25〕〔註25〕並影印發行。此書上中下凡三卷，共分十七章，然第一章已佚，每章皆有題目，頗類後世小說之回目，且書中有詩有話，故名為《詩話》。趙聰以為，詩句的形式應是由唐代俗講及變文演變而來。〔註26〕

　　由《詩話》回目可知，取經故事演變至此，其情節已完全脫離玄奘取經史實，而為神話了。〔註27〕在詩話中隱然已有後來百回本《西遊記》的若干人物或情節，如猴行者與深沙神（即沙僧）的出現、途中所遇的妖魔災難，

〔註20〕　慧立，《大唐三藏法師傳》（台北：台灣印經處，1956），頁16～17。

〔註21〕　胡光舟，〈西遊記故事的演變及西遊記的成書〉，收於《吳承恩與西遊記》（台北：木鐸，1983），頁64。

〔註22〕　趙聰，《中國四大小說》（香港：友聯，1964），頁145。

〔註23〕　歐陽修，《于役志》，見《歐陽修全集》卷五（台北：華正，1975），頁80。

〔註24〕　吳雙翼，《明清小說講話》（台北：木鐸，1983），頁37。

〔註25〕　胡適，〈西遊記考證〉，收於《胡適作品集》第十（台北：遠流，1986），頁45。

〔註26〕　趙聰，《中國四大小說》，頁146。

〔註27〕　《取經詩話》之回目為：第一（缺），行程遇猴行者處第二，入大梵天王宮第三，入香寺四第四，過獅子林及樹人國第五，過長坑大蛇嶺處第六，入九龍池處第七，遇深沙神第八，入鬼子母國處第九，經過女人國處第十，入王母池之處第十一，入沉香國處第十二，入波羅國處第十三，入優缽羅國處第十四，天竺國度海之處第十五，轉至香林寺受《心經》第十六，到陝西王長者妻殺兒處第十七。

均爲後來《西遊記》所據並加以增飾或改編，在回目的處理上，《詩話》乃單句，而小說《西遊記》則已形成對句式，亦屬特別的文章結構。《詩話》的出現證明了取經故事從晚唐至南宋已成爲具神話性的民間傳說，南宋劉克莊之「取經煩猴行者，吟詩輸鶴阿師」〔註28〕可資佐證。《取經詩話》可視爲《西遊記》故事的主幹，但就殘存章節觀之，其中並未有玄奘出世及太宗入冥等情節，與此二者相關的則屬〈魏徵夢斬涇河龍〉故事，見於《永樂大典》卷一三一三九「送」字韻中，「夢」條文註，〔註29〕引書標題〈西遊記〉，與《西遊記》第十回故事相似。就此殘文觀之，與百回西遊記第九回「袁守誠妙算無私曲，老龍王拙計犯天條」可謂息息相關，只是《西遊記》作者將故事擴充更動，如本爲兩漁翁的對話變爲漁樵問答，衍生出十首聯對。同時，另外的情節如太宗入冥，秦叔寶、尉遲敬德爲門神等亦爲民間傳說，而涇河龍王犯天條的相類故事，亦見於《太平廣記》卷四一八引《續玄怪錄》，〔註30〕敘代龍王行雨的李靖因誤下雨，致龍王母子受天譴。而太宗入冥事，則見於唐人張鷟《朝野僉載》。

　　民間傳說中有關取經故事的，尚有如陶宗儀《輟耕錄》卷二五「院本名目」條下「和尚家門」中有一唐三藏，然僅存名目。〔註31〕又有元人雜劇《唐三奘西天取經》、《二郎神鎖齊天大聖》。〔註32〕在雜劇中，八戒已出現，並有了唐三藏過女人國的情節。這些戲曲至今雖未必即爲《西遊記》之所本，但至少說明了取經故事的流傳與演變。

　　由以上例證可知，《西遊記》乃在民間傳說集體創作的基礎上，再加上作者的整理，〔註33〕並藉由其才能再予以創造或修改，其間亦包含了作者的想像、誇大或鋪陳技巧，而這些匠心在《西遊記》的韻文中最能看出。與現存百回《西遊記》最直接相關的，應屬《取經詩話》及〈魏徵夢斬涇河龍〉故

〔註28〕劉克莊，《後村大全集》上集，卷四三「釋老」六言十首之四，《四部叢刊》（台北：台灣商務）。

〔註29〕《永樂大典》卷一三一三九，「送」字韻「夢」條文（台北：世界，1962），頁149～150。

〔註30〕《太平廣記》卷四一八（台北：新興，1958），頁3128。

〔註31〕張鷟，《朝野僉載》卷六，《筆記小說大觀》第四編第二冊，頁1287。

〔註32〕陶宗儀，《輟耕錄》（台北：世界，1963），頁382。

〔註33〕《唐三藏西天取經》，見《元人雜劇鈎沉》（中國學術名著曲學叢書第一集第五冊）（台北：世界，1960）；《二郎神鎖齊天大聖》，見《全元雜劇外編》第八冊（台北：世界，1963）。

事，而在兩者之間，尚有元代的《西遊記平話》。〔註34〕程毅中以為，永樂大典中的〈魏徵夢斬涇河龍〉可能從《西遊記平話》摘錄而來，〔註35〕然因目前此書已不得見，究竟何者為本，並未確知。但此詩話、平話與百回本《西遊記》三者的關係密切，及《大唐三藏取經詩話》應為早期話本，這兩項結論應是可以確定的。

二、形式的承襲與創新

就韻文形式言，《大唐三藏取經詩話》、取經雜劇與百回本《西遊記》的關係較密切。取經詩話共分三卷十七回，除第一回題文皆缺外，在十六段的故事中散文裏雖雜有韻文，因名為詩話，故形式單純，共僅有二十七首四句或八句的詩作，另有一首亦告闕如，另一首則為字數不一的韻文，除此並無其他文類韻文。〔註36〕這些詩作的使用場合也大致相同，多為猴行者或三藏法師的言語及留詩，而在每一段落最後一定有留詩。如「行程遇猴行者處第二」中，猴行者參與六僧的取經隊伍前往西天時留一詩：

> 百萬程途向那邊，今來佐助大師前。一心祝願逢真教，同往西天雞
> 足山。

在「入香山寺第四」中，當七眾方過蛇子國時，法師驚駭之餘亦留一詩：

> 行過蛇鄉數十里，清寂寞號香山。前程更有多魔難，只為眾生覓佛緣。

這些韻文的安排除表現猴行者與法師等人的題詠外，也有敘述情節的功能，如「入鬼子母處第九」的法師留詩：「誰知國是鬼祖母，正當飢困得齋餐。更蒙珠米充盤費，願取經回報答恩」，此詩重述此段落故事，鬼子國國王款待法師七僧事，在「經過女人國處第十」中的女王女眾其真正身分在詩篇中得到解答：「此中別是一家仙，送汝前程往西天。要識女王姓名字，便是文殊及普賢」，詩篇在此也具有指示的功能。

在《唐三藏西天取經》雜劇中，共有十六個曲牌穿插其間，〔註37〕如「油

〔註34〕 北大中文系1955級編著《中國文學史》第九章〈西遊記〉（北京：人民文學出版社，1959），頁271。

〔註35〕 《朴通事諺解》，見程毅中，《宋元話本》第一章註三二所引（台北：木鐸，1983），頁42。

〔註36〕 程毅中，《宋元話本》，頁46。

〔註37〕 《大唐三藏取經詩話》，見《中國通俗小說名著》（台北：世界文庫，四部刊要，1958）。

葫蘆」、「天下樂」、「喬木查」、「太平令」等，因雜劇爲在舞台上搬演的形式，故曲牌處多出現於對話或說明的場合，且須演唱，與賓白有異，如「餞送郊關開覺路」中尉遲恭之唱；

> （天下樂）救度俺眾生們可便離了苦海。師傅那片虔也麼心，我可也無掛礙，正按著救苦救難得這觀自在。參的透色即是空。參不透空即是色。師傅那片修行的心可便有甚麼歹。

此說明尉遲恭持戒事，且形式上與唐僧的道白相互配合。這類曲牌運用於劇中，與賓白雜用，一同扮演敘述的角色。同時，在賓白中亦有詩句般的韻文，如同段落中尉遲恭之白：「建成元吉使雙鋒，頃刻英雄一夢中」，也是韻散夾雜。然而，雜劇因是表演的作品，內容全爲賓白，故曲牌所表現的內容亦較單一，多爲人物的道白，技巧上較簡單。

另一雜劇是《二郎神鎖齊天大聖》，共四折，每折後亦都以尾聲作結，尾聲爲套曲最後一曲，屬於韻文，作爲每一折故事的總結與讚嘆。〔註38〕如第四折最末云：「呀！殺的他忘魂喪魄怎還鄉，倒戈卸甲盡來降。只因仙闕盜金漿，他都宴享難同地久與天長」，此尾聲指出戲劇最後的結局，並重述整齣戲的大意，其中亦含有作者對故事的批評意識。

因《二郎神鎖齊天大聖》爲劇本，具舞台表演的效果，以對白爲主。但在彼此人物的自述或對白間卻也夾雜韻文，如頭折元始天尊在自我介紹前先吟一詩：

> 太極初分道在先，清陽居上以爲天。鴻濛之始吾爲長，歷代尊崇億萬年。

詩後爲散文的自我敘述，故此詩在此具有總述與介紹的功能。又如第三折齊天大聖的自我介紹：「三十三天別一天，則我是玉皇殿下小神仙。爲吾折折蒼龍角，罰在深山數百年」，也是對一己歷史的介紹，但形式上並非全然整齊。同屬第三折中又有出現如古風的形式，如老彌猴言：

> 攀藤攬葛串林稍，閒來摘果又偷桃。見個蓮蓬生樹上，仔細端詳看眼瞧。則因嘴饞心裏愛，舒手攀枝勾不著。就把通臂忙施展，登時下手與一搖。不想蓮蓬裏面生毒物，飛將出來將我唬。一交撲頭撲面蜾，蜂落螫的區區沒處逃。叮了鼻子咬了嘴，跌了脊梁閃了腰。至今沒處

〔註38〕《元人雜劇鈎沉》，見《中國學術名著，曲學叢書》第一集第五冊（台北：世界，1960）。

討膏藥，渾身疼痛還不消。被他頭上螫一下，嗨！腫的腦袋似柳飄。

可見此雜劇已有不同的韻文形式，有四句八句或古風，亦有不規則的韻文形式，如頭折齊天大聖云：

廣大神通變化，騰雲駕霧飛霞。三天神鬼盡皆誇，顯耀千般惡吒。

不怕天兵神將被吾活捉活拿，金精閃爍怒增加，三界神祇懼怕。

可見所使用的詩體式已趨多元化，不似取經詩話，幾乎都是整齊的四句或八句詩作。二郎神雜劇中約共有十六首形式不一的詩作，多出現於上場人物的自述中。另外亦包含約十五個曲牌，而其中所用曲牌不乏與西天取經雜劇的相同，如「油葫蘆」、「太平樂」或「混江龍」等，同樣是具音樂效果的韻文形式。在韻文使用頻率上明顯比《唐三藏西天取經》雜劇多，因西天取經雜劇的韻文多集中於各曲牌間，但二郎神雜劇則除曲牌外尚有其他韻文。但二郎神雜劇在韻文功能上仍屬單一，多為上場人物的自我敘述，僅具有說明介紹的功能。至於故事結尾的贊論式韻文，亦本為前述兩種作品所具有的特徵，其功能不外是重述及作者的批評。

上述三種《西遊記》的前身作品基本上都有韻散夾雜的特性。但因其表現方式為口頭陳述與肢體動作，與專供閱讀的小說有別，因此，韻文的表現較單一。及至小說的《西遊記》，韻文數量大量增加，在修辭上亦更見巧思，由於將各式韻文運用於多種對象，韻文的功能更見豐富與多元。

百回本《西遊記》即是作者收集既有故事片斷、殘存話本、再加以民間其它傳說，在民間集體創作的基礎上運用了個人想像而成。雖於內容形式皆有所承襲，如保留了說話的表現方式，故事中夾雜大量詩詞歌賦，然而，就《西遊記》中所出現的各類型韻文觀之，作者處理這些韻文並非只是單純因襲，而是另出新意，作者藉其描寫山川景物、刻畫人物、塑造場面或暗示情節發展、賦予寓意等，《西遊記》包含的陳述型式有評論、描述及敘說等三項，韻文至少具有了前二項，韻散夾雜的形式使行文豐富活潑，呈現了故事的多樣面貌。余國藩以為，《西遊記》行文中充滿了比敦煌變文還華麗豐富的詩文，作者似乎有意在各類韻文中盡現其才華，〔註39〕由此，更可見《西遊記》中的韻文並非僅是舊有的格式，其中亦含有作者刻意的用心。

此種將舊有資料或形式加以收集並有意的刪改之例，有一平行例證，即馮夢龍的編輯宋元話本小說，馮氏以其對通俗文學的愛好及熱情，兼之當時通俗

〔註39〕《二郎神鎖齊天大聖》，見《全元雜劇外編》第八冊（台北：世界，1963）。

文學已受文人注意的背景，故馮氏的收集工作要求除了「諧里耳」外，更希望其能「入文心」。如其將話本中大量的詩、曲、駢文、諺語等韻文加以刪增修改，並刪去「入話」、「權作散場」等說話體制（應是為配合閱讀故），便是其中之一。〔註40〕此至少說明了當時文人處理通俗文學的態度。反觀百回《西遊記》的作者，其當時整理創作時使用各種韻文的態度，應亦相距不遠。

　　《西遊記》與《三國演義》、《水滸傳》及《金瓶梅》被譽為明代四大奇書。在韻文使用上的比較，《三國演義》〔註41〕現存最早的版本為弘治甲寅本，二十四卷中韻文使用情形為五絕六首；五律三十四首；七絕最多，共二三八首；七律則為七十首，另有古風九篇，四言詩一首，贊詞十八處，其中五處僅是對句，亦有歌八首，詞四闋，賦三篇，其中一篇為楚辭體。這些韻文有些為引用文人學者如曹操杜甫、胡曾、蘇東坡、邵康節等之作。

　　而毛宗崗本《三國演義》的韻文則是七絕一一七首；七律十八首：五絕十首；五律有十八首；另有四言詩二首；古風五篇；歌賦共七篇；詞則有一闋，韻文共有二百零一處。同時，毛本《三國演義》的一百二十回中，每回都有整齊的以「正是」二字開頭的回末對句。弘治本之各卷開頭和結束皆無韻語，其回目亦僅是單句，而非如毛本之對句。由上述的韻文數字可見，毛宗崗本的韻文已有刪減，非原來面目，但因毛本較普遍，故主以毛本的韻文情形來討論。兩種版本之七絕所占比例最大，而古風賦體的數目甚微，可見作者並無意在敘述的散文主體中刻意安排韻文的穿插。無論五、七言律絕，多用於對書中人物或事件的贊論，為一史書的筆法。而書中的有歌的形式出現，乃因三國故事發生於漢季，而漢代又受楚辭影響，故書中人物常賦歌明志。而且，在韻文的襲用上，亦皆引用文人的作品，如曹操的〈燕歌行〉，杜甫的〈蜀相〉等。因此，《三國演義》的韻文表現無論是類型或運用皆很單純，乃因襲史書的書寫方式，因其故事本即是由正史敷演而來。

　　《水滸傳》的使用韻文情形亦因版本不同而有出入。以百回的容與堂本為例，〔註42〕其韻文使用情形便與金聖嘆之七一回本有別。容與堂本中有五

〔註40〕Anthony C. Yu, "Heroic Vrerse and Heroic Mission : Dimensions of the Epic in the *His-Yu Chi, Journal of　Asian Studies*,31　（1972）,pp 884.

〔註41〕胡萬川，〈從馮夢龍編輯舊作的態度談所謂宋代話本〉，收於《古典文學》第二集（台北：學生，1980），頁362～364。

〔註42〕毛本《三國演義》（台北：世界，1958）。

絕七首；五律十一首；七絕二六八首；七律爲九十六首；古風則有九篇。賦有二零三篇：詞有三三闋，所用詞牌亦多爲「西江月」「浣溪沙」、「臨江仙」、「鷓鴣天」等。另有兩首曲及若干韻文形式。在功能上，其韻文多爲作者評述，景致及人物品物的刻畫。在第三十一回有一數字詩（以「十字街頭」爲開端）同見於《西遊記》及《金瓶梅》。同時，《水滸傳》亦有運用既有文學作品的例子，如蘇東坡的兩首七絕、兩闋〈水調歌頭〉、一闋〈念奴嬌〉；邵康節的七律及完顏亮的〈百字令〉等，在全書的形式上，《水滸傳》的每回開頭皆有詩詞，而每回回末則一如《三國演義》，皆有對句的出現，但《水滸傳》中的對句除以「正是」開頭外，亦有以「有分教」來起頭，而對句本身亦非僅是對仗整齊的七言對句，字句不一，較《三國演義》的對句活潑。整體而言，《水滸傳》前五十回以賦的形式特多，後五十回則多見七絕，詩的總數量較賦多，或因作者以史傳手法寫作，故書中出現之韻文多爲客觀評述或描繪，而抽離故事本身的發展，因而與情節未必相關。

　　四部小說中以《金瓶梅》中的韻文爲最多，〔註43〕共有八百七十處。較《西遊記》的七百三十一處尚多出百餘處。在《金瓶梅》中，七絕有一百九十首；七律一一九首；五絕有二十三首；五律九首；古風二十一篇；另有四言詩一首；六言詩兩首。歌賦共九八首，最特殊的情形是曲調特多，共二百六十首；對句亦多，共一百三十七處。《金瓶梅》的韻文類型及數目雖多，但在功能上卻顯得單一，除少數賦體描繪人物或廟宇外，大部分的詩賦不是作者評述便是描寫男歡女愛。而對句亦隨時出現於故事進行中，而不是在回末出現，字數亦不一，同時亦常襲用現成的格言或文字，並非出自作者新意，又不定時的於敘述中出現，常影響故事進行。大量曲調的出現乃因《金瓶梅》中唱戲情節較多，往往以相當的篇幅將整套戲的宮調唱詞寫出，與散文的敘述主體亦不能適切的配合。《金瓶梅》中亦可見現成的文人作品，如杜秋娘的〈金縷衣〉等，又如前述，對句方面亦常襲用格諺，可見作者只意識到評述或描繪，即使選用韻文，也多有套用，而不是眞正有意於韻文的刻畫。

　　《西遊記》的韻文使用使用情形爲，其中五言四句者二十首；七言四句者五十九首；五言八句者二十八首；而七言八句者爲一百五十九首：古風則有九十五首，賦有三百三十一篇，詞三十四闋。全書共有七百三十一處。〔註44〕

〔註43〕施耐庵，《水滸傳》（容與堂本）（上海：中華，1988）。
〔註44〕笑笑生，《金瓶梅詞話》（台北：大中國，1974）。

整體形式上，《西遊記》中僅五十餘回有回末對句，不似《三國演義》與《水滸傳》的整齊，但在使用上卻遠比其他三部小說多樣與豐富，其韻文有敘述、評論、暗示、刻畫、題詠等，亦有營造氣氛、安排背景及深寓主題思想的功能，使韻散交雜的文體在敘述上不會相互影響牽制，反而能彼此補足，展現不同文體的特色與面貌。在韻文表現上，《西遊記》明顯比其他三部小說特出，自亦有探討價值。《西遊記》一向有多種讀法，若能以其韻文的角度切入，對於整部取經故事，當有更深的體認。

　　《西遊記》爲通俗作品，其來源與與型式亦皆來自通俗大眾文學。這類民間文學大多活潑生動，充滿生命力，有別於文人或士大夫階層的文學風貌，中國小說的特點即在於其具有高度的口述性質。據目前可知的資料，唐代變文爲宋以降各類民間文學的最大來源，這種文學型式韻散合體，有講有唱。在韻文運用上，或以韻文重述散文所提過的部分，或以散文作引起，而以韻文詳細講述，一般而言，韻散兩種形式不會相互衝突，反能彼此配合。變文的韻散形式影響宋代盛行的說話；同時，由於說話之需要，也產生了話本，同時保存了韻散夾雜的格式。成書於明代的小說《西遊記》其故事主體雖源於唐史實，但卻與宋代的取經詩話、元代雜劇等民間文學的關係更密切，因此，在故事本身和形式上皆有所傳承。

　　《西遊記》中韻文的體制令作者可不受拘束地專注於對話或獨白文辭之鋪敘堆砌，並將典故譬喻融於其中。百回本《西遊記》中，有關韻文部分約七百三十一處，〔註45〕除了第九回未出現外，其餘各回均有數量不一的韻文形式之文字，平均每回約出現七次以上，分量不可謂不重，這些韻文或述自然之景；或言人物外表及情緒反應，或寫器物之精妙與威力，或誇張神妖之法力及兇惡，亦有提綱挈領重述總述前後事者。凡此種種，《西遊記》作者運用了各種韻文型式，包括詩、詞、賦體等加以呈現，這種現象所透露之意義、於行文中出現場合、所具有之功用及對整部作品整體面貌之影響等皆有探討價值。這些韻文除了基本的段落贊詞外，尚有說教、描寫、題詠、暗示甚至改變故事節奏等作用。而且，其以精密的對偶排比作生動有趣的描寫，文體本身即美化活潑了作品，又以其本具說話功用，故於韻文中時時可見俗諺雙關語的使用，與一開始即爲閱讀而寫的文字作品明顯有別，形成章回小說一嶄新的面貌。

〔註45〕吳承恩，《西遊記》（台北：華正，1982）。

第二章 詩在《西遊記》中的運用

第一節 運用類型

　　《西遊記》中所運用的詩歌有三百六十一首，有類似絕句、律詩及古風，甚至俳律等各種型式。詩的體裁一向居於中國文學的正統地位，也具有最悠久的歷史，《尚書・虞書》：「詩言志，歌永言；聲依永，律和聲」〔註1〕，《毛詩》序亦云：「詩者，志之所之也。在心爲志，發言爲詩，情動於中而形於言，言之不足故嗟嘆之，嗟嘆之不足故詠歌之，詠歌之不足，不知手之舞之，足之蹈之也」〔註2〕，詩的形式與人的情感關係密切。《文心雕龍》〈明詩〉篇亦曰：「在心爲志，發言爲詩」〔註3〕。由以上所引資料可發現，傳統上，詩歌的主要功能乃在發抒個人心志或情感，或喜或悲，或嘆惋或評斷，各種情緒皆藉由詩的體裁加以展現。《西遊記》中的詩體亦多符合上述特色，但其中絕句、律詩、古風的形式什九不合乎標準格式，平仄上屢有出入，而用韻亦見相異處，不過對仗方面則較顯工整，故以「類似」二字明之。書中之詩歌型式可分爲以下三大部分：

一、近體詩

（一）類似律詩的形式

　　《西遊記》中有律詩共約一百八十七首。其中五言者爲二十八首，而七

〔註1〕　《尚書》虞夏書，〈堯典舜典〉篇（台北：華正，1974），頁26。
〔註2〕　《毛詩鄭箋》卷一序（台北：中華，1983），頁1。
〔註3〕　《文心雕龍》〈〈明詩〉篇〉（台北：台灣開明，1968），頁1。

言者則有一百五十九首，一般而言，律詩的形式除有五言八句與七言八句分別之外，也儘量求其句中文字平仄相間其應有對偶，有一定的格律。至於《西遊記》中的詩作，大致而言，少有標準合格的律詩，通常在平仄上有出入，用韻上亦見不符，然字句形式與對仗上則多所遵循，為求分類方便，故以「類似律詩的形式」別之。當然，其中亦有合乎律詩格式的詩作，完全為一七律或五律。如第三十八回開頭即有一詩，旨在預示此回之情節，並有佛家的觀念與文字，在形式上可視為標準律詩：

> 逢君只說受生因，便作如來會上人。一念靜觀塵世佛，十方同看降
> 威神。欲知今日真明主，須問當年嫡母身。別有世間曾未見，一行
> 一步一花新。

上引之詩押平聲真韻，可見每句的二、四、六字皆符合律詩要求，僅一、三、五字的平仄有出入，且對仗方面亦符合規定，「一念靜觀塵世佛」對「十方同看降威神」，「欲知今日真明主」對「須問當年嫡母身」可謂工整。應視為一首律詩。

第六十五回亦有一首寫悟空變為蝙蝠的五言律詩：

> 頭尖還似鼠，眼亮亦如之。有翅黃昏出，無光白晝居。藏身穿瓦穴，
> 覓食撲蚊兒。偏喜晴朗月，飛騰最識時。

此一五律押平聲之韻，平仄雖有一、二處不符，但大致為一標準格式。同時，對仗方面亦意識到，「有翅黃昏出」對「無光白晝居」；「藏身穿瓦穴」對「覓食撲蚊兒」，實為一律詩。

以上為較合乎格式者。但大部分的詩作未符合律詩應有之格律，如第一回開卷詩，這首詩乃提綱挈領，由盤古開天闢地、混沌太初伊始、萬物由模糊不清至清濁能辨，人類智慧一旦開啟，則個人情性究竟會提升或墮落，全在一心。維繫了此後百回故事的框架，唐僧師徒因一時過錯而須經歷萬千磨難，方能得到救贖，有如途中所遇的種種妖魔，大多能獲得重生歸善，而其成就過程，即為整部《西遊記》的重心：

> 混沌未分天地亂，茫茫渺渺無人見。自從盤古破鴻濛，開闢從茲清
> 濁辨。覆載群生仰至仁，發明萬物皆成善。欲知造化會元功，須看
> 西遊釋厄傳。

上引的開卷詩雖為七言八句，乍看頗似律詩，然細究之下發現，其雖一韻到底，然所押韻部卻為去聲的十七霰，並不符近體詩應押平韻的常規，〔註4〕且

〔註4〕王力，《中國詩律研究》（台北：文津，1972），頁50，及呂正惠，《詩詞曲格

平仄上亦不符格律，一、三、、五字固可不論，然在當分、六句上也未合律，如第一句第三、四二字其平仄應同爲「｜｜」，然「未分」二字其平仄卻爲「｜一」。又如第二句第一二字平仄應同爲「｜｜」，然「茫茫」二字卻爲平聲，且律詩應有的對仗亦未遵守，如「自從盤古破鴻濛」即未與「開闢從茲清濁辨」對仗。可知此詩並非是標準律詩。

又第五四回亦有七律寫唐僧師徒進入西梁女國後之景況：

聖僧拜佛到西梁，國內闖陰世少陽。農士工商皆女輩，漁樵耕牧盡紅妝。嬌娥滿路呼人種，幼婦盈街接粉郎。不是悟能施醜相，煙花圍困苦難當。

其詩一韻到底，押平聲陽韻。姑不論平仄情形是否有出入，單視第三句七字中竟連用六平韻字，與所謂標準律詩並不相同。

第五六回則有一律詩寫初夏朱明時節。平仄情形依然參差不齊，主要爲押韻情形有異：

薰風時送野蘭香，濯雨才晴新竹涼。艾葉滿山無客採，蒲花盈澗自爭芳。海榴嬌艷遊蜂喜，溪柳陰濃黃雀狂。長路哪能包角黍，龍舟應弔汨羅江。

其韻腳爲「香」、「涼」、「芳」、「狂」及「江」，前四字屬陽韻，但江字屬江韻，不合近體詩一韻到底不轉韻的規則。此一現象除顯示作者用韻之寬，亦顯示作者因內容而遷就詩韻之例。

又如第五七回言五行消長之詩。這首詩以五行觀念來呈現唐僧師徒間的關係，取經四眾在取經路程中的關係不斷地變化，雖不免有衝突，然最終都能獲得最後的和諧：

保神養氣謂之精，情性原來一稟形。心亂神昏諸病作，形衰精敗道元傾。三花不就空勞碌，四大蕭條枉費爭。土木無功金水絕，法身疏懶幾時成！

此首詩用兩個韻，分別是上平青韻及上平庚韻，庚韻雖古通青韻，然此舉已違反近體詩一韻到底的原則，近體詩押韻甚嚴，不許通韻。〔註5〕所以，即使平仄符合，因作者用韻較寬，亦不能視爲標準律詩。

律研究》（台北：大安，1991），頁 12。
〔註 5〕王力，《中國詩律研究》，頁 44。

（二）類似絕句的形式

　　《西遊記》中的絕句共有七十九首。五言者有二十首，七言者則有五十九首。絕句的形式為律詩的一半，《硯傭說詩》：「絕句，蓋截律詩之半，或截首尾兩聯，或截前半首，或截中二聯而成」，絕句亦分五言與七言，每首四句，一如律詩，五絕首句以不入韻為正例，而七絕亦如七律，以首句入韻為正例。同樣的，《西遊記》中的標準絕句形式亦不多，故也以「類似」名之。可視為標準形式者如第三十七回中有一描寫烏雞國太子之五絕，為完全標準的絕句形式：

　　　　隱隱君王像，昂昂帝主容。規模非小輩，行動顯真龍。

此首絕句押平聲東韻，可謂一標準絕句。但未合乎格律者自亦有之，如第三十回述唐僧師徒內外衝突事之詩。唐僧因未識屍魔，誤以為是遭劫女子，悟空火眼金睛，看出女子與二老者皆為是屍魔所變，分別將之剷除，唐僧不滿悟空行徑，加之八戒一旁挑撥，憤而驅逐悟空，後者逕回花果山。待遭遇黃抱怪，唐僧被擒，八戒與沙僧、龍馬營救未果，此首詩正是言取經四眾渙散離心、遭遇絕境的情形：

　　　　意馬心猿都失敗，金公木母盡凋零。黃婆傷損通分別，道義消疏怎
　　　　得成？

此首詩分別押平聲青韻與庚韻，在押韻上已違反律絕不可轉韻之規定，平仄上則為是標準絕句型式。僅使用二韻腳卻有通韻情形，可見作者未刻意為詩，用韻上從寬。

　　又如第四一回亦有一七絕，重述悟空為紅孩兒所困而求助於龍王。詩前另有一長詩描繪三海龍王點兵盛狀，其中共有鯊魚等十六種海中生物，羅列各種水族，長篇古風的安排負擔起敘述描寫功能，鋪排長篇表現出軍容之壯盛"相較之下，下列之詩明顯的簡單無華，僅以四句二十八字將事件作一敘述，長篇短篇的型式相互補充：

　　　　四海龍王喜助功，齊天大聖喜相從。只因三藏途中難，借水前來滅
　　　　火紅。

本詩所押韻腳為上平一東韻，但平仄上依然不符絕句格式，明顯的，與無論是仄起或平起的絕句平仄皆不合。

　　另於第五十三回亦有一五絕，敘述聚仙庵之景，其詩為：

　　　　小橋通活水，茅舍倚青山。村犬汪籬落，幽人自往還。

韻腳「山」與「還」屬平聲刪韻，並非嚴格遵守平仄要求，平仄出入處見於第一二、三句之第一字凡翌首句第五字「調字，爲一平聲字，理應押韻，但明顯「水」字不屬刪韻。可見作者於作詩之際，並不計較格律要求。

二、古體詩

古體詩並無格律限制，五言七言皆可，篇幅可長可短，有利於敘事作用，直瀉而下，敘述者可自由運用。〔註6〕《西遊記》中的古風有九十二首，多爲人物自述或感慨、武器描寫及場面描述多以古風爲之，如三五回悟空之自述：

> 家居花果山，祖貫水簾洞。只爲鬧天宮，多時罷爭競。如今幸脫災，棄道從僧用。秉教上雷音，求經歸覺正。相逢野潑魔，卻把神通弄。還我大唐僧，上西參佛聖。兩家罷戰爭，各守平安境。休惹老孫焦，傷殘老性命。

這首古風所押的韻分別是去聲送韻、宋韻、敬韻及平聲梗韻等五個韻部，轉韻現象明顯，然一般而言，五言古風並不轉韻。但如此錯綜的押韻方式與悟空在爭鬥前的叫囂及情緒配合，太過整齊的形式反不易展現出戰鬥前劍拔弩張的氣氛，可見作者並不因格律的限制而妨礙角色應有之面貌。且合乎標準格式的自述若出現於緊張的戰前，也不合常理。

又如十九回八戒言其把之神威：

> 此是鍛鍊神冰鐵，磨琢成工光皎潔。老君自己動鈴鎚，熒惑親身添炭屑。五方五帝用心機，六丁六甲費周折。造成九齒玉垂牙，鑄就雙環金墜葉。身妝六曜排五星，體按四時依八節。短長上下定乾坤，左石陰陽分日月。六爻神將按天條，八卦星辰依斗列。名爲上寶沁金鈀，進與玉皇鎮丹闕。因我修成大羅仙，爲吾養就長生客。敕封元帥號天蓬，欽賜釘鈀爲御節。舉起烈燄並毫光，落下猛風飄瑞雪。天曹神將盡皆驚，地府閻羅心膽怯。人間哪有這般兵，世上更無此等鐵。隨身變化可心懷，任意變化依口訣。相攜數載未曾離，伴我幾年無日別。日食三餐並不丟，夜宿一眠渾無撇。也曾佩去赴蟠桃，也曾帶他朝帝闕。皆因仗酒卻行兇，只爲倚強便撒潑。上天貶我降凡塵，下世盡我作罪孽。石洞心邪曾喫人，高莊情喜婚姻結。

〔註6〕 蘇其康，〈西遊記韻文部分的修辭用法〉，見鄭樹森、周英雄、袁鶴翔合編，《中西比較文學論集》（台北：時報，1986），頁21。

全篇通押屑韻、月韻、葉韻、陌韻、洽韻及曷韻等六個仄聲韻部，既符合古詩以仄韻入詩的規律，又合乎七言風應換韻之通則。雖為鋪排長篇，望之頗類排律，即十句以上的律詩，然事實上此詩的平仄並未符合排律或律詩的上下句間文字平仄相間之規律，如「五方五帝用心機，六丁六甲費周折」及「日食三餐並不丟，夜宿一眠渾無撇」等二聯句之平仄即不合，故此詩應視為古風，亦常用於對武器的描述，選擇這類形式來描寫有利於介紹的目的，以此長篇的文體敘述器物，既可說明武器的不凡歷史，並能藉長篇篇幅鋪敘所述事物之非凡。

又如第二一回言黃風怪所施威力：

> 冷冷颼颼天地變，無形無影黃沙旋。穿林折嶺倒松梅，播土揚塵崩嶺坫。黃河浪潑徹底渾，湘江水湧翻波轉。碧天振動斗牛宮，爭些刮倒森羅殿。五百羅漢鬧喧天，八大金剛齊嚷亂。文殊走了青毛獅，普賢白象難尋見。真武龜蛇失了群，梓桐騾子飄其一。行商喊叫告蒼天，梢公拜許諸般願。煙波性命浪中流，名利殘生隨水辨。仙山洞府黑攸攸，海島蓬萊昏暗暗。老君難顧煉丹爐，壽星收了龍鬚扇。王母正去赴蟠桃，一風吹亂裙腰釧。二郎迷失灌州城，哪吒難取匣中劍。天王不見手心塔，魯班吊了金頭鑽。雷音寶闕倒三層，趙州石橋崩兩斷。一輪紅日蕩無光，滿天星斗皆昏亂。南山鳥往北山飛，東湖水相西湖漫。雌雄拆對不相呼，子母分離難叫喚。龍王遍海找夜叉，雷公到處尋閃電。十代閻王覓判矜，地府牛頭追馬面。這風吹倒普陀山，捲起觀音經一卷。白蓮花卸海邊飛，吹倒菩薩十二院。盤古至今曾見風，不似這風來不善。忽喇喇，乾坤險不炸崩開，萬里江山都是顫！

這篇古風共押了「翰」、「霰」、「銑」及「勘」韻等四個去聲韻部。乍看亦似排律，然其詩中文字夾雜直敘和排律句法，不是排律完全對仗定句式。且其轉韻並非規則第四句一轉，而是錯落參差，因此，此一長詩亦非排律而是古風。

第七五回寫老魔之詩亦為古風：

> 鐵額銅頭戴寶盔，盔纓飄舞甚光輝。輝輝掣電雙睛亮，亮亮鋪霞兩鬢飛。勾爪如銀尖且利，鋸牙似鑿密還齊。身披金甲無絲縫，腰束龍鱸有見機。手執鋼刀明晃晃，英雄威武世間稀。

此亦為古風格式，押平聲微韻及齊韻，一般而言，古風押平韻時，多遵近體

詩之例，並不輕易出韻。明顯的，此詩爲一例外，且用字上並未講究，獨特處在於頂針句法，第二句「盔纓飄舞甚光輝」韻腳爲「輝」而第三句開頭用字即爲「輝輝掣電雙睛亮」，「亮」字後又是「亮亮鋪霞兩鬢飛」，這首詩的人物描寫尚屬具體，亦有抽象的描述之例，多以抽象敘述旁烘托，如二六回東華大帝君的描寫，絲毫沒有其特徵的刻畫，只是述其過往行事及神聖光彩：

> 盈空萬道霞光現，彩霧飄飆光不斷。丹鳳啣花也更鮮，青鸞飛舞聲
> 嬌豔。福如東海壽南山，貌似小童身體健。壺隱洞天不老丹，腰懸
> 與日長生篆。人間數次降禎祥，世上幾番消厄願。武帝曾宣加壽齡，
> 瑤池每赴蟠桃宴。教化萬僧脫俗緣，指開大道明如電。也曾跨海祝
> 千秋，常去靈山參佛面。聖號東華大帝君，煙霞第一神仙眷。

此首古風共押「豔」、「韻」、「翰」、「願」、「霰」及「銑」等五個韻部，因對仗不工整，如「武帝曾宣加壽齡」就不與「瑤池每赴蟠桃宴」對仗；「也曾跨海祝千秋」亦與「常去靈山參佛面」不對仗，故亦非排律。但如此一般及抽象的描寫並無法分辨各神仙的不同，唯有藉著形容文字結束時的指名道姓，如「當年金頂大仙來」（九八回），方能明之，表現了詩所具的抽象特色。

三、排　律

第三八回有一排律，專寫芭蕉，悟空與八戒至芭蕉樹下欲尋妖精之寶貝，結果在井龍王處發現了烏雞國王屍首，芭蕉樹在此爲一重要目標，用韻文加以形容不僅突顯其本身樣態，亦顯示出芭蕉在本回中的情節發展中之重要：

> 一種靈苗秀，天生體性空，枝枝抽片紙，葉葉捲芳叢。翠縷千條細，
> 丹心一點紅。淒涼愁夜雨，憔悴怯秋風。長養元丁力，栽培造化工。
> 緘書成妙用，揮灑有奇功。鳳翎寧得似，鸞尾迥相同。薄露濃棲滴，
> 輕煙淡淡籠。青陰遮戶牖，碧影上簾櫳。不許棲鴻雁，何堪繫玉驄。
> 露天形槁悴，月夜色朦朧。僅可消炎暑，猶宜避日烘。愧無桃李色，
> 冷落粉牆東。

上引長詩所押之韻爲平聲東韻，一韻到底，中無換韻轉韻，大致而言，此一長詩可視爲排律，除符合排律多爲五言之習慣外，其中文字除首尾兩聯外，其餘之對仗平仄相當工整。如「翠縷千條細」對「丹心一點紅」，「淒涼愁夜雨」對「憔悴怯秋風」，「鳳翎寧得似」對「鸞尾迥相同」，「薄露濃棲滴」對「輕煙淡淡籠」等，值得注意的是，這首排律有十三句，並不合排律應爲十

句、十二句、二十句等規則。此首排律應可視為詠物詩，整篇詩作的文字全未提及「芭蕉」二字，符合詠物詩不提詩題的慣例，對芭蕉作一擬人化的描寫，藉著其特徵、形態及效用來形容烘托芭蕉本身，為標準的詠物格式，排律的表現使芭蕉藉著顯目的韻文形式更能獲得讀者的注意，令芭蕉形象在散文敘述中格外顯眼，其效果與律絕或古風完全不同。但排律與古風的作法一嚴格一寬鬆，故二者在《西遊記》中的數目如此懸殊，其理由可知。畢竟作者旨在創作小說，而非寫作詩詞，其取捨意識明顯可見。

第二節　修辭技巧

總觀以上所述，除古風外，《西遊記》中的詩作並不符合律絕的標準形式，可知作者並無意關心真正的詩形式，其注重的仍在於詩本身的內容，至於其技巧方面，所具有的修辭特色也幾與一般詩作相同，但就其與《西遊記》中散文敘述的關係來看，仍有其特色。

一、疊　字

疊字多用於形容，有強調的作用，無論近體或古體詩，疊字情形皆很普遍，甚至有整首詩都以疊字組成，如八六回描寫唐僧在與樵子道別後面對艱辛路程而心灰意冷的感嘆：

> 自從別主來西域，遞遞迢迢去路遙。水水山山災不脫，妖妖怪怪命難逃。心心只為經三藏，念念仍求上九霄。碌碌勞勞何日了，幾時行滿轉唐朝。

七言八句中共運用「遞遞」等十組疊字，幾佔全詩三分之一這些疊字的安排表現了路途遙遠、災禍層出、妖怪不斷，而唐僧一心一意求經的勞頓與忙碌。

其他疊字的形容或繁盛或恐怖或品物樣態，如十一回閻羅殿「飄飄萬疊彩雲堆，隱隱千條紅霧現。耿耿簷飛怪獸頭，輝輝五疊鴛鴦片」；「飄飄」形容彩雲；「隱隱」形容霧之出現，「耿耿」形容飛簷的高聳，輝輝則形容片瓦的光亮，以疊字來鋪陳地獄的建築及氣氛。第十二回唐僧所著之袈裟，「凜凜威顏多雅秀，佛衣可體如裁就。暉光豔豔滿乾坤，結綵紛紛凝宇宙。朗朗明珠上下排，層層金線穿前後」；以「豔豔」、「朗朗」寫光芒，「紛紛」、「層層」寫裝飾之盛，與第十二回唐僧接受唐王之取經任命的情節相互呼應。

　　第二十回唐僧述虎先鋒之風則是「巍巍蕩蕩颯飄飄，渺渺冥冥喪芒出碧霄」及「崖前檜柏棵棵倒，澗下松篁葉葉凋」，風力既是如此之強，恰是「此風甚惡」的描述說明，其後，八戒亦言須暫避一下，悟空亦發現了風中的腥氣，樹倒葉凋的景象因疊字的形容而更具體。而第四八回通天河妖「足下煙霞飄蕩蕩，身邊霧靄暖薰薰。行時陣陣陰風冷，立處層層煞氣溫」則是對妖怪作一恐怖的描述；又如第七十回賽太歲之威力「紛紛絃紋偏天涯，鄧鄧渾渾大地遮」，以重疊字形描述妖怪所施風沙的威力，連悟空亦因這些沙灰飛入鼻內而打噴涕，不得不以鵝卵石塞住，可見其威力已影響到悟空。

　　由上述顯示出，疊字的運用有多方面，可形容光輝、樣態、環境、數目等，此種修辭方式可加深氣氛的塑造相同二字的組合，音節較悠長，有聽覺之美，也增加詩作本身的華麗，有情韻迴環、風致綿邈的效果。對所形容的事物亦有強調的功能，加強說服力。

二、色　彩

　　《西遊記》中色彩的運用主要以對偶的形式來表現。對仗的運用乃詩中的重要部分，我國文字一字一音，形體方正，非常適合作對偶。《西遊記》中詩的對仗屬「正名對」，如上對下、天對地之類。對仗的好處為勻稱、平衡與圓滿，又因材料並置，襯辭儷句，看來十分豐贍堂皇。〔註7〕《西遊記》中的對仗中又以色彩、數字等層次的對偶情形較顯著，構成了詩作的豐富華美。

　　詩中色彩對應之例如第五回描述赤腳大仙時，以「白鶴聲鳴振九皋，紫芝色秀分千葉」來烘托大仙的出現，白與紫的搭配展現出大仙的「相貌天然丰采別」。又如第十一回閻羅殿「門鑽幾路赤金釘，檻設一橫白玉段」及「接亡送鬼轉金牌，引魄招魂垂素練」，赤紅金白等顏色造成森羅殿的陰森詭異的氣氛，後又有十殿閻羅峰階而至，立即呈現地獄森嚴的場面。第十二回寫觀音述錫杖「入手厭看青骨瘦，下山輕帶白雲還」，「青山」與「白雲」襯出錫杖的不凡脫俗，錫杖為取經任務的象徵，也是唐僧日後超越輪迴永駐極樂的表現。第二八回「青臉紅鬚赤髮飄，黃金鏡甲亮光饒」，綠與紅的面貌使黃袍怪的形象鮮明，故八戒與沙僧見妖魔「來得兇險」。第六四回荊棘嶺假土地廟「白鶴叢中深歲月，綠蕪臺下自春秋」、「每見翠巖來鶴，時聞青沼鳴蛙」一派安詳景致，唐僧因而覺得

〔註7〕董季棠，《修辭析論》（台北：益智，1981），頁327。

「月明星朗」，不疑十八公等人的身分。第八五回「金眼圓睛禽獸怕，銀鬚倒豎鬼神愁」，金眼銀鬚則明顯點出豹子精的形貌特色。

以上所引之例雖以色彩爲著眼點，然事實上仍有其他方面的對仗，可見對偶之工整，亦見作者之高才。由所引例子發現，詩中運用的色彩相當鮮明，或青或白，或紅或綠，或金或銀，皆爲世俗可見色彩，可獲致廣大讀者聽眾立即的認同。由此強烈對比烘托出所述事物鮮明的意象。

三、數 字

數字亦是《西遊記》詩作的另一大項，如二六回方丈山「紫臺光照三清路，花木香服浮五色煙」；三七回唐僧對烏雞國太子述袈裟「萬線千針成正果，九珠八寶合元神」；四九回靈顯大王述其武器「九瓣攢成花骨朵，一竿虛孔萬年青」；六般體相六般兵，六樣形骸六樣情。六惡六根緣六慾，六生六道賭輸贏。三十六宮春自在，六六形色恨有名」；五三回「德行要八百，陰功須積三千」；六一回悟空平息火燄山之火「火煎五熱丹難熟，火燎三關道不清」；六二回述晚間景況「四壁寒風起，萬家燈火明。六街關戶牖，三市閉門庭」；九十回悟空三人戰黃獅眾怪「棍鎚槍斧三愣簡，羨葉骨朵四明鏟。七獅七器甚鋒芒，圍戰三僧其吶喊」；九八回「萬丈虹霓平臥影，千尋白練接天涯」等。

這些數字除了有對偶或修飾功能外，有些其中另含深意。總觀而言，一般數字的安排如千尋、萬仞等在強調氣勢之大，以示眾多，這些數字往往不是眞實的。但如「三清」即是道家以「玉清」、「上清」、「太清」爲三清；如俞樾《茶香室叢鈔》：「按道家之書，四人天外，曰三清境，玉清、上清、太清又云聖登玉清，眞登上清，仙登太清」〔註8〕；「三清」一詞曾於四四至四七回悟空在車遲國與虎力等三仙鬥法故事中出現，分別是「太上老君」、「元始天尊」與「靈寶道君」，「三清」一詞爲道教名詞，「紫臺光照三清路，花木香服浮五色煙」所描寫的方丈山亦爲道教仙山；而車遲國故事的重點即是佛道鬥法。「三關」則爲耳、目、口也，《淮南子・主術》：「目妄視則淫，耳妄聽則惑，口妄言則亂，夫三關者，不可不愼守也」〔註9〕，而如「六根」

〔註8〕俞樾，《茶香室叢鈔・續鈔・三鈔》（二）卷十四「三清」條（台北：廣文，1969），頁325。
〔註9〕《淮南子》卷九〈主術〉篇（台北：明倫，1971），頁2。

爲眼、耳、鼻、舌、身、意之六官也，根爲能生之意，六能生六識，故名爲根。在《西遊記》的第十四回回目爲「心猿歸正，六賊無蹤」，其中六賊分別爲「眼看喜」、「耳聽怒」、「鼻嗅愛」、「舌嘗思」、「意見慾」及「身本憂」等除六賊，等於去除心身意等多種塵念。

又如「五色」乃青、黄、赤、白及黑五色，《尚書‧益稷》（原〈皋陶謨〉）：「以五采彰施于五色，作服，汝明」〔註10〕，古以五色爲正色，五行應五色等。五行觀念本就是組成《西遊記》故事的架構之一，其出現散文或韻文敍述中的次數不可勝計，五此一數字其意義自非是單純的修辭技巧。

除了出現於詩作中的數字，其他如悟空會七十二變；八戒會三十六變《西遊記》中的數字表現除有對仗或修辭功能外，其實亦可由此一現象來強化整個取經故事的精神，三、五、六、三十六或七十二等數字，其實皆可視爲是基本天地數的各式變化所構成。天一地二人三，一與二相加得三，由此再相互的相加或相乘可變化出三六九等數字，如七十二爲九與八的積數，而九及八分別由三與二所組成。

《西遊記》中，悟空本爲受天地日月精華而生的石猴，後拜師學藝，有七十二變之能，如此「天地感生」、「與天地合德」的信念反映出七十二此神秘數字乃象徵天地交感的符號，「天地感生」是宇宙萬物所以繁生，自然環境所以維持秩序的至道，而大自然的平衡又與人類安危相關。因此，與天地交感合德便是有德者的條件之一。〔註11〕其他由一至九的數字，也多少與「天地合德」此一信念相關，可見「七十二」此一數字乃象徵天地的神秘符號，未必是眞正的實數，而可能是泛指一般的虛數，其間反映更深的一層信仰。三十六爲一小周天，也顯然是變相的七十二，二者都是四與九或說是二與三的積數，亦即是天地陰陽之數，仍反映出對天地的信仰。〔註12〕悟空與八戒分別有七十二與三十六變，未必眞有如數的變化，但數字的表現卻與其人的背景特性相關，而其他數字如三六九等，其實也是一二三的變化所組成，對《西遊記》中的主題思想作一例證。

《西遊記》作者寫作之時未必有表現此一觀念之自覺，但就整部故事而言，

〔註10〕《尚書》〈益稷〉（原〈皋陶謨〉）（台北：中華，1970），頁13。
〔註11〕楊希枚，〈論神秘數字七十二〉，見《考古人類學刊》35、36期合刊，頁26。
〔註12〕楊希枚，〈再論古代某些數字和古集編撰的神秘性〉，見《大陸雜誌》第四十二卷第五期，頁134。

各數字與書中情節或精神彼此相互呼應而不顯衝突。也因此，由上引例證可見，在追求對偶的同時，這些表現有關宗教或遠古即有的信念之數目實具深意。

四、點將錄

《西遊記》中的詩作之另一項特色為鋪排各式人物，造成場面的浩大及盛況，如四一回述龍王點兵之盛：

> 鯊魚驍勇為前部，鱔痴口大作先鋒。鯉元帥翻波跳浪，鯁提督吐霧噴風。鯖太尉東方打哨，鮊都司西路催征。紅眼馬郎南面舞，黑甲將軍北下衝。鯶把總中軍掌號，五方兵處處英雄。縱橫機巧黿樞密，妙算玄機龜相公。有謀有智鼉丞相，多變多能鱉總戎。橫行蟹士輪長劍，直跳蝦婆扯硬弓。鮎外郎查明文簿，點龍兵出離波中。

這類點將錄的安排最忌堆垛，但《西遊記》的作者以其高才為之，絲毫不覺牽強。詩中共舉出鯊魚等十六種水族，並分別附以人間的官銜，襯托出壯盛的軍容，為一擬人化的安排。在字面上，眾多以「魚」字為部首的文字構成一篇章，除展現作者高才，相同偏旁的文字組合即為一項有趣的安排。就整個情節推展言，藉著韻文相對於敘事散文的特殊性，使讀者能將注意力集中於點校水族的盛況，並呼應東海龍王敖廣及其他三海龍王兄弟的傾力相助。此際韻文的出現除有介紹功用外，也是悟空求助龍王一事的暫時終結，進而發展到枯松澗火雲洞另一情節上，韻文的安排並未令情節發展受阻，而能順勢而進。

其他類似狀況如第五回之述捉拿悟空的眾天將，「李托塔中軍掌號，惡哪吒前部先鋒。羅猴星為頭檢點，計都星隨後崢嶸。太陰星精神抖藪，太陽星照耀分明。五行星偏能豪傑，九曜星最喜相爭」；「五瘟五岳東西擺，六丁六甲左右行。四瀆龍神分上下，二十八宿密層層。角亢氐房為總領，奎婁胃昴慣翻騰。斗牛女虛危室壁，星尾箕星個個能」，除營造出神兵神將興師盛況外，亦分別對各天兵加以特寫、描述，同時，該項韻文也是玉帝為收伏大聖命四大天王等點閱眾天兵一事的收尾，情節推衍隨之轉至花果山下。韻文歷數天將神兵，顯出氣勢的強盛與場面的壯大，同時亦襯托出大聖的不易收伏與給予天庭的困擾。

點將錄式與誇張的表現說明了詩的賦化傾向，詩歌吸收了賦的鋪張揚厲，品物畢圖的藝術特長，強化了詩歌的描寫能力。使詩歌脫離在敘述上原有的局

限與不足。〔註13〕若以純文學觀點看待此類詩文，則這些文章似無甚價值，因其中用語太淺太白或太直接，無含蓄的優點。事實上，詩發展至宋朝，大變晚唐詩風，別開畦徑，詩受理學影響，超越文學範圍而特重哲理，又重詩法，如江西詩派之「奪胎法」、「換骨法」及「拗體」等，又歐陽修採用韓愈「以文為詩」的作法，擺脫詩律束縛，以詩議論或紀事，清吳喬《圍爐詩話》卷二即言：「唐人以詩為詩，宋人以文為詩，唐詩主於達性情，故於三百篇近，宋詩主於議論，故於三百篇遠」〔註14〕。且宋人多以口語入詩，不避通俗，詩的用字傾向如此，此乃專就純文學論。在《西遊記》中，作者並非有意為純抒情而創作，使詩文的出現更能配合小說通俗的性質，因此不應以一般文學標準來衡量。

第三節　功能分析

詩在《西遊記》中主要用於開場敘述或全面性的介紹、作者總述或批評、人物的感嘆自述、預示情節、重複歷史和使命等層面，此外亦有遊戲之作。其表現的形式多為「有詩為證」、「詩曰」等，作為暫時段落，可以有議論、褒貶、重述及綜合的作用。相較於辭賦的鋪張華麗，詩的形式明顯地整齊且內容單純，主要偏重敘述而非展現。如前所述，古人多主詩言志，故敘事詩不發達，但東漢的五言詩卻改變此一事實，詩開始發揮其敘述功能，《西遊記》中的詩多半有此項作用。當然，因漢字的形音特性，其中的某些詩亦不乏如前述堆砌文字、賣弄詩才之作。

一、開場介紹

在某些章回的開頭有開場詩的安排，故事或情節的大綱常見於此，有提綱挈領的作用，其涵蓋層面有的為某回的故事，或甚至是整部書的主旨，如第一回開卷詩：

> 混沌未分天地亂，茫茫渺渺無人見。自從盤古破鴻濛，開闢從茲清
> 濁辨。覆載群生仰至仁，發明萬物皆成善。欲知造化會元功，須看
> 西遊釋厄傳。

〔註13〕徐公持，〈詩的賦化與賦的詩化〉，《文學遺產》1992年第一期，頁20。

〔註14〕吳喬，《圍爐詩話》卷二引「詩法源流」云，見郭紹虞編，《清詩話續編》上
　　　冊（台北：木鐸，1983），頁519。

　　《西遊記》首回言，天地宇宙本是混沌未明，無有終始，其演變過程緩慢悠久，經歷兩個五千四百年，天始有根；又再經歷兩個五千四百年，地始凝結。其後又五千四百年，則火水山石土五形產生，再經五千四百年則萬物生，為襯托悟空的不凡，其出生地花果山自是神聖非凡。其山乃十洲之祖脈，三島之來龍，其間所出產的仙猴自是非凡，而宇宙發明萬物皆欲成就其善，如悟空等取經眾人皆因個別的罪愆而須從新修煉獲致重生，甚至途中所遇諸妖怪也大都歸善而非全然消滅殆盡，此乃成就天地萬物為善之明證，而整部《西遊記》的故事即是天地生物歸善的歷程。如唐僧本為佛祖弟子金蟬，卻因無心聽佛講道而遭貶下凡，悟空因與佛祖鬥法失敗，而被壓於五指山下五百年，八戒因調戲嫦娥而遭貶，沙僧因打破杯盞而遭致懲罰，四人皆有過往罪愆，取經使命成為其贖罪的方式，雖歷經種種磨難艱辛，但終能歸於智慧的彼岸，完成個人的修煉歷程。

二、預示情節

　　從《西遊記》中的詩作亦可發現，情節的預示有時亦見於韻文描述中。在散文敘述的文字中，韻文的安排不僅重述之前的事件，對後來的情節亦加以預示。如此的情況在情結架構上有承先啟後的接續功能，如第二六回：

> 玉毫金像世難論，正是慈悲救苦尊。過去劫逢無垢佛，至今成得有
> 為身。幾生慾海澄清浪，一片心田絕點塵。甘露久經真妙法，管教
> 寶樹永長生。

悟空等人因偷吃人參果後又因與二道童爭吵，悟空憤而推倒樹木且進而與鎮元大仙衝突，最後悟空遠至落伽山求助觀音菩薩，「甘露久經真妙法，管教寶樹永長生」，從韻文中可發現，人參果樹當可起死回生，而後在散文敘述中果然觀音以甘露水在悟空手心畫上回生的符字，令悟空將手置於樹根之下，終於使樹木復活，鎮元大仙也與唐僧言和，可見前引韻文有預示功能。

三、重複事件

　　一般總述或評論方面，《西遊記》作者亦使用了韻文型式來表現，每每於敘述取經途中的種種遭遇後，另外安排事件過後的總述，如六十七回回末：

> 駝羅莊客回家去，八戒開山過衚來。三藏心誠神力擁，悟空法顯怪
> 魔衰。千年稀柿今朝淨，七絕衚衚此日開。六慾塵情皆剪絕，平安

無阻拜蓮臺。

以濃縮的詩體再次說明了唐僧師徒在七絕山中的遭遇及相互合作情形，「千年稀柿今朝淨，七絕衛衕此日開」，特別強調八戒的清除稀柿開道，「八戒開山過衕來，悟空法顯怪魔衰」，同時也表示取經一眾彼此難得的和諧關係。〔註15〕又第十六回言袈裟事：

　　千般巧妙明珠墜，萬樣稀奇佛寶鑽。上下龍鬚鋪綵綺，兜羅四面錦沿邊。體掛魍魎從此滅，身披魑魅入黃泉。托化天仙親手製，不是真僧不敢穿。

再次陳述唐僧等人在觀音院的種種遭遇，並保留往後的情節發展。第二三回的回末之詩總述四聖試探唐僧師徒之事：

　　黎山老母不思凡，南海菩薩請下山。普賢文殊皆是客，化成美女在林間。聖僧有德還無俗，八戒無禪更有凡。從此靜心須改過，若生怠慢路途難！

由黎山老母、文殊、普賢等菩薩所假扮的婦女試驗取經四眾，「聖僧有德還無俗，八戒無禪更有凡。除八戒外，其他三人皆能修持不動念，八戒不改其好色戀家的本性，而此舉嚴重影響其將功贖罪的修煉及取經行動，所謂「從此靜心須改過，若生怠慢路途難」，終被眾菩薩捆綁樹上以示懲罰。

在第四十九回終了之時，亦重述通天河妖事之始末：

　　聖僧奉旨拜彌陀，水遠山遙災難多。意志心誠不懼死，白黿馱渡過天河。

此詩乃重述唐僧脫卻通天河寒冰之災，賴白黿負登彼岸之事，短短四句詩不僅重複敘述唐僧遭遇，「聖僧奉旨拜彌陀」，亦藉此再次說明取經使命。

　　由於特殊的形式及韻律，韻文可以不受羈絆地專注於對話或獨白文辭的鋪敘堆砌譬喻和典故，因此，複述可視為創作的主要原則。〔註16〕這些在敘述過程中插進的解釋、用詩句構成的評論或提要等，常以「有詩為證」、「詩曰」等形式表現，實有諺語或格言的功能，增加通俗公議的力量，於此達成了評論的目的，由於詩的句法及音韻與散文不同，故特別顯眼，易引人注意。

〔註15〕張靜二，〈西遊記的結構與主題〉，見《中華文化復興月刊》十三卷三期，頁20。

〔註16〕韓南著，蘇正隆譯，〈雲門傳：從說唱到短篇小說〉，收於《韓南中國古典小說論集》（台北：聯經，1979），頁182。

〔註17〕同時，讀者亦能覺察到敘述者的存在。敘述者的感嘆往往使故事暫時進行，而使讀者注意力集中在某一點上。〔註18〕作者的存在並不會減損其故事，使故事得到加工，同時，作者的評論亦能使讀者保持一定距離，意識到其只是在讀故事，而不致太投入。〔註19〕藉詩之濃縮性質作一描述或暫時總結，如此可收鳥瞰及避免過多重複之效，同時，就講唱文學言，簡單的形容方能保留故事的緊張與神秘，又有預示的懸疑，故能掌握聽眾興趣，即使是閱讀，也具同樣效果。另一可能為作者有意藉詩在文學史上之高貴性來提高作品的重要性或說服力，畢竟小說於當時仍不屬正統文學之列。有詩的穿插，似可提升通俗文學的價值。

四、作者述評

儒家思想一直處於優勢地位，為中國文化傳統的主流。因此，小說作家的創作理念、甚至讀者的鑒賞心理都受到儒家思想的影響。〔註20〕《西遊記》中亦反映了某種程度的儒家思想及道德觀念，這些作者批評式的韻文也提醒讀者可以批評眼光來看作品。如十六回言私佔袈裟的觀音院老僧：

> 堪嘆老納性愚蒙，枉作人間一壽翁。欲得袈裟傳遠世，豈知佛寶不
> 凡同！但將容易為長久，定是蕭條取敗功。廣智廣謀成甚用？損人
> 利己一場空！

言觀音院老僧一時心貪，竊取袈裟，又欲燒死取經四眾，反傷害自己進而致死事件。「廣智廣謀成甚用？損人利己一場空」，這首詩總述觀音院僧因貪圖袈裟，欲據為己有，聽從廣智廣謀二僧意見，欲加害唐僧師徒，但為悟空所悉，運用法力將大火轉向，眾僧欲害人反害自己，悟空欲討回袈裟，觀音院僧卻不知袈裟被黑風怪所奪，情急之餘只有自殺一途，「廣智」、「廣謀」此二僧名實有反諷作用，雖說智謀，卻反害己，這段韻文將過往事件作一暫時段落，並包含作者

〔註17〕韓南著，張保民、吳兆芳譯，〈早期的中國短篇小說〉，收於《韓南中國古典小說論集》，頁8。

〔註18〕陳荔荔著，陳淑英譯，〈諸宮調的內形與外形─兼及諸宮調與變文、詞及宋之白話小說的異同〉，收於《中國文學論著譯叢》下冊（台北：學生，1985），頁950~951。

〔註19〕W. C Booth 著，華明、胡蘇曉、周憲譯，《小說修辭學》（北京：北京大學出版社，1985），頁223。

〔註20〕趙永年，〈明清小說的特點〉，本收於《瀋陽大學學報（哲社版）》1991年2月號，後收於《中國古代、近代文學研究》1991年11月號，頁220。

感嘆，故亦可作段落贊詞之用，又如四十回言紅孩兒之欺唐僧：

> 道德高隆魔障高，禪機本靜靜生妖。心君正直行中道，木母痴頑蹤
> 外超。黃婆無語自憂焦。客邪得志空歡喜，畢竟還從正處消。

「道德高隆魔障高，禪機本靜靜生妖」，作者由客觀超然的立場說明紅孩兒計騙唐僧，巧扮遭強盜捆綁的小童，唐僧不疑，而「木母痴頑蹤外趨」，八戒只貪飲食，不知妖魔詭計，行者雖知，卻亦無可奈何，但此處亦見預示，「客邪得志空歡喜，畢竟還從正處消」，紅孩兒與悟空有幾番爭鬥，甚至龍王點兵為悟空等效勞，然仍不得要領，最後尚需由觀音加以收服，使之歸正。
又如九二回總結悟空三人收拾群妖：

> 經云：「泰極還生否」，好處逢凶實有之。愛賞花燈禪性亂，喜遊美
> 景道心消。大丹自古宜長守，一失原來到底虧。緊閉拴牢休曠蕩，
> 須臾懈怠見參差。

唐僧之所以遭遇犀牛怪之禍，乃在於其貪看花燈，失去不可須臾或缺的道性，樂盛成悲，泰極否生，經悟空三人連番努力，並勞動太白金星及角木蛟、斗牛摒、奎木狼及井木犴等四木禽星方收服妖怪，「大丹自古宜長守，一失原來到底虧。緊閉拴牢休曠蕩，須臾懈怠見參差」，這場無妄之災說明修煉心性不可有些許的輕忽，否則大難將隨之而降臨凡此皆是利用精簡文字，對未來或已往事件作一概略性說明，其中投注作者一己評斷，用極少文字將意義濃縮當然，其間蘊含的觀念多與前述的五行或佛道思想有關，並非作者自創，而是根基於大眾普遍的信念。

作者述評基本上是通俗文學的結構，《西遊記》作者評述的聲音常呈現在回末回首或本文中的插語。其相關內容的表現常成為人物的心智的反映，也成為本文的一部分，甚至成為故事發展的框架。藉著敘述的聲音，故事得以展現，而敘述內容與故事本身有層級不同的相關或相涉處，作者的聲音能造成暫時的距離感，其形式獨立於故事本文。此類安排常表現出評價、道德觀及人物或作者本身的心理與意識。〔註 21〕小說韻散交替的現象形成具高度彈性的敘事媒介，余國藩以為，明清時以《西遊記》最為圓熟。〔註 22〕這些仿

〔註 21〕 Karl　kao," Aspects of Derivation in Chinese Narrative,"*CLEAR*, 7 :1（July,1985），12.

〔註 22〕 轉引 C.T. Hsia,"Journey to The West,"*The Classical Chinese Novel*（New York and London: Columbia UP, 1971）,pp120.

照說書人的修辭表現除了可讓讀者認清故事情節與人物間的關係外,也令讀者意識到作家的功用,即作家如何透過小說的架構而在人類經驗的無常變易中套上理路分明的骨架。〔註23〕在這類韻文中亦可發現作者藉書中情節而對當世加以評論或展現一己的人生觀、道德觀,如第一回:

> 爭名奪利幾時休?早起遲睡不自由!騎著驢騾思駿馬,官居宰相望王侯。只愁衣食就勞碌,何怕閻王就來勾?繼子蔭孫圖富貴,更無一個肯回頭。

表現了某一層面的人生觀,「騎著驢騾思駿馬,官居宰相望王侯只愁衣食就勞碌,何怕閻王就來勾」,汲汲名利終究不敵光陰無情的流逝,面對永恆的時間、宇宙,世人的追逐名利實顯荒謬與渺小,然而,世人卻很難看透與徹悟,第一回中提及花果山仙猴雖為猴群大王,終日玩耍遊樂,但石猴卻意識到生命的短暫,進而欲超越生死拜師求道,當其到南贍部洲,見當地人氏為名利奔走,汲汲名利,而有此韻文所述的感嘆。但將其「爭名奪利幾時休」一句配合而後的情節發展,實有深刻意義,石猴雖意識到追求名利的荒謬,但其追求的不老長生其實也是俗世慾望之一,且當其從菩提祖師習得道術之後,卻有大鬧天宮之舉,而鬧天宮之動機在於惱怒玉皇賜其弼馬溫之官職,並有「皇帝輪流做,明年到我家」的想法。這些作為恰與其當初的慨嘆相違背,形成張力,石猴遲至在取經過程中方漸趨了解求名求利的虛妄,而這首韻文於此時出現,實為作者對往後情節的一項預先評斷。

藉韻文形式,作者亦把個人意念或批評融入,因此,在客觀的故事敘述中,也能聽到作者的意見。常出現於事件開始或結束時,此時,作者並不參與故事的進行,凸顯距離感。

如第七回悟空大鬧天宮一事結束遭如來壓於五指山下時,作者安排兩首詩詠嘆大鬧天宮事:

> 妖猴大膽反天宮,卻被如來伏手降。渴飲溶銅捱歲月,饑餐鐵彈度時光。天災苦悶遭磨折,人事淒涼喜命長。若得英雄重展掙,他年奉佛上西方。
>
> 伏逞豪強大勢興,降龍伏虎弄乖能,偷桃偷酒遊天府,受籙承恩在玉京。惡貫滿盈身受困,善根不絕氣還昇。果然脫得如來手,且待唐朝出聖僧。

〔註23〕張靜二,〈西遊記的結構與主題〉,頁22。

「妖猴大膽反天宮，卻被如來伏手降」、「偷桃偷酒遊天府」，上引兩首詩皆在總述齊天大聖在地府橫行，又在天庭偷桃偷酒並大鬧天宮事，但最終仍屈服於如來無邊法力之下。同時，詩中亦提出預示，「惡貫滿盈身受困，善根不絕氣還昇」，善性未泯的大聖將有取經的任務，而這也是其（亦爲其他取經成員）贖罪的機會，此時正與開卷詩的「覆載群生仰至仁，發明萬物皆成善」的精神相呼應。這兩首詩可視爲第一至七回故事的總結，將大聖的過往行事加以濃縮，既可重新引起讀者或聽眾的記憶，又能給予鬧天宮故事一個收束。整個事件自成段落，並於韻文中暗示未來發展，使讀者有預期心理，並可使往後情節隨之發展，另起一項情節支線。

亦有生死主題之發揮，如十一回：

百歲光陰似水流，一生事業等浮嘔。昨朝面上桃花色，今日頭邊雪片浮。

日蟻陣殘方是幻，子規聲切早回頭。古來陰騭能延壽，善不求憐天自周。

這首詩出現於第十一回開頭，承接第十回故事而來，唐太宗因無法幫助龍王躲過一死，違背先前對龍王的承諾，遭龍王到地獄具狀告訴而赴黃泉，太宗雖貴爲帝王，也難逃生死的命定，「昨朝面上桃花色，今日頭邊雪片浮」，時間的關注一向是中國詩歌的特色，永恆瞬間、生與死一直是對立的兩極，由於不同的價值取向，有人汲汲營營，有人及時行樂，但終究不敵時間的力量，太宗在地府因見眾多無主冤魂，又因自己能僥倖復生，因此舉辦水陸大會以超度冤魂，「古來陰騭能延壽，善不求憐天自周」，這首詩說明唐太宗的起死回生乃積善的善果，至此，韻文亦表達了行善乃廣大民眾共同的信念，太宗的遭遇更給予此一信念有力的例證。

又如八十七回：

人心生一念，天地悉皆知。善惡若無報，乾坤必有私。

這首詩則展現一個共通的善惡是非的觀念，善惡必有其相對的結果，第八七回天竺國之鳳仙郡因上官不敬，將齋天素供餵狗，遭致玉帝懲罰，須待雞吃盡了米；狗吃盡了麵且燈燄燃斷金鎖，方能下雨，鳳仙郡因而三年不下雨。悟空求助無門，後接受四天師指點，由人生善念來解決難題，鳳仙郡上下因此皆皈依善果，驚動上天，前述三項下雨阻礙亦因而化解，終獲玉帝普降甘霖"鳳仙郡民眾因一時的過錯遭罰，卻也由心生善念而得到善果，善惡原本於一念之間，且一旦心念動，無論善惡，上天均會知悉。於此，小說除具有娛樂效果外，也帶有教育功能，或說小說在此呈現了大眾一般的信念，藉以獲

得共鳴。《西遊記》中，這類評論式的說明往往是對以往觀念的再詮釋，也由於作者將每件事類型化、一般化，所表達的是代表公眾意識或人生觀，而由敘述者或作者表現。

五、書中人物重述歷史或使命

由於受到話本的影響，《西遊記》中的韻文多強調重述，複述的安排可加深聽眾或觀眾的印象。重述現象多出現在唐僧師徒的自述中，這類敘述以悟空次數最多，八戒及沙僧等次之，在對各自武器的描述中間亦見提及。這種表白多於打鬥前發生，如七五回悟空對老魔介紹鐵棒、九五回玉兔妖對悟空言其兵器等。當然，其他人物的自述也大致不出這型態，如六六回小張太子對黃眉怪的自我介紹亦有同樣功能：

> 祖居西土流沙國，我父原為沙國王。自幼一身多疾苦，命干華蓋惡
> 星妨。因師遠慕長生訣，有分相逢捨藥方。半粒丹砂祛病退，願從
> 修行不為王。學成不老同天壽，容顏永似少年郎，也曾趕赴龍華會，
> 也曾騰雲到佛堂。捉霧拿風收水怪，擒龍伏虎鎮山場。撫民高立浮
> 屠塔，靜海深明舍利光，楮白鐏尖能縛怪，淡淄衣袖把妖降。

在悟空三人的過往歷史中，雖極力誇大不凡的經歷，但罪愆是其人共同的遺憾，除悟空的大鬧天宮外，八戒「只因酒醉戲宮娥，那時就把英雄賣。一嘴拱倒斗牛宮，吃了王母靈芝菜。玉皇親打二千鎚，把吾貶下三天界」（八五回）；沙僧「只因王母降蟠桃，設宴瑤池邀眾將。失手打破玉玻璃天神個個魂飛喪，」、「饒死回生不點刑，遭貶流沙東岸上」（二二回），無論是個人或武器的介紹。取經使命一直是個重點，如七五回悟空言其武器時，其神威與任務也一併被提起：

> 曾將此棍鬧天宮，威風打散蟠桃宴。天王賭鬥未曾贏，哪吒對敵難
> 交戰。棍打諸神沒躲藏，天兵十萬都逃竄。雷霆眾將護靈霄，飛身
> 打上通明殿。掌朝天使盡皆忙，護駕仙卿俱攪亂。舉棒掀翻北斗宮，
> 回首振開南極院。金闕天皇見棍兇，特請如來與我見。兵家勝負自
> 如然，困苦災危無可辨。整整挨排五百年，虧了南海菩薩勸。大唐
> 有個出家僧，對天發下紅誓願，枉死城中度鬼魂，靈山會上求經卷。
> 西方一路有妖魔，行動甚是不方便。已知鐵棒世無雙，央我途中為
> 侶伴。邪魔湯著赴幽冥，肉化紅塵骨化麵。處處妖精棒下亡，論萬

　　成千無打算。上方擊壞斗牛宮，下方壓損森羅殿。天將曾將九曜追，
　　地府打傷催命判。半空丟下振山川，勝如太歲新華劍。全憑此棍保
　　唐僧，天下妖魔都打遍！

作者以古風形式爲之，由所有者言其個人或武器的過往事蹟，藉以突顯個人之武
器之神奇威力，而在敘述同時，過往的相關歷史一再出現，有補述說明的功能，
同時也包含其過失及皈依過程。因此，助唐僧西天取經的任務也一再被重複，如
五二回悟空自述，舉凡花果山稱王，大鬧天宮，偷食蟠桃，驚動天兵天將與眾菩
薩及至爲如來所收服，進而皈善護唐僧西天取經等經歷在此時獲得呈現。

　　事實上，取經目標一直在取經四眾的敘述中被重複提起，構成一故事基本
結構。取經者強調寶物或自身歷史的同時，常會將取經使命提起，除此亦將一
些隱密透露出來，並刻畫了天庭中的恩怨，如悟空三人皆因在天庭犯錯遭罰，
也藉以展露過去如蟠桃會等關鍵事蹟。如此的敘述使歷史重現於一瞬間，這種
重述有助於加深讀者的時空概念。〔註24〕韓南指出，白話小說對時空觀念極爲
注意，多有把時間交代清楚的做法。〔註25〕《西遊記》韻文的重複即有此作用。

　　歷史倒述多與人物自述同時，多出現於打鬥前的叫囂喊話或遇難的嘆惋
中，尤以悟空佔絕大部分，共有九次。其自述分別出現於與佛祖對話、或與妖
魔打鬥前之自我介紹中，敘述內容或言其不凡來歷、或言其高人一等的技藝，
中亦如上述，包括協助唐僧西天取經的使命。如四一回悟空嘆魔王之阻礙，「憶
昔當年出大唐，巖前救我脫災殃。三山六水道魔障，萬苦千空割寸腸」，個人歷
史與取經任務再次被」提起，而有關唐僧的描寫，有十二回：

　　靈通本諱號金蟬：只爲無心聽佛講，轉托塵凡苦受磨，降生世俗遭
　　羅網。投胎落地就逢兇，未出之前臨惡黨。父是海州陳狀元，外公
　　總管當朝長。出身命犯落江星，順水隨波逐浪洓。海島金山有大緣，
　　遷安和尚將他養。年方十八認親娘，特赴京都求外長。總管開山調
　　大軍，洪州勦寇誅兇黨。狀元光蕊脫天羅，子來相逢堪賀獎。復謁
　　當今受主恩，凌煙閣上賢名響。恩官不受願爲僧，洪福沙門將道訪。
　　小字江流古佛兒，法名喚作陳玄奘。

〔註24〕蘇其康，〈西遊記韻文部分的修辭用法〉，見鄭樹森、周英雄、袁鶴翔合編，《中
　　西比較文學論集》（台北：時報，1986），頁 216。
〔註25〕韓南著，張保民、吳兆芳譯，〈早期的中國短篇小說〉，收於《韓南中國古典
　　小說論集》（台北：聯經，1979），頁 10。

這番敘述正是其個人的歷史，介紹其出身，也使陳光蕊故事於其中展現，往後情節發展如十五回「致使金蟬重脫殼，故令玄奘再修行」；四一回「二人努力爭強勝，只為唐僧拜法王」，四九回「自很江流命有愆，生時多少水災纏。出娘胎腹淘波浪，拜佛西天墮渺淵」，而六四回三藏自述，「養性看經無懈怠，誠心拜佛敢俄捱？今蒙皇上差西去，路遇仙翁下愛來」等，亦再次陳述唐僧出身的不凡及任務。〔註26〕

　　無論是神仙或妖魔的說明皆有再次強調過往歷史、補充及重複功能。在爭鬥前的一番長篇大論雖似不合乎情節的正常發展律度，但此項安排卻使讀者或聽眾能再次將注意力集中於過往歷史中，從而連結過去與現在的情節，使原本結構鬆散的故事獲得關連。作者採用古風這類文體來表現，其行文更加自由流暢，作者的選擇應是有意識的，因為不限格律用韻的古風本就適合敘事，故藉此即可令介紹的目的得以達成。悟空三人的自述往往隨著取經路程中除妖經驗的累積而增加，如於第七回悟空對佛祖的自述中除固定介紹其出身外，「水簾洞裏為家業，拜友尋師悟太玄。二因在凡間嫌地窄，立志端要住瑤天」，僅有拜師悟玄一事的經歷及一己追求名位的表現，第十七回對黑風怪的自述中則不同於第七回的簡單，「那山有個老仙長，……老孫拜他為師父，……得傳大品天仙訣，若無根本實難熬」、「戰退天王歸上界，哪吒負痛領兵逃」，悟空就拜師與鬧天宮二事大加介紹，其間細節一一說明，並舉出取經任務，此時的鋪排長篇在結構上自是悟空對的自我介紹，因面對敵人，故長篇且細節的說明亦有誇大的效果，且配合黑風怪對其來源、名姓及法力的疑問，也可視為是過往的重複，有喚起讀者記憶的功能。

　　在第五二回中又出現悟空自述，同樣是長篇古風，內容亦不外其來歷、求道、大鬧天宮事及後來的西天取經，與第十七所述無甚差異，所不同的在於五二回的敘述中增加其在老君爐中的悴煉的天數及如何與佛祖鬥法的細節，主要在強調其手段。在第六三回的自述中除了自我的介紹外，亦提及寶塔無光之事、令妖怪歸還寶物的索戰原由，大鬧天宮及與諸天兵爭戰之事卻省略。在第七一回的長篇幅自述則於來源、歷史、神威外，另增官封弼馬溫的細節，如「玉皇大帝傳宣旨，太白金星捧詔來。請我上天承職裔，官封弼馬不開懷」，這項強調旨在向賽太歲誇耀一己之神威，而拜師求道與大鬧天宮

〔註26〕Anthony C .Yu , " Narrative Structure and the Problem of Chapter Nine in the *His-yu Chi," Journal of Asian Studies*,34:2（Feb,1975），pp297-303.

事則略而不提。由上引例證可見，各項細節在不同的章回中有不同的關注，如第八六回的敘述中又添入沿途力戰各妖精的過往，如「逢山開道無人阻，遇水支橋有怪愁。林內施威擒虎豹，崖前復手捉貔貅」。

　　悟空自述之詩共有七首，這類自述在大同中仍有小異，而這些不同處在安排上亦隨情節的推衍而有所變動，在每次不同重點的關注下，適時提醒讀者的記憶，將事件的先後再次作一整理，並藉著敘述事件的加入，以連結整個故事架構。

　　前述第十九回八戒言其武器外，另有一番對自己的描述「自小生來心性拙，貪閒愛懶無休歇，……有緣立地拜為師，指示天關並地關……敕封元帥管天河，總督水兵稱憲節。只因王母會蟠桃，開宴瑤池邀眾客，二全無上下失尊卑，扯住嫦娥要陪歇，……放生遭貶出天關，福陵山下圖家業」，將有關自己的經歷、調戲嫦娥的事件加以介紹，有六十四句之長的古風在前，而後在武器描繪中僅以「皆因仗酒卻行兇，只為倚強便撒潑」兩句交代，一詳細一簡略，各有所重，亦可發現作者刻意安排之用心。在第三二回中，八戒再次述其耙之神威，但篇幅明顯縮小，主要在明其耙非尋常築地之耙，「能替唐僧消障礙，西天路上捉妖精」，從自述中可發現情節的增加，「築倒泰山老虎怕，掀翻大海老龍驚」，威力的形容則有所變更，但亦不免誇大，而第四九回中八戒再次述其耙時，其內容幾與三二回全同，除唐僧改為聖僧，老虎變為千虎，老龍改為萬龍，妖精改為威靈等用字變化外，整體並無明顯不同。甚至散文敘事上的用字，也是「那個妖邪，哪裏肯信」的句式，可見民間文學襲用套語的痕跡。

　　武器的描述大同小異，如九五回玉兔妖言其武器時亦是強調其悠久歷史「混沌開時吾已得，鴻蒙判處我當先」與「廣寒宮裏搗藥杵，打人一下命歸泉」的神威，除悟空的如意棒，八戒的耙是「巨齒鑄就如龍爪，遜金裝來似蟒形」；而沙僧的寶杖則是「外邊嵌寶霞光耀，內裏鑽金瑞氣凝」（四九回），至於其歷史與威力，自不待言。這些現象多出現於打鬥前的對罵叫戰之際，除有挑釁效果外，並有補述說明過往情節等功能。

六、凸顯人物彼此互動

　　作者以五行觀念來代表取經四眾彼此的關連，從中可發現，唐僧師徒除了藉取經來獲得救贖外，事實上早在往西天的途中，唐僧等人即從多次劫難

中得到個人的成長。如唐僧曾不識真假悟空，進而怪罪真悟空並將之驅逐，以致遭遇困苦，唐僧的神聖形象受到質疑，他無法明辨真假是非，聽信讒言，「心亂神昏諸病作，形衰精敗道元傾」，終至鑄成大禍，而八戒的一旁挑撥煽動，又顯示其個性上的小人層面。

若以五行來表現取經者，則悟空配金及火，第十九回中，悟空曾言，其偷吃太上老君的仙丹，並運用三昧真火鍛煉成「火眼金睛」不壞之軀，第二回的有詩為證敘述菩提祖師傳授長生妙訣亦言，「卻能火裏種金蓮」，道教稱鉛為「金公」，認為「真鉛生庚」，庚辛為金，地支中甲酉屬亦為金，申屬猴，因此悟空實為金與火的結合。八戒配木，道教口朱為木母，認為「真汞生亥」，亥屬豬，故木母有時指八戒，如四七回回目，「聖僧夜阻通天水，金木垂慈救小童」，「金木垂慈救小童」，敘述悟空與八戒分別假扮陳家兒女，收伏通天河妖未果，最終仍需觀音前來收服一事，又如八六回回目「木母助威征怪物，金公施法滅妖邪」，「木母助威」即指八戒前後兩次與悟空共戰連環洞豹子精。八戒性格與悟空互補，兩人在性格轉變上各自趨向對方，悟空從性急易躁漸趨緩慢行事，如於第二七回中打死屍魔的三種化身，其善辨妖邪但暴躁性急，然於取經路途中其卻有所改變，如第四二回中悟空眼見觀音為縛紅孩傾倒甘露水時，仍不忘先將生靈送往高處，此為影響之一，而妖魔給他的困擾也有助其平火氣傲氣，其並非對任何妖魔都仍擒服，有許多妖魔最終仍需由天宮眾仙來收服。八戒本只重食欲情欲的追求，常言要散夥回高家莊，但在第八六回中卻一反其膽小貪逸好哭的特性，而勸悟空勿哭，「不要哭，一哭就膿包了」，除了在第六七回中清除稀柿衕，也在誤為師父已被妖魔所吃，放聲大哭，卻又空前團結，矢志合力除妖。在取經路途中，悟空八戒二人關係分合不定，但情感基點始終未變，多次與妖魔的對抗中，八戒不僅助悟空一臂之力，在遭遇水中妖魔時，八戒往往也能適時發揮其諳水性的長才，發揮合作精神。

最晚加入取經隊伍的沙僧配土，一如八戒對其晦氣臉色的形容，其不似悟空八戒的爭強好勝，一如苦行僧，極力抑制自我，並在其他人爭吵之際，發揮其包容調停的作用，如於第四十回勸唐僧莫念緊箍咒、又力勸悟空八戒勿散伙。至於取經隊伍的領導者三藏則配水，三藏自出生即不離水患，如第九回其母將其推放水中以避賊人劉洪加害，又如第四八回為通天河妖所沉，八戒並加以調侃，「師父姓陳，名到底了」，三藏不離水難，在回目中亦有「江流僧復益報本」

（第九回）及「脫難江流來國土」，（第二九回）的說法，江流即是唐僧，其於危急慨嘆中亦曾提及自己一生多水厄，如第四九回中被通天河妖所擒時之悲：

> 自恨江流命有愆，生時多少水災纏。出娘胎腹淘波浪，拜佛西天墮
> 渺淵。前遇黑河身有難，今逢冰解命歸泉。

五行的相生相剋恰展現了唐僧師徒間關係的分合，五行的安排不僅具有形式上的意義，其間尚代表了取經眾的個性。其他有關五行思想的部分如「水火相攪各有緣，全憑土母配如然」（三六回），西天取經過程中，師徒間的關係不斷在衝突和諧中變化，「木母遭逢水怪擒，心猿不捨苦相尋」（六三回）、五八回「中道分離亂五行，降妖聚會合元明。神歸心舍禪方定，六識怯降丹自成」，取經隊伍中若有某一方三心二意，則取經任務必定受阻。

又如六一回述悟空戰牛魔三一事，亦以五行觀念來描述：

> 道高一尺魔千丈，奇巧心猿用力降。若得大山無烈焰，必須寶扇有
> 清涼。黃婆矢志扶元老，木母留情掃蕩妖。和睦五行歸正果，煉魔
> 滌垢上西方。

八戒戰牛魔王未果，而後有悟空相助，排除萬難，取得寶扇，化解酷熱，「和睦五行歸正果，煉魔滌垢上西方」，代表了悟空兄弟為同一目標而合作互助，金木水火土五行相生相剋，其間迭有衝突不合，此時沙僧所代表的土則發揮了調解包容的作用，「黃婆矢志扶元老」，一如黃婆，為脾內涎，能營養其他內臟，〔註27〕能促成師徒間的和諧。同時，第六二回聞頭亦言，「水火調停無損處，五行聯絡如鉤」，經歷一番磨練，師徒四人「水火既濟，本性清涼」，又歸於和諧狀態。師徒互動消長關係亦是五行循環的表現，如十九回言以五行述八戒之歸真與加入取經行列：

> 金性剛強能剋木，心猿降得木龍歸。金從木順皆為一，木戀金仁總
> 發揮。一主一賓無間隔，三交三合有玄微。性情並喜貞元聚，同證
> 西方話不遠。

「金性剛強能剋木，心猿降得木龍歸」，顯然說明了悟空收伏八戒使其加入取經行列之事，這首韻文以道教術語及五行思想構成，「性情並喜貞元聚，同證西方話不遠」，除有情節推衍功能外，也說明悟空八戒二人在取經路程中密切的關係，如第四一回：

〔註27〕黃婆，道教煉丹的術語，為脾內涎，能養其他臟所以叫黃婆。見《西遊記》
　　　　第 23 回（台北：華正，1982），頁 267。

> 五輛車兒合五行，五行生化火煎成。肝木能生心火旺，心火致令脾
> 土平。脾土生金金化水，水能生木徹通靈。

將火木土配合心肝脾，即「心火」、「肝木」、「脾土」，並闡述五行相生相剋的觀念，木生火，火平土，土又生金，金生水，水又生木，如此的循環信念表達了取經四眾間各種不同的消長或變化之關係，取經隊伍乃一整體，彼此間須在性格上互補，方能成就任務。五行消長代表了唐僧師徒間個別遭遇，如六三回「木母遭逢水怪擒，心猿不捨苦相尋」，言八戒為碧波潭九頭龍所擒，悟空馳往營救。五八回「中道分離亂五行，降妖聚會合元明。神歸心舍禪方定，六識怯降丹自成」，取經隊伍中若有某一方三心二意定或特立獨行，則災難往往隨之而至。此首韻文

　　言真假悟空事件的告一段落，師徒間經歷一番衝突後的和諧。而其間互動關係亦是五行循環的表現。

　　五行間的相生相剋關係正符合了唐僧師徒內外在的各種境遇。過程實亦一衝突解決的循環。事實上，《西遊記》一書以「合」、取經「分」、「合」為一基本結構，大結構為渾沌初開及至五行歸一，小規模的分合則是各事件中五行的凝聚與散離。這些散離又常是因內部和外部的阻力所引起的。百回中，故事進展有急有緩，節奏不一，到最後的五行歸一為真正的結局。〔註28〕而這終結的情形有往往又是一開端，可見分合並無明顯界線，即如「秋月一般圓，彼此難分別」（第二十回）。這又與〈西遊記〉「空」的主旨相應，取經四眾也是在歷劫行滿、悟大空後成真，真正得到圓滿。

七、增加行文雅趣與觀點完整

　　《西遊記》中常有聯對唱和情節，這類現象不僅展露作者之高才，也因多重聲音的同時呈現，使讀者能獲得同一事情的不同觀點。如第三六回唐僧師徒於寶林寺對月賦詩，表現了師徒不同層次的觀點。唐僧所賦之詩為：

> 皓魄當空寶鏡懸，山河搖影十分全。瓊樓玉宇清光滿，冰鑑銀盤爽
> 氣旋。萬里此時同皎潔，一年今夜最明鮮。渾如霜餅離滄海，卻似
> 冰輪掛碧天。別館寒窗孤客悶，山村野店老翁眠。乍臨漢苑驚秋鬢，
> 才到秦樓促晚妝。庾亮有詩傳晉史，袁宏不寐泛江船。光浮杯面寒

〔註28〕張靜二，〈西遊記的結構與主題〉，《中華文化復興月刊》十三卷三期，頁23。

無力，清映庭中健有仙。處處窗軒吟白雪，家家院宇弄冰絃。今宵
靜玩來山寺，何日相同返故園？

唐僧的感慨因秋月而起，詩中細膩地呈現月亮的不同風貌，同時亦展現個人
情緒，正符合詩言志之說，其他現象如悟空每遇挫敗便不免悲嘆，如「潛心
篤志同參佛，努力修身共煉魔。豈料今朝遭蜇害，不能保你上西天」（七七回）。
此亦有相同之效。唐僧「何日相同返故園」對月思鄉，表現的是世俗的思想，
而悟空則加以補充：

前弦之後後弦前，藥味平平氣象全。採得歸來爐裏煉，志心功果即
西天。

「前弦之後後弦前」謂月之二八，前後兩弦，喻吾身之陰陽二氣也，「藥
味平平氣象全」以兩弦之金水，各得其半爲藥物之氣均平，是陰陽之象完全
也。悟空強調修煉的工夫，「溫養二八，九九成功」、「志心功果即西天」；眞
正欲歸之故鄉應爲西天，但唐僧未悟及此，沙僧則提出五行和諧的重要，「水
火相攙各有緣，全憑土母配如然」，至於八戒，則代表了另一種角度的看法，
「缺之不久又團圓，似我生來不十全」，月的出現也許令其想起調戲嫦娥被貶
的過往屬於感官上的關注。此一對話場景除可視爲補充之用的聯對外，亦象
徵師徒間關係之和諧。〔註 29〕唐僧師徒各言心性，包含了高低不同的領悟，
也令各個角色性格更加鮮明，所謂「詩者，原于德性，發于才情，心聲不同，
有如其面」〔註 30〕，令一件事的正反看法、不同聲音獲得全面呈現。凡此種
種，固是作者有意藉此一展高才，但除此而外，實亦有意見補充功能。

　又如二三回黎山老母與唐僧各言俗家出家的好處，黎山老母所言爲：

春裁方勝著新羅，夏換輕紗賞綠荷；秋有新芻香糯酒，冬來暖閣醉
顏酡。四時受用般般有，八節珍羞件件多；襯錦鋪綾花燭夜，強如
行腳禮彌陀。

而唐僧則代表另一種觀點：

出家立志本非常，推倒從前恩愛堂。外物不生閒口舌，身中自有好
陰陽。功完行滿朝金闕，見性明心返故鄉。勝似在家貪血食，老來
墜落臭皮囊。

〔註29〕傅述先，〈西遊記中五聖的關係〉，《中華文化復興月刊》九卷五期，頁16。
〔註30〕吳喬，《圍爐詩話》卷二引詩法源流，見郭紹虞編，《清詩話續編》上冊（台
　　　北：木鐸，1983），頁519。

　　「四時受用般般有，八節珍羞件件多」，神仙所言固是對取經者有意的試驗，但其所表現的，仍為一項觀點，而唐僧的意見亦是另一種看法，「功完行滿朝金闕，見性明心返故鄉」，二者無所謂高下優劣，作者僅將各項觀念並列，做完整表達，讓讀者能聽到不同層次的聲音。當然，此類唱和亦不免皆帶有作者故意賣弄的因素如第八回福祿壽三星各言三寶之貴，六四回木仙庵眾樹妖花妖與唐僧之唱和及九四回唐僧和春夏秋冬四景詩及喜佳會姻四詞等。類似這些唱和之例遠在《西遊記》之前即出現，如唐傳奇中的「元無有」，搗衣杵、燈台、水桶及破鐺化為人形，並於月下歌詠，所述之詩其實就是四種物品的描寫。〔註31〕《西遊記》中第六四回的樹妖花妖的歌詠即屬之。在這類唱和聯對中，文字遊戲的成分相當大，然而，就整個氛圍而言，一系列的詩組卻也帶有鋪排誇張渲染的功能，也增添行文間的詩趣。

　　除以上所述之用詩情形，《西遊記》作者亦刻意藉詩賣弄才學，此一情形如全以物項組成一首詩，如二四回五莊觀菜園：

　　　　佈種四時蔬菜，菠芹著蓮姜台。筍薯瓜菱白，蔥蒜羌姜韭薤。窩葉
　　　　童蒿苦賣，葫蘆茄子須栽。蔓菁蘿蔔羊頭埋，紅莧青松紫芥。

這首六言詩的特殊在於以一二十種菜蔬名稱構成詩，除第一句以外，其餘詩句皆無主詞動詞，完全以名詞來安排。又如第三六回寫黃昏將夜：

　　　　十里長亭無客走，九重天上現星辰。八河船隻皆收港，七千州縣盡
　　　　關門。六宮五府回官宰，四海三江罷釣綸。兩座樓頭鐘鼓響，一輪
　　　　明月滿乾坤。

這首詩所用韻部為元韻及真韻，作者著力的乃數字的安排，整首詩以「十里長亭」、「九重天上」、「八河」、「七千州縣」、「六宮五府」、「四海三江」、「兩座樓頭」、「一輪明月」構成，從十至一的形式來安排，這種炫才的詩作如各式唱和亦是，如第七回福祿壽星詩、六四回唐僧與十八公等和詩及九四回天竺國中頌四季詩等詩作皆是。另外，作者也利用諧音的特點，由口頭的表現方式，不僅展現作者的才華，也對文字作一遊戲的安排。利用諧音將文字詞語作一安排，造成聽覺趣味。如第八十回唐僧思鄉之詩：

　　　　我自天牌傳旨意，錦屏風下領關文。觀燈十五離東土，才與唐王天
　　　　地分。甫能龍虎風雲會，卻又師徒拗馬軍。行盡巫山峰十二，何時

〔註31〕汪辟疆編，《唐人傳奇小說》下卷引《玄怪錄》之〈元無有〉（台北：文史哲，1988），頁197~198。

對子見當今。

此首詩乃以骨牌術語所組成，「天牌」、「錦屏風」、「觀燈十五」、「天地分」、「龍虎風雲會」、「拗馬軍」、「巫山峰十二」應爲十二巫山）及對子等皆是骨脾術語，但《西遊記》作者卻將這些詞語構成一首懷鄉感嘆、情緒沉重的詩，並出自唐僧之口，在不協調中營造出詼諧的效果，矛盾中更見風趣。又如三六回中藥名稱之詩：

自從益智登山盟，王不留行送出城。路上相逢三稜子，途中催馬兜鈴。尋坡轉澗求荊芥，邁嶺登山拜茯苓。防己一身如竹瀝，茴香何日拜朝廷？

這首藥名詩各押庚韻及青韻，主要在表現諧音的現象，中國文字常有一字多音或一字同音的現象，常可藉此製造文字趣味，如所引之韻文中，「益智」即一志，「荊芥」即經戒，「茯苓」即佛靈，而「王不留行」、「竹瀝」、「茴香」則亦爲藥名，〔註 32〕藥名詩在六朝亦盛行，主爲諧合字音，借字之諧音來使用，與形義無關，純粹以諧音來作文字遊戲。王融亦有一「雙聲詩」：

園蓄眩紅鵲，湖菁繹黃花。迴鶴橫淮翰，遠越橫雲霞。〔註 33〕

有意以匣紐的雙聲字入詩。類似情形如「舜子變」中「瞽叟」作「苦嗽」，〔註 34〕形近音遠，應是據口頭所抄錄，主在記錄語音。但上引藥名詩之例因整首詩皆用專有名詞，實乃文字遊戲之一例。又如二十回描寫黃風嶺之詩，除一番刻意描繪外，又另加一段「當倒洞當當倒洞，洞當當倒洞當山」，爲具音韻效果的趣味表現。利用諧音特點來作遊戲式的安排，如第一回菩提祖師問悟空何姓，悟空之回答，以「無姓」爲「無性」二第三七回八戒將「徒弟」誤爲「土地」、第四十回中將「叫」誤爲「轎」和「覺」及第七五回悟空嘲笑老魔「這瓶裏空者，控也」的驚嘆，亦學其口氣「我的兒啊！搜者，走也」，利用聲母韻母的類似作詼諧的安排。凡此皆是利用聲音的特性所作的表現。

又如第二六回：

處世須存心上刃，修身切記寸邊而。常言刃字爲生意，但要三思戒怒欺。

〔註32〕《西遊記》三六回註一（台北：華正，1982），頁 420。

〔註33〕逯欽立輯校，《先秦漢魏晉南北朝詩》中冊，頁 1405。

〔註34〕歐陽楨著，姜台芬譯，〈現場觀眾：中國小說的口述傳統〉，見《中國文學論著譯叢》上冊（台北：學生，1985），頁 25～29。

此爲將字形分離而後配合的例子，前引「心上刃」、「寸邊而」意爲「忍耐」
二字。類似例子有六十四回的「十八公」，實爲松樹之松，此回中，作者分別
以十八公、孤直公、凌空子及拂雲叟等並輔以詩謎來表示松柏檜竹等。十八
公等與唐僧之聯對，共有五首之多，實爲其人之介紹。我國文字有形、音、
義三要素，三者間彼此有微妙關係〔註 35〕，故可作此文字遊戲，唐人傳奇謝
小娥傳中，亦以「車中猴，門東草」來表示小娥的殺父殺夫兇手之名〔註 36〕，
此實可視爲字謎詩。於此可發現，《西遊記》中保留了民間文學如變文的文學
特性，於其中加入懸疑或機智的表現，能刺激讀者或觀眾的想像，大眾往往
也喜歡懸疑或機智中所蘊含的神秘氣氛，作者亦能從中製造趣味或嘲諷的效
果。〔註 37〕

〔註 35〕 董季棠，《修辭析論》（台北：益智，1981），頁 243。
〔註 36〕 汪辟疆編，《唐人傳奇小說》（台北：文史哲，1988），頁 93。
〔註 37〕 楊西華，《唐變文之原創性及其與大眾需要之研究》，東海大學六十七年碩士
論文，頁 140～141。

第三章 賦在《西遊記》中的運用

第一節 運用類型

　　賦者，鋪陳也。其特色爲體物寫意，多麗辭夸飾"《文心雕龍》詮賦篇：「賦也者受命於詩人，拓宇於楚辭者也」」〔註1〕，漢賦源於詩經楚辭，因漢朝帝國之興盛，發展出漢賦的文字華麗、體制宏偉及用詞誇大等特色，所謂「因物造端，敷弘理，欲人不能加也」。漢朝創造出中國歷史上空前的統一盛世，當時的文學主流漢賦亦具有宏偉氣概，《西京雜記》曾記載司馬相如言作賦「合纂組以成文，列錦繡而爲質，一經一緯，一宮一商，此賦之跡也，賦家之心，包括宇宙，總覽人物，斯得之於內，不可得而傳」，〔註2〕賦之特色如此。

　　賦是漢代盛行的文學形式之一，爲流行於上層社會、用古文寫成的宮廷文學，與流行在廣大民眾間的樂府分庭抗禮。漢賦因有特殊的政治社會背景、作者及讀者，致使其發展成一內容多樣、體制弘偉、用字艱深的文學。自漢之後，歷代的賦在形式上更趨多樣，在內容上亦見各類題材並出，但寫作技巧大同小異，都不免有體製龐大、用詞鋪張的性質。

　　《西遊記》中的辭賦形式有二百九十三處，與傳統的辭賦相較，《西遊記》中的賦形式較短，雖亦有稍大的證制，如描寫山川及神妖威力時的賦即是。但亦有篇章短小、僅刻畫單一物項的賦作，如悟空所變形物或唐僧袈裟等特殊事物便是。可見《西遊記》中的賦體非屬正統之賦，而是已經作者改造。

〔註 1〕劉勰，《文心雕龍》〈詮賦篇〉（台北：台灣開明，1968）頁 47。
〔註 2〕葛洪，《西京雜記》卷二，四部叢刊第二十三（台灣：商務）。

但在用字與鋪排上，則保留誇大的修辭效果，增加故事的通俗色彩。《西遊記》的故事主體為取經，為一通俗大眾作品，自不可能有如漢賦般標準體制的作法，但卻沿襲了用字奇偉的特色，如形容天宮馬匹的文字，即是由馬字偏旁的文字構成，而筆調誇張的特色則更是屢見於《西遊記》中的各篇賦作。同時，作者也將音韻效果運用於辭賦中，此本是六朝賦所具有的特色，作者將之運用，發揮了詼諧的功能，一改賦本為正統文學的特色。

　　這裏所謂的賦，既非全是正統標準的形式，內容也非全是典雅莊重。就篇幅而言，《西遊記》中出現的辭賦應視為短賦，如荀子的「禮」、「知」、「雲」、「蠶」及「箴」五賦，一向被視為短賦，其字數多則二一一字，少則一三二字〔註3〕，以此一標準視之，出現於《西遊記》中的辭賦只能視作短賦，而內容則更是超越賦體原有的矜重，另增加多元的面貌。同時，《西遊記》的韻文型式多端，除明言「有詩為證」、「詩曰」或指出詞牌等可明確歸類外，其餘參差句式亦不妨歸於廣義的辭賦一類。《西遊記》中運用賦的例子亦多方展現了賦應有的風格，其運用類型可以「純為賦體」來區分散體為主的賦，至於以俳體為三或雜有詩的賦則以「賦中有詩」名之。

一、純為賦體

　　主要是指文句直敘，較無俳體的「文賦」，但並非就是賦史中所謂宋朝盛行的「散文賦」。「文賦」的範圍較大，主要是指通篇賦中多散文的敘述文字，並無對偶或俳句，即使可，亦是少數的一、二句。悟空變形常是韻文表現的重要部分，所變形物或為昆蟲或為鳥獸，形成作品中精緻的層面。既是寫物，特徵的突顯為首要，如第十六回寫悟空變蜜蜂之賦：

　　　　口甜尾毒，腰細身輕。穿花度柳飛如箭，粘絮尋香似落星。小小微
　　　　軀能負重，囂囂薄翅會乘風。卻自祿稜下，鑽出看分明。

此篇賦中雖雜有「穿花度柳」至「薄翅會乘風」的整齊七言句式，但因星屬青韻，風為東韻，二者並不押韻，不能視為詩，故仍屬有賦無詩。且此篇韻文共用了「青」、「東」、「庚」三韻部，同屬平聲韻，韻的通轉明顯。雖然故事中在此篇賦之前有散文說明悟空變蜜蜂，但通篇辭賦中並未點明蜜蜂二字，完全就蜜蜂的特性形態加以著墨，雖未必是字謎，但具備了詠物的特質。

〔註3〕　李曰剛，《辭賦流變史》（台北：文津，1987），頁64。

　　詠物的特色亦可見於人物描繪方面。人物的描寫有正面與側面兩種角度，前者爲直接對人物的外表如五官、服飾、武器等作一描述，而後者則多從對方角度來刻畫。無論是何種技巧，這類韻文多能使故事中的各角色形象鮮明，可視爲另一種詠物類型。悟空三人的描寫自不可免，中又以悟空著墨最多，但多出現於散文的敘述中，韻文的部分則如第十四回：

> 尖嘴縮腮，金睛火眼。頭上堆苔蘚，耳中生薜蘿。鬢邊少髮多青草，
> 頷下無鬚有綠莎，眉間土，鼻凹泥，十分狼狽，指頭粗，手掌厚，
> 塵垢餘多。還喜得眼睛轉動，猴舌聲和。語言雖利便，身體莫能那，
> 正是五百年前孫大聖，今朝難滿脫天羅。

此篇賦未轉韻，「蘿」、「莎」、「多」、「和」、「羅」皆屬平聲歌韻，而其句式亦多參差，四字句如「尖嘴縮腮，金睛火眼」；三字句如「眉間土，鼻凹泥」；五字句如「語言雖利便，身體莫能那」；七字句如「還喜得眼睛轉動」；甚至有九字句者，如「正是五百年前孫大聖」；完全發揮賦中文字參差的特質。描寫部分集中在悟空的五官四肢、臉頰、眼睛、耳朵、鬢髮、眉鼻、手足等皆與山勢相融，配合其被壓於五指山下的情節，其面目特徵亦與草木相結合。但「眼睛轉動」、「猴舌聲和」的描寫尚保留了悟空機伶特性。

　　對妖魔的形容方式亦多半細緻刻畫其五官、服飾、武器等，造成明顯印象。亦大不同於以古風描繪神仙的抽象化，如第六十回牛魔王：

> 上戴一頂水魔銀亮熟鐵盔；身上貫一副絨穿錦繡黃金甲；足下踏一
> 雙捲尖粉底麂皮靴；腰間束一條攢絲三股獅蠻帶。一雙眼光如明鏡，
> 兩道眉豔似紅霓；口若血盆，齒排銅板，吼聲響震山神怕，行動威
> 風惡鬼荒。四海有名稱混世，西方大力號魔王。

上引之賦有特殊的文字安排，前面四句每句皆多達十二字，另有四句及七句式，在用韻上，則是平聲韻及仄聲韻雜用，如「甲」爲仄聲洽韻，「帶」爲去聲泰韻，而「荒」、「王」則屬平聲陽韻。具有賦平仄韻互用之特色。具饘物項配件不僅勾勒出鮮明的牛魔王形象，物件本身也是精雕細琢，「銀亮鐵盔」、「錦繡冑甲」、「麂皮靴」及「獅蠻帶」，可見作者並不肯忽略這類細節，且以賦的形式來鋪陳，更相得益彰。使妖魔特徵與辭賦的特殊描繪性質結合。

　　純爲賦體的形式亦常描繪山勢，或仙山或妖境，《西遊記》作者以賦體細膩地刻畫其形態，且展現了弘偉的特性。各山都有其特色，以第一回之花果山勝景爲例，第一回中，作者爲襯出石猴的不凡，其敘述由大至小，從宇宙

變化之長遠悠久至各部洲的分別，後又單表東勝神洲，再將焦點定於傲來國。並以賦的鋪排形式形式突顯花果山的形勢，整個敘述過程爲漸進式，由大至小，最後將焦點集中於花果山一景。並於此場景發展出石猴誕生、稱王、拜師等一連串事件：

> 勢鎮汪洋，威寧瑤海。勢鎮汪洋，潮湧銀山魚入穴；威寧瑤海，波翻雪浪蜃離淵。木火方隅高積上，東海之處聳崇巔。丹崖怪石，削壁奇峰。丹崖上，彩鳳雙鳴；削壁前，麒麟獨臥。峰頭時聽錦雞鳴，石窟每觀龍出入。林中有壽鹿仙狐，樹上最靈禽玄鶴。瑤草奇花不謝，青松翠柏長春。仙桃常結果，修竹每留雲，一條澗壑藤蘿密，四面原堤草色新，正是百川會處擎天柱，萬劫無移大地根。

此篇賦共用先韻、元韻及真韻等平聲字，中又夾用「臥」、「入」等入聲字，在句式上，三、四、五、六、七及九字句式均有，錯落參差。花果山爲主角石猴悟空之出生地，重要性自不待言。作者以「勢鎮汪洋，威寧瑤海」二句開頭並於其後重複：「勢鎮汪洋，潮湧銀山魚入穴；威寧瑤海，波翻雪浪蜃離淵」，句式的參差迴複表現出賦所具有的鋪排風格，並於其中列出麒麟、鳳凰、鹿狐等吉祥動物，藉賦之富麗形式展現花果山的不凡與神聖。這篇賦的出現替花果山「爲十洲之祖脈，三島之來龍，自開清濁而立，鴻濛判後而成」的描述作補充，又如六四回鋪寫荊棘嶺：

> 匝地遠天，凝煙帶雨。夾道柔茵亂，漫山翠蓋張，密密搓搓初發葉，攀攀扯扯正芬芳。遙望不知何所盡，近觀一似綠雲茫。蒙蒙茸茸，鬱鬱蒼蒼。風聲飄索索，日影映煌煌。那中間有松有柏還有竹，多梅多柳更多桑。薜蘿纏古樹，藤葛繞垂楊。盤圍似架，聯絡如床。有處花開真佈錦，無端卉發遠生香。

這篇賦的句式亦是不整齊，從四句、五句、七句乃至十句式皆有，完全視作者用心，隨意運用。所不同的是押韻相當一致，皆押平生陽韻，而未夾用仄聲韻。又「密密搓搓」「爍攀扯扯」等連續疊字正形容山中荊棘的纏繞混亂，即在強調荊棘的糾纏盤團特色。並加以細節描繪，如松、柏、竹、梅、柳、桑等的羅列，「有松有柏還有竹，多梅多柳更多桑」，此二句不僅形容荊棘嶺上的各種植物，事實上也暗示嶺上的松、柏、梅、竹等樹妖，眾樹妖與唐僧的賦詩正是六四回的情節，荊棘嶺正提供此一取經過程中的插曲之場景。

　　庭園洞府亦常是取經路途中的場景，庭園多是取經四眾經歷災難後稍作

緩息之處，或是另一項事件的開始，而洞府則往往是妖精處所，其外在環境常表現出妖精的特陸，進而預示唐僧等人將到的劫難。這類環境的描繪亦使用辭賦形式，如第十七回黑風洞：

> 崖深岫險，雲生嶺上；柏蒼松翠，風颯林間。崖深岫險，果是妖邪
> 出沒人煙少，柏蒼松翠，也可仙真修隱道情多。山有澗，澗有泉，
> 潺潺流水咽鳴琴，便堪洗耳，崖有鹿，林有鶴，幽幽仙籟動間岑，
> 亦可賞心。這是妖仙有分降菩提，弘誓無邊垂測隱。

其押韻並不一致，雜用刪韻、侵韻及歌韻字。在句式上，黑風洞的描繪句式一如花果山，採迴複句型，「崖深岫險，雲生嶺上；柏蒼松翠，風颯林間。崖深岫險，果是妖邪出沒人煙少，柏蒼松翠，也可仙真修隱道情多」，但同中有異，即另加「雲生嶺上」及「風颯林間」等二句，使此篇之句式更顯迴複。這篇韻文的內容一如其他山勢的形容，不出松、柏、鹿、鶴等名詞，但仙妖畢竟有別，作者意識到此，故其形容字眼便使用「深」、「險」等字，「這是妖仙有分降菩提，弘誓無邊垂惻隱」這裏強調仙妖之別有其作用，除顯示黑風怪的高深道分外，亦顯出爾後觀音菩薩見其有幾分道行收為守山大神的結果。可見韻文形式與散文情節之配合。

然而，並非所有洞府庭園都如黑風洞般，作如此仙境般的描述，如第七五回的獅駝洞即是駭人的景象：

> 骷髏若嶺，骸骨如林。人頭髮蹤成氈片，人皮肉爛作泥塵。人筋纏
> 在樹上，乾焦晃亮如銀。真個是尸山血海，果然腥臭難聞。

雖為短小篇幅，但作者卻分別使用了侵韻、文韻及真韻，可見賦用韻之寬。句式上四、七、六句雜用，其特色是用字的具體與淺白醜陋，完全不同於概念化的仙妖境界之描繪。此首賦以細節描寫獅駝洞的恐怖，亦點出居住其間的青獅、白橡與大鵬之兇惡，連悟空亦曾被裝入寶瓶並曾被老魔吞下肚裏"獅駝洞的駭人景象提供了第七五回故事一具體鮮明的發展場景。此一詳盡露骨的描述絕不同於仙境的祥瑞，可見藉辭賦描寫景物的多面性，能配合各項情節的要求。

純為賦體的形式亦見於對事物的吟詠刻畫。一般詠物賦多單就一物來描寫刻畫。然而《西遊記》中除有描述如悟空變形等單一事物外，亦有羅列事物的之賦，可視為詠物類型的擴大，被描寫的事物有各項品物，以第一回群猴所獻之果物為例：

金丸珠彈，紅綻黃肥。金丸珠彈臘櫻桃，色眞甘美；紅綻黃肥熟梅子，味果香酸。鮮龍眼，肉甜皮薄，火荔枝，核小囊紅。林檎碧實連枝獻，枇杷細苞帶葉擎。兔頭梨子雞心棗，消渴除煩更解醒。香桃爛杏，美甘甘似玉液瓊漿；脆李楊梅，酸蔭蔭如脂酸膏酪。紅囊黑子熟西瓜，四瓣黃皮大柿子。石榴裂破，丹砂粒現火晶珠。芋栗剖開，堅硬肉團金瑪瑙。胡桃銀杏可傳茶。椰子葡萄能作酒。榛松極禁滿盤盛，橘蔗柑橙盈案擺。熟煨山藥，爛煮黃精。搗碎伏苓并意孩，石鍋微火漫炊羹。人間縱有珍羞味，怎比山猴樂更寧？

這篇長賦共使用了「寒」、「庚」、「青」等平聲韻及「紙」、「藥」「蟹」等仄聲韻，亦屬平仄韻互用。在句式上，本篇的重複又是另一種情況，先是「金丸珠彈，紅綻黃肥」，而後是「金丸珠彈臘櫻桃，色眞甘美」；「紅綻黃肥熟梅子，味果香酸」，與描寫花果山或黑風洞的重複句式互有異同，凸顯賦的多變形式。又因賦的篇幅限制不嚴，可敘述多種的品物。此篇所述的物品種類繁多，幾近二、三十種，既有水果亦有點心。而針對每一物項，作者又加以形容，或香或酸；或顏色鮮豔，或風味甘美，甚至烹煮方式亦詳加介紹，由物品的鋪排顯見作者乃有意透過賦的誇張來呈現物項，分別予以放大或壓縮。

二、賦中有詩

賦發展至魏晉南北朝，制上較漢賦短小清新，又因聲律的發現，唯美主義盛行，使賦又呈現另一種風貌。賦中開始夾雜駢文，而雕琢堆砌外更求排偶對仗，且賦中雜有詩的成分，可視爲詩化的賦，辭賦技巧至此更形講求。《西遊記》雖屬通俗文學，但亦可於其中某些辭賦發現類似俳賦的形式，賦中雜有對偶文字，頗類句式整齊的詩，且這些詩在賦中佔有一定比例的篇幅。但《西遊記》畢竟爲通俗小說，所以在字句安排上多所創新取捨；雖是排偶，但文字淺顯易懂，因此不顯生澀。此類賦成爲《西遊記》中另一種特殊的韻文形式。

首先，賦中有詩的形式可見於時間方面的敘述。時間的表示除有七言五言的律絕外，亦有句式長短不齊的辭賦。無論四季或日暮夜分，讀者皆能於辭賦中得到清晰明顯的印象，有別於以其他形式的描寫效果。以第五九回寫秋景爲例：

薄雲斷絕西風緊，鶴鳴遠岫霜林錦。光景正蒼涼，山長水更長。征鴻來北塞，玄鳥歸南陌。客路怯孤單，柄衣容易寒。

除首兩句爲七言句式外，其餘六句皆爲五言的詩式，分別押陽韻及寒韻。賦的詩化現象相當明顯，又如第六五回寫春景之賦亦然：

> 物華交泰，斗柄回寅。草芽遍地綠，柳眼滿堤青。一嶺桃花紅錦沅，
> 半溪煙水碧羅明。幾多風雨，無限心情。日曬花心豔，燕啣苔蕊輕。
> 山色王維畫濃淡，鳥聲季子舌縱橫。芳菲鋪繡無人賞，蝶舞蜂歌卻
> 有情。

此篇賦的句式參差，四字、五字及七字相互運用，但最後四句仍爲一首七言詩。但押韻上，則全篇眞韻、青韻、庚韻通轉，後之七言詩押庚韻，未另押韻。同時，文中對偶明顯，如「草芽遍地綠」對「柳眼滿堤青」，「一嶺桃花紅錦愗」對「半溪煙水碧羅明」，顯出俳賦的對仗特色。

在描寫神妖威力時，亦可見作者使用賦中有詩的形式，以第四二回寫觀音甘露水之賦爲例：

> 漫過山頭，沖開石壁。漫過山頭如海勢，沖開石壁似汪洋。黑霧漲
> 天全水氣，滄波影日幌寒光。遍崖沖玉浪，滿海長金蓮。菩薩大展
> 降魔法，袖中取出定身禪。化做落伽山景界，眞如南海一般般。秀
> 蒲挺出雲花嫩，香草舒開貝葉鮮。紫竹幾竿鸚鵡歇，青松數簇鷓鴣
> 喧。萬疊波濤蓮四野，只聞風吼水漫天。

此篇開頭「漫過山頭，沖開石壁，漫過山頭如海勢，沖開石壁似汪洋」，亦見如前述之迴複句式，對仗亦工整。但主要特色仍在於自「菩薩大展降魔法」到「只聞風吼水漫天」的十句七言詩。詩前的散式文字形容甘露水之神奇，而詩句部分則加以補充及敘述，詩賦合流之跡甚明，且行文不減辭賦的夸飾特徵。

又如第四十一回龍王之雨：

> 瀟瀟灑灑，密密察察。瀟瀟灑灑，如天邊墜落星辰，密密察察，似海
> 口倒懸浪滾。起初時如拳大小，次後來甕潑盆傾。滿地交澆鴨頂綠，
> 高山洗出佛頭青。溝壑水飛千丈玉，洞泉波漲萬條銀。三叉路口看看
> 滿，九曲溪中漸漸平。這個是唐僧有難神龍助，扳倒天河往下傾。

同樣的，除工整對仗及「瀟瀟灑灑，密密察察。瀟瀟灑灑，如天邊墜落星辰，密密察察」的迴複句式外，此篇賦亦包含從「起初時如拳大小」到「扳倒天河往下傾」共十句的七言詩，其中第九句的「這個是唐僧有難神龍助」雖共十字，但可視「這個是」三字爲古風特有的襯字，在形式上的確爲詩之形式。押韻方面除十句詩以庚、青、眞韻通押外，其他文字則使用「察」、「滾」等

仄聲字，平仄韻皆有但不雜用，更顯出賦中有詩的特殊性質。

　　與妖魔的對抗是取經者在取經過程中的最大挑戰。因此，打鬥場面的描寫自不可少，這類的描寫亦可見賦中夾詩的形式。以第四回悟空與哪吒之鬥為例：

> 六臂哪吒太子，天生美石猴王。相逢眞對手，正遇本源流。那一個蒙差來下界，這一個欺心鬧斗牛。斬妖寶劍鋒芒快，砍妖刀狠鬼神愁。縛妖索子如飛蟒，降妖大杵似狼頭。火輪掣電烘烘豔，往往來來滾繡毬。大聖三條如意棒，前遮後撲運機謀。苦爭數合無高下，太子心中不肯休。把那六件兵器多教變，百千萬億照頭丟。猴王不懼呵呵笑。鐵棒翻騰自運籌。以一化千千化萬，滿空亂舞賽飛糾，唬得各洞妖王都閉戶，遍山鬼怪藏盡頭。神兵怒氣雲慘慘，金鐘鐵棒響颼颼。那壁廂，天丁吶喊人人怕這壁廂，猴怪搖旗個個憂。發狠兩家齊鬥勇，不知哪個剛強哪個柔。

以上引例證可發現，除前四句為六字或五字的參差句式外，若在把「那壁廂」、「這壁廂」視為襯字，則其餘文字幾乎全為整齊的七言詩，亦為明顯的詩賦合流，且此篇押韻相當一致，無論六字、五字或七字句式皆押平聲尤韻與一般辭賦用韻寬緩之現象不同。又如第二一回悟空與黃風怪之打鬥：

> 妖王發怒，大聖施威。妖王發怒，要拿行者抵先鋒；大聖施威，欲捉精靈救長老。又來棒架，棒去叉迎。一個是鎮山都總帥，一個是護法美猴王，初時還在塵埃戰，後來各起在中央。點鋼叉，尖明銳利；如意棒，身黑鐘黃。戳著的魂歸冥府，打著的定見閻王。全憑著手疾眼快，必須要力壯身強。兩家捨死忘生戰，不知哪個平安哪個傷。

同樣的，詩在此篇賦中佔有大部分的比率，除「妖王發怒」到「棒去叉迎」八句為不齊句式外，若將「點鋼叉，尖明銳利；如意棒，身黑鐘黃」視為兩句七言詩，則通篇幾乎是詩體式。詩的部份一韻到底，皆為平聲陽韻，但詩外的文字則錯落參差，更凸顯賦中有詩的現象。

三、句式整齊之賦

　　《西遊記》中的賦另有一特殊形式，且通篇皆為整齊的四字句，但又不屬於四言詩，如第四回寫天宮馬匹之賦即是，這篇形式特殊的賦寫悟空任弼馬溫時，所點校的天宮馬匹：

　　曄鎦騏驥，綠駢纖離。龍媒紫燕，抶翼繡驕，缺緹銀馬，腰裹飛黃。
騎駼翻羽，赤兔超光。躁輝彌景。騰霧勝黃，追風絕地，飛翩奔宵，
逸飄赤電，銅爵浮雲，聽瓏虎謝，絕塵紫鱗，四極大宛，八駿九逸，
千里絕群。

從中可發現賦所具有的特性，這篇如字書的韻文頗具漢賦特徵，漢賦使用的
璋字後人常難以通曉，又當時賦家多為小學宗師，如司馬相如著有〈凡將篇〉、
揚雄著有〈訓纂篇〉與〈方言〉等。因此，讀者常以為賦中的奇字僻字或聯
旁疊綴的璋字乃賣弄字學之物，因而視為文字遊戲。事實上，這種字林式的
表現有可能是口語文學轉換至書面文學的痕跡，即這些璋字可能是記錄口語
的假借字。賦為諷論的文辭，故其押韻毋須似一般行文，亦不必似詩般的字
句整齊。由於不受字句約束，所以比詩更近口語，而以聽覺方式來欣賞。賦
中所使用的詞彙多為雙聲疊韻的複音詞，正是口語用以分辨單音單詞的特
徵，如前引的天宮馬匹之賦，若施之口舌，自然流利，若行於文字，則各憑
其聲，假借用之，原無其字，則假借用之〔註4〕。上述種種描述馬匹的文字亦
有可能因此而產生，但因相近字形的排列，在視覺上又收到效果。

　　點馬雖為瑣事細節，但作者卻羅列字林，將辭賦誇大特色發揮得淋漓盡
致。也因此，讀者可由此亦真亦假的安排發現，作者有意藉誇大瑣事以寓嘲
諷反省於嬉笑怒罵中〔註5〕，若較之正統的漢賦，此篇賦實大不相同。但《西
遊記》本身為一通俗文學，作者雖寫賦，但絕非為作賦而作賦。可見作者對
韻文的安排並非僅是舊有傳統的因襲，實已具有作者對辭賦此一文類的創作
精神與反省。

第二節　修辭技巧

　　《西遊記》中的賦一如詩的使用現象，在結構上呈現多樣的文學技巧，
無論是用字、色彩、形容等，皆有豐富多重的表現，使描繪各項事類的賦作
均能展示出最鮮明的面貌，為以散文方式敘述的故事增色。以下所舉，乃賦
作所呈現的較特殊風貌，而非其中的賦作僅有如此特徵。

〔註4〕簡宗梧，《漢賦源流與價值之商榷》（台北：文史哲，1980），頁47～58。
〔註5〕高桂惠，《明清小說運用辭賦的研究》，政治大學中文所七十九年博士論文，
　　　頁119。

一、疊　字

疊字的使用亦是《西遊記》中賦的特色之一，疊字多用於形容景致、神妖威力或地勢環境。在大部分的賦作中多少穿插一兩個疊字，最典型的之例如第二十回之虎先鋒：

> 血津津的赤剝身軀，紅媸媸的彎環腿足。火焰焰的兩鬢蓬鬆，硬搠搠的雙眉直豎。白森森的四個鋼牙，光耀耀的一雙金眼。氣昂昂的努力大哮，雄糾糾的厲聲高喊。

虎先鋒的四肢、五官及神態皆以疊字來描繪，表現了五官身軀的顏色、性質或樣態，相同二字的重疊，有強調作用，增加描繪文字的生動與說服力，虎先鋒的恐怖外表因此生動地呈現出來。

其他辭賦亦時常出現疊字，如第九一回青龍山：「重重丘壑，曲曲源泉」、「峨峨矗矗，突突磷磷」，形容青龍山的高聳幽深；悟空亦有「十分險峻，著實嵯峨」之感，第三七回夜遊神所起陰風：「析析瀟瀟，飄飄蕩蕩」形容陰風風勢，唐僧見燈忽明忽暗，因而膽顫心驚。又如第四八回寫雪景：「灑灑瀟瀟裁蝶翅，飄飄蕩蕩剪鵝衣。團團滾滾隨風勢，疊疊層層道路迷。陣陣寒威穿小模，颼颼冷氣透幽幃」，極力鋪陳下雪的景象，疊字的運用使韻文本身無論音韻或文字方面都能增加行文氣勢，如前述之雪景，因十組疊字的運用，增添大雪的景致及寒冷。與同爲述雪景「平添吳楚千江水，壓倒東南幾樹梅。卻便似戰退玉龍三百萬，果然如敗鱗殘甲滿天飛」的大氣勢相呼應。

同樣使用十組疊字者尚有第十三回的雙叉嶺，「颯颯」、「潺潺」、「馥馥」、「叢叢」、「嚷嚷」、「隊隊」、「雜雜」、「悄悄」、「兢兢」及「怯怯」等，所形容者有風聲、水聲、鳥聲、獸聲，甚至唐僧的驚駭，使整段行文更具鮮明意象，有力說明了雙叉嶺並非善地。亦有多達十八組疊字者，如第十八回的黃風嶺，而第四回的天宮景致，甚至用了二十二組疊字來鋪陳，這些疊字的運用，不僅加強文章本身的華麗與氣勢，增加文章感染力，在聽覺及視覺上亦有引起注意的效果。

由此可知，疊字能給予讀者情韻迴環風致縹渺之感，增添所形容事項奇特或壯觀之說服力。〔註6〕除能引起讀者注意、強化韻文內容廣度外，作者不避世俗或怪異，使美食、器皿、鳥蟲、草木、神妖等皆有特殊功能。作者使

〔註 6〕董季棠，《修辭析論》（台北：益智，1989），頁 361。

傳統的詩賦形式帶有修飾特質，使讀者察到萬物的特殊性。又因文言的結構較精簡，故此類疊句安排爲克服韻文本身的侷限，除具音韻之美外，相同文字的排列亦收視覺之效。〔註7〕

二、套　語

賦中使用套語的情形也很頻繁，如言草木不外修竹、奇花、瑤草；寫鳥獸則如仙境多爲麒麟、鳳凰、白鶴、玄猿；妖地則出沒蒼狼、狐狸、餓虎‟如花果山之「瑤草奇花不謝」，「修竹每留雲」；第二四回萬壽山：「龍吟虎嘯，鶴舞猿啼」；第八六回連環洞：「奇花瑤薑馨香，紅杏碧桃豔麗」；第九十回竹節山：「玄猿覓果向清暉，麋鹿尋花歡日暖」；第九八回雷音寺：「懸崖下瑤草奇花」，「白鶴棲松立枝頭」等。由於這些套語的重複使用，令某些仙境妖地，二者並無甚分別，也欠缺獨特風格。若眞有分別，也只是行文中的文字之差。一般而言，仙境的文字多呈現祥瑞之氣；妖地則多以負面文字來形容。

寫仙境如第十九回烏巢禪師所居之浮屠山的「澗下有滔滔綠水，崖前有朵朵祥雲」；第五二回靈山的「玄猴對對擎仙果，壽鹿雙雙獻紫英」，爲佛祖所居；如第六六回蕩魔天尊的武當山「白鶴伴雲棲老檜，青鸞丹鳳向陽鳴」等。既是神仙所居，其地亦散發出不凡氣象。寫妖境則有另一種面貌，如第二十七回白虎嶺的「虎狼成陣走，麋鹿作群行」「大蟒噴愁霧，長蛇吐怪風」；可見居住者非善類，果然稍後即有屍魔三戲唐僧事。如第四三回黑水河的「水沫浮來如積炭，浪花飄起似翻煤。牛羊不飲，鴉鵲難飛」；亦顯出鼉龍的兇惡，第七十回賽太歲之麒麟山的「山禽聲咽咽，山獸吼呼呼」等，因所居之主爲妖怪，其居處亦顯得妖氣，所用字句自亦屬負面。有關描寫環境的賦均使用類似的情形：即以字面來表現所居者之善惡，但也有些神妖居處是無甚差別的，此主要仍是作者使用套語之故，致仙妖境地有相同面貌。

套語的使用常見於一般通俗文學或章回小說中，《西遊記》亦不例外。如第二十回寫黃風嶺之文字與第四十回號山大同小異，便是一種重複使用韻文的現象。除上述韻文中的使用外，其他如「欲知後事如何，且聽下回分解」或是某些回末的對句也是一種套語的運用。這些套語的使用有延者時間的功能，也是作者表現才能的時機，如由回末對句中的對仗文字亦可見作者用心。而韻文

〔註7〕余國藩，〈源流、版本、史詩與寓言〉，《余國藩西遊記論文集》（台北：聯經，1989），頁90。

中使用套語，則能提供重複效果，加深讀者印象。套語並能與敘述主體的散文類型形成並列，這種情形可印證一項事實，即小說雖爲通俗大眾的文學形式，但仍脫離不了文學的大傳統。因此，除在行文中增加韻文外，韻文本身的修辭亦不免引用典故或賣弄語言技巧，主要在達到比喻及說明目的。〔註8〕

在辭賦的句式上，亦常以複疊的形式作一鋪張的描寫，如第七二回的盤絲洞，「巒頭高聳，地脈遙長。巒頭高聳接雲煙，地脈遙長通海岳」，第八七回寫雨、雷、雲、風四部天神時亦是：「龍王顯像，雷將舒身。雲童出現，風伯垂眞。龍王顯像，銀鬚蒼貌世無雙。雷將舒身，鉤嘴威顏誠莫比。雲童出現，誰如玉面金冠；風伯垂眞，曾似爆眉環眼」；第九四回天竺國御花園的景致：「徑鋪彩石，檻鑿雕欄。徑鋪彩石，徑邊石畔長奇葩；檻鑿雕欄，檻外欄中生異卉」，及第九五回天竺國宮中上下的驚慌之狀：「春風蕩蕩，秋風瀟瀟。春風蕩蕩過林，千花擺動；秋風瀟瀟來徑苑，萬葉飄搖」。由前引例證可發現，這種複疊句式使用於各種不同層面的描寫中，重複的句式可增加文章氣勢，又能產生情韻迴環之效。

三、夸　飾

鋪張夸飾爲文學的一種寫作手段。作者藉以表現才華洋溢，妙筆生花，因其誇大其辭，抒其感情，讀者亦因而受到感動，並不會因作者所言離客觀事實太遠而懷疑其眞實性。〔註9〕夸飾亦是辭賦的特色之一，渲染自不可免，作者竭其所能，極力烘寫氣勢，形容山勢則如「九江水盡荆揚遠百越山連翼幹多」〔六六回武當山〕；「頂摩碧漢，峰接長霄」（八一回陷空山）；曲寫大海則「乘龍福老，往來必定皺眉行，跨鶴仙童，反覆果然憂慮過」（二八回東洋大海）；「會百川而浴日滔星，歸眾流而生風漾月，潮發騰漫大餛化，波翻浩蕩巨鱉遊」（五七回落伽山）等。此外，神妖各具的呼風喚雨能力及雙方激戰亦是故事的重點之一，因此，藉鋪排長篇的行文以達渲染強調的效果，如八一回悟空戰托女，「響處金鐘如電掣，鬨時鐵白耀星芒。玉樓抓翡翠，金殿碎鴛鴦。猿啼巴月小，雁叫楚天長。十八尊羅漢，暗暗喝采；三十二諸天，個個慌張」八十五回八戒戰南山大王，「那個杵架猶如蟒出潭，這個鈀來卻似

〔註8〕陳炳良，〈話本套語的藝術〉，收於清大中語系編，《小說戲曲研究》第一集（台　　　　北：聯經，1988），頁177。
〔註9〕董季棠，《修辭析論》，頁126。

龍離浦，喊聲叱佗振山川，吆喝雄威驚地府」。打鬥場合的描述儼然已構成情
節的重要部分，以長短不等的文字渲染雙方勢均力敵的緊張局面，並多以雙
方武器或簡單生平做一開端或介紹。如七三回大聖戰道士，「妖精輪寶劍，大
聖舉金篐」。描述神妖威力上，亦極力鋪陳，如九八回白雄尊者之神風，「這
一陣，魚龍皆失穴，江海逆波濤」，「丹鳳清音鳴不美，錦雞喔運叫聲嘈"青松
折枝，優缽花飄，翠竹竿竿倒，金蓮朵朵搖」等，以類似辭賦的形式描述這
些狀況，基本上，乃在烘托出形勢的特殊性或隱伏的阻礙，形成具體的場景。

四、細節勾勒

「鋪采摛文，體物寫志」是賦的特徵之一，在描寫過程中細部的刻畫不
可免。如漢代司馬相如的〈子虛賦〉中描寫雲夢大澤，「雲夢者，方九百里，
其中有山焉"其山則盤紆弗郁，一其土則丹青赭……；一其石則赤玉玫瑰……；
一其東則有蕙圃……；一其南則有平原廣津……；一其西則有湧泉清池……；
一其中則有神龍蛟鱉……；一其北則有陰林……」〔註10〕等，其東其西其南
其北的敘述方式展現賦的描述特性，其間景物雜然紛陳，面面俱到。《西遊記》
中的賦亦呈現此種風貌，如勾勒神妖面貌的從容或邪惡，使人物形象鮮明。
如七八回白鹿精：

> 頭上戴一頂淡鵝黃九錫雲錦紗巾，身上穿一領筋頂梅沉香綿絲鶴
> 氅。腰間繫一條紉藍三股攢絨帶，足下踏一對麻經葛緯雲頭履。手
> 中挂一根九節藤盤龍柺杖，胸前掛一個描龍刺鳳圍花錦囊，玉面多
> 光潤，蒼髯頷下飄。金睛飛火焰，長目過眉梢。行動雲隨步，逍遙
> 香霧饒。

將白鹿精的頭巾、衣服、鞋履甚至武器作一描寫，而後又再對五官作勾繪，
每一項細目中又再以顏色、質料或樣式來形容，而不是僅作簡單敘述，「頭
上……，身上……，腰間……，足下……，手中……，胸前……」，如此的敘
述方式承襲了賦既有的陳述方式，表現了作者對各式品物的熱情，並使讀者
對所述人物產生強烈印象。其他類似的表現如第三五回寫老魔，「頭上盔纓光
燄燄，腰間帶束彩霞鮮，身穿鎧甲龍鱗砌，上罩紅袍烈火然」，第六三回寫九
頭龍，「一頂爛銀盔……，貫一副兜鍪甲……，腰束著犀紋帶……，手執著月

〔註10〕司馬長卿，〈子虛賦〉，《文選》卷七賦丁（台北：文津，1987），頁349～351。

牙鑴……」，《西遊記》中描繪人物多用上述的方式，使讀者獲致一鮮明印象。

除描繪人物上是細節刻畫外，在陳述戰陣方面亦有類似手法，《西遊記》的打鬥描述多是分別敘述雙方的來歷或武器，而後是戰況的表現，如第六回大聖與木叉之戰：

> 棍雖對棒鐵各異，兵縱交兵人不同。一個是太乙散仙呼大聖，一個是觀音徒弟正元龍。渾鐵棍乃千鎚打，六丁六甲運神功，如意棒是天河定，鎮海神珍法力洪。兩個相逢真對手，往來解數實無窮。這個的陰手棍，萬千兇，遮腰貫索疾如風。那個的夾鎗棒，不放空，左遮右讜怎相容，那陣上旌旗閃閃，這陣上駝鼓鼕鼕，萬員天將團團繞，一洞妖猴簇簇叢。怪霧愁雲漫地府，狼煙煞氣射天宮。昨朝混戰還猶可，今日爭持更又兇。堪羨猴王真本事，木叉復敗又逃生。

戰況的描述多對雙方人物的歷史或武器作一簡單客觀的敘述，而後就雙方戰力加以著墨，並以「這一個……，那一個……」、「這壁廂……，那壁廂……」的寫法來表現，此法與前述「其東其西」等敘述手法類似，在一來一往、一正一負的敘述下，展現了戰況的張力，營造出短兵相接、緊張僵持的氣氛。

五、羅列事項

除了夸飾疊字，《西遊記》中的辭賦在各式人事物項的鋪排上亦刻意為之，如第五回寫眾天兵天將：

> 黃風滾滾遮天暗，紫霧騰騰罩地昏。只為妖猴欺上帝，致令眾聖降凡塵。四大天王，五方揭諦，四大天王權總制，五方揭諦調多兵。李托塔中軍掌號，惡哪吒前部先鋒。羅猴星為頭檢點，計都星隨後崢嶸。太陰星精神抖擻，太陽星照耀分明，五行星偏能豪傑，九曜星最喜相爭。元辰子午卯酉，一個個都是大力天丁。五瘟五岳東西擺，六丁六甲左右行。四瀆龍神分上下，二十八宿密層層。角亢氐房為總領，奎婁胃昴噴翻騰。斗牛女虛危室壁，心尾箕星個個能，井鬼柳星張翼軫，輪鎗劍顯威靈，停雲降霧臨凡世，花果山前紮下營。

如第八六回樵子供養唐僧師徒的果物：

> 嫩焯黃花菜，酸虀白鼓丁。浮薔馬齒莧，江薺雁腸英。燕子不來香且嫩，芽兒拳小脆還青。爛煮馬藍頭，白煠狗腳跡。貓耳朵，野落

華，灰條熟爛能中吃；剪刀股，牛塘利，倒灌窩螺操帚薺。碎米薺，
蒿菜薺，幾品青香又滑膩。油炒烏英花，菱科甚可誇；蒲根菜並茭
兒菜，四般近水實清華。看麥娘，嬌且佳；破破納，不穿他；苦麻
臺下藩籬架。雀兒綿單，猢猻腳跡；油灼灼煎來只好吃，斜蒿青蒿
抱娘蒿，燈蛾飛上板蕎蕎，羊耳禿，枸杞頭，加上烏藍不用油。幾
般野菜一餐飯，樵子虔心爲謝酬。

類似情形在描述各式宴會果物或林園景致時時可見，如第二九回寶象國景致，
「也有那太極殿，華蓋殿，燒香殿觀文殿，宣政殿，延英殿：一殿殿的玉陛金
階，擺列著文官武弁；也有那大明宮，昭陽宮，長樂宮，華清宮，建章宮，未
央宮：一宮宮的鐘鼓管籥，撒抹了閨怨春愁」；又如第七九回獅駝國宴會，「鴛
鴦錠，獅仙糖，似模似樣；鸚鵡杯，鷺鷥杓如相如形。席前果品般般盛，案上
齋餚件件精。魁圓繭栗，鮮荔桃子。棗兒柿餅味甘甜，松子葡萄香膩酒」；又如
第九四回天竺國之御花園「牡丹亭，薔薇架，疊錦鋪絨；茱葉檻，海棠畦，堆
霞砌玉……麗春花，木筆花，杜鵑花，夭夭灼灼；合笑花，鳳仙花，玉簪花，
戰戰巍巍」更甚者，第四回描述天宮馬匹之盛，其對物項有如點將錄的敘述，
完全是文字的堆砌，亦顯示出賦的鋪排特性，增加場面的豐富多樣。

　　同時，在細節描繪上，色彩的敘述自不可免，其中不乏對比強烈鮮明。如
第四八回陳家花園，「兩籬黃菊玉納金，幾樹丹楓紅間白」；如第九四回天竺國
御花園，「夭桃迷翡翠，嫩柳閃黃鸝」、「白梨紅杏鬥芳菲，紫蕙金萱爭爛煜」等，
紫金綠黃紅白等各種濃烈的色彩，使描述事件或事物更加生動具體亦有助於經
營熱鬧的場面。韻文在《西遊記》中成爲鋪展背景的道具，在敘述及推衍中提
供豐贍的色彩與事項，增加作品炫麗迷人的情調，與散文的敘述形成一有機結
構。大幅的摹寫刻畫可呈現物之全貌，感應到品物的活躍生命，喚起讀者對自
然萬物的熱情，而不會顯得與故事本身結構無關或使故事中斷。〔註11〕

第三節　功能分析

　　《西遊記》中的賦以其長篇篇幅的規模，運用華麗辭藻，並大量使用對
仗、顏色等細節刻畫，匠心安排鮮明的意境，使以散文敘述爲主的故事本身

〔註11〕　吳璧雍，《西遊記研究》，《師大國文研究所集刊》第 25 期（1981），頁 841 及
　　　　864。

增添設色鮮麗的場景，也提供了特定物類本身的介紹描述，以賦的特殊形式加以凸顯。賦在《西遊記》中的功能至少有以下所舉的塑造場面、提供場景、凸顯各類事物、刻畫人物等數項：

一、塑造場面

用詩詞等韻文來渲染故事氣氛最早見於六朝小說，如《孔氏志怪》中一則盧充和已故崔女的愛情故事，二人分別時彼此賦詩，除敘述一生際遇外，也增加了別離的哀傷氣氛，王嘉《拾遺記》卷九，本為石崇愛妾而後卻遭冷落的翔風所賦之自傷詩亦然。〔註12〕在《西遊記》中，這方面的現象最常出現在兩個部分，即打鬥場面與歡宴場合。

《西遊記》為遊記形式，取經路途所遇之種種，便是故事發展的主體，其中取經者最常遭遇的便是路程中的山山水水，這些山水或洞府並非僅是平面與情節無涉的場景，也提供了情節發展接續的立體場合，具體空間聚集了眾生相於並列的動作中，形成場面。〔註13〕《西遊記》作者不以平鋪直敘的散文形式來表現，而以大量的麗辭駢句經營一幕幕或驚險或歡樂或神奇的場面，這些表現戰鬥、飲宴或威力的狀況構成了故事發展的精彩與豐富性。

（一）打鬥狀況

戰況為《西遊記》故事的主體，遠在大聖未皈順之前，其大鬧天宮之際便有許多打鬥場面，及至為如來所伏奉命保唐僧西天取經後，也屢有爭鬥情形出現。取經任務為一危險的歷程，其間妖魔不斷，往往阻擾取經四眾的使命。所以，與妖魔的對抗便成為取經過程中的最大挑戰，也是故事的主體。因此，與爭鬥場面的描寫目不可少，如第五回大聖戰眾天兵天將：

> 寒風颯颯，怪霧陰陰。那壁廂旌旗飛彩，這壁廂戈戟生輝。滾滾盔
> 明，層層甲亮。滾滾盔明映太陽，如撞天的銀磬，層層甲亮砌岩崖，
> 似壓地的山水。大桿刀，飛雲掣電，楛白鎗，度霧穿雲。方天戟，
> 虎眼鞭，麻林擺列，青銅劍，四明鏟，密樹排陣。彎弓硬弩鵰翎箭，
> 短棍蛇矛挾了魂，大聖一條如意棒，翻來覆去戰天神。殺得那，空
> 中無鳥過，山內虎狼奔。揚沙走石乾坤黑，播土飛塵宇宙昏。只聽

〔註12〕 葉慶炳，〈中國早期小說中的詩歌〉，見《中華文化復興月刊》十卷三期（1967），頁58。
〔註13〕 金健人，《小說結構美學》（台北：木鐸，1988），頁54。

兵兵扑扑驚天地，煞煞威威振鬼神。

大聖先是偷吃蟠桃，後又因未被列名參與蟠桃盛會，計騙赤腳大仙往通明殿去，自己變為赤腳大仙，偷喝玉液瓊漿，後又偷吃老君金丹，擾亂天宮後畏罪下界，天庭派遣四大夫王、李天王哪吒父子及各星官功曹等十萬天兵欲捉提大聖。這場爭鬥因人數眾多，且同具法力，氣勢上自屬非凡。文中使用「薩薩」、「陰陰」、「滾滾」、「層層」、「兵兵」「扑扑」、「煞煞」、「威威」等疊字，烘托戰況的盛大不凡，各式武器交錯出現，「大桿刀」、「白楮鎗」、「方天戟」、「虎眼鞭」「青銅劍」、「四明鏟」、「彎弓硬弩鵬翎箭，短棍蛇矛挾了魂」等構成具體場面。補充了單純敘述文字之不足，使戰況的壯大與氣勢更具更具說服力。

又如第四一回悟空戰紅孩兒：

> 行者名聲大，魔王手段強。一個橫舉金鐘棒，一個直挺火尖鎗。吐
> 霧遮三界，噴雲照四方。一天殺氣兇聲吼，日月星辰不見光。言語
> 無遜讓，情意兩乖張。那一個欺心失禮儀，這一個變臉沒綱常。棒
> 架威風長，鎗來野性狂。一個是混元真大聖，一個是正果善財郎。
> 二人努力爭強勝，只為唐僧拜法王。

唐僧為紅孩兒所擄，悟空為營救師父於枯松澗與紅孩兒對峙，後者不識悟空乃牛魔王之結拜兄弟，即便是相識，也因紅孩兒想吃唐僧肉二人變臉而有衝突。此一爭鬥，「那一個欺心失禮儀，這一個變臉沒綱常」賦的描寫特別指出悟空與紅孩兒間之關係。戰況的描寫亦不免誇張，如「吐霧遮三界，噴雲照四方。一天殺氣兇聲吼，日月星辰不見光」，同時，「唐僧拜法王」亦點出取經使命，及「正果善財郎」也預示了紅孩兒最終將皈依的事件發展。

戰爭的描述通常以雙方歷史、神情或武器的介紹開始。如第六十回悟空與牛魔王之戰，「金箍棒，混鐵棍，變臉不以朋友論」，金鐘棒指悟空，鐵棍則代表牛魔王。又如第八三回悟空單劉杷女，「雙劍飛當面架，金鐘棒起照頭來。一個是天生猴屬心猿，一個是地產精靈托女骸」，分別介紹雙方的來源本質。而其後的雙方爭戰情勢描繪亦不可忽略，如第四三回沙僧戰鼉龍，「殺得蝦魚對對搖頭躲，蟹鱉雙雙縮首潛。只聽得水府群妖齊擂鼓，門前眾怪亂爭喧」，又如第七一回悟空戰賽太歲，「一個咬牙發狠兇，一個切齒施威武。這個是齊天大聖降臨凡，那個是作怪妖王來」，又如第八五回八戒戰南山大王，「那個杵架猶如蟒出潭，這個鈀來卻似龍離蒲。喊聲叱吒振山川，吆喝雄威

驚地府」。爭鬥的描寫是構成故事的大宗，其敘述方式大多不出前述範圍與形式，多採平行敘述，兼顧正反雙方，有時詩文中不會言明勝負，如第五十回悟空戰兒大王，「那魔王口噴紫氣盤煙霧，這大聖眼放光華結繡雲。只為大唐僧有難，兩家無義苦爭論」，造成情節的懸看，氣氛的緊張。用字方面則三字五字七字穿插，鏗鏘有力，亦有營造氣氛的效果。

　　由上述可知，打鬥的描述文字長短不拘，多由三、五、七、九及十一的字數所組成，並有於賦中加入整齊的詩式者。因詩的加入，使得描寫打鬥場面的賦有了顯著的敘述性質，而非僅是鋪敘刻畫，亦可從中發現賦的音樂節奏性。同時，於其中加入對話式的描述，更具通俗文學的特質，如第七九回悟空與白鹿精之戰：

> 那怪道：「你無知敢進我門來！」，行者道：「我有意降妖怪！」那怪道：「我戀國王你無干，怎的欺心來展抹？」行者道：「僧修政教本慈悲，不忍兒童活見殺。」

因對話的加入，使韻文本身更顯生動活潑，也更具民間歌謠的特性，有演唱敘述的節奏感，與《西遊記》本源於民間文學的形式相配合。作者在鋪陳戰陣上運用其匠心，刻意著墨，營造出緊張僵持的氣氛。使讀者能藉由具體的描寫加以想像，並能產生畫面，使平面文字敘述有立展現的效果。

（二）歡會宴飲

　　歡宴聚會的場面有大有小，大至天宮仙境小至俗家弟子的野菜供養，其特色皆是歷數豐盛的食物烘托熱烈的氣氛，如第七回安天大會，一派金碧輝煌，「龍旗鸞輅祥光藹，寶節幢幡瑞氣飄。仙樂玄歌音韻美，鳳簫玉管響聲高」，而其中眾仙所獻寶物也刻意描寫，蟠桃是「半紅半綠噴甘香，豔麗仙根萬載長」、「紫紋嬌嫩寰中少，細核清甜世無雙」；金丹獻如來是「碧藕金丹奉釋迦，如來萬壽若恆沙」，棗梨供佛則是「大仙赤腳棗梨香，敬獻彌陀壽算長」，至於仙佛的形容、歌舞的繁盛，自也著墨刻畫。天界如此，人間則不遑多讓，如第八八回玉華郡盛宴：

> 結綵飄飄，香煙馥郁。戧金桌子掛絞綃，晃人耳目；綵漆椅兒鋪錦繡，添座風光。樹果新鮮，茶湯香噴。三五道閒食清甜，一兩餐饅頭豐潔。蒸酥蜜煎更奇哉，油節糖燒真美矣。有幾瓶香糯素酒，斟出來，賽過瓊漿；獻幾番陽羨仙茶，捧到手，香欺丹桂。般般品品皆齊備，色色行行盡出奇。

張燈結彩，滿室馨香外，連桌椅傢俱亦在描述之列，而食物的安排自是重點，茶酒閒食，各有各的特殊，各式烹調方式的介紹使原本平凡物資亦顯得奇特難得。貴遊盛宴如此，一般平民的鋪設亦有其獨特處，如第八六回樵子供養唐僧師徒的果物，同樣豐富異常。其他飲宴場合（如第八六回及八八回）亦有盛大多樣的品物陳列，作者大量運用顏色、音樂、香氣及食物的細部描寫來襯托場合之愉悅禎祥。這些熱鬧場面的羅列事物使場面顯得盛大歡樂，此時，常是取經四眾稍獲喘息的時機，藉歡樂場面表現取經路途中的輕鬆時刻，使情節的進展稍見緩和。再以第六九回朱紫國盛宴為例：

> 古云：「珍饈百味，美祿千鍾。瓊膏酥酪，錦縷肥紅」，寶妝花彩豔，果品味香濃。斗糖龍纏列獅仙，餅錠拖爐擺鳳侶。葷有雞羊雞鵝魚鴨般般肉，素有蔬餚筍芽木耳並蘑菇。幾樣香湯餅，數次透糖酥。滑軟黃粱飯，清新菰米糊。色色粉湯香又辣，般般添換美還甜。

又如第八二回無底洞內之設宴：

> 擺列著黑油壘鈿桌，灰漆篾絲盤。壘鈿桌上，有異樣珍饈；篾絲盤中，盛稀奇素物。林檎、蓮肉、葡萄、榧榛、榛松、荔枝、龍眼、山栗、風菱、棗兒、柿子、胡桃、銀杏、金橘、香橙，果子隨山有；蔬菜更時新；豆腐、麵筋、木耳、鮮筍、蘑菇、香蕈山藥黃精。石花菜、黃花菜，青油煎炒；扁豆角、江豆角，熟醬調成。瓠子白果蔓青。鏇皮茄子鵪鶉做，別種冬瓜方旦名。爛煨芋頭糖拌著，白煮蘿蔔醋澆烹。椒薑辛辣般般美，鹹淡調和色色平。

雖極力描繪宴會之盛，但遣詞用語卻盡量淺白，使天庭或王宮的宴會也帶有庶民的色彩。作者對飲宴的刻意安排並非偶而為之，歡宴通常出現於激烈的打鬥或困難得到解決之後，如安天大會於如來收服大聖後舉行，朱紫國盛宴在剿除巨蟒妖後，除了有暫時收尾意義外，亦有緊張之後緩和的功能，使情節在某一定點中進展。然而，一如前述，唐僧一行的災難為一循環過程，歡樂之後通常潛伏著未知危險，如第八八回玉華郡盛宴，場面的安排使故事暫停後續的發展，卻讓各個人物在某一場面中推移情節，使故事從平面敘述延伸為立的場景，更增氛圍。

第九一回則寫金平府的元宵花燈盛景：

> 雪花燈、梅花燈，春冰剪碎；繡屏燈、畫屏燈，五彩鑽成。核桃燈、荷花燈，燈樓高掛；青獅燈、白象燈，燈架高簇。蝦兒燈、鱉兒燈，

棚前高弄；羊兒燈、兔兒燈、簷下精神；鷹兒燈、鳳兒燈，相連相
併；虎兒燈、馬兒燈，同走同行。仙鶴燈、白鹿燈、壽星騎坐；金
魚燈、長鯨燈，李白高乘。鰲山燈，神仙聚會；走馬燈，武將交鋒。

各式花燈的描繪刻畫，或花草或鳥獸，氣氛熱鬧非凡，極盡鋪排雕琢之能事，
所謂「泰極還生否」，花燈的繁盛熱鬧氣氛爲唐僧「寬了禪性」提供了合理原
因。同時，在這篇賦的後面尚有一詩，「錦繡場中唱彩蓮，太平境內無人煙，
燈明月皎元宵夜，雨順風調大有年」，兩種不同的文學型式相互補充，此種詩
賦連體現象於東漢即出現，賦後帶有「繫詩」始於班固，其〈東都賦〉末段
有〈明堂詩〉、〈辟雍詩〉、〈靈台詩〉、〈寶鼎詩〉及〈白雉詩〉等五首詩，以
後文人亦有類似之作，如張衡〈思玄賦〉後亦有此一情形。〔註14〕在此，詩
爲一補充成分，賦藉著其特有的鋪排特性大加刻畫，而詩則以其短小形式加
以補足，爲一附屬形式，如前引賦作中寫花燈盛況，而後之詩歌則爲長篇的
描寫作一收束。

二、提供場景

（一）山形地勢

在各類韻文中，山景洞府乃至村莊的描寫佔了相當的比率。作者如說話人，
有意將口語作適當修飾，進而成爲情節上的關鍵。〔註15〕山勢的形容常是唐僧
四眾未來命運的影射，唐僧以其遭受的恐怖經驗，面對雄山峻嶺，恐懼與無助
常油然而生，〔註16〕在整個故事中山的出現總有其規律及預示作用。觀眾或讀
者因而有跡可依循。基本上，山往往爲取經前進行動的阻礙或威脅，所謂「山
高原有怪，嶺峻豈無精」，而如靈山爲取經目的地，此又另當別論。

大致上，山的描寫多先言其高，而後細部刻畫，包括其間的鳥獸花草地
勢怪石等，這類作品或空靈恬淡或氣勢雄偉，刻畫出非主觀亦非客觀的「人
化自然」的萬千景象，並暗示出神妖與環境之間微妙的契機。人常被視爲是
自然的一部分，因此而追求人與自然渾然合一的境界，神妖居處的描寫往往

〔註14〕徐公持，〈詩的賦化與賦的詩化〉，收於《文學遺產》1992 年第一期，頁 18。
〔註15〕Alsace Yen , "A Technique of Chinese Fiction: Adaptation in the *His-Yu Chi* with Focus on Chapter Nine ,"*CLEAR* , 1:2 （July , 1979） ,pp206.
〔註16〕徐貞姬，《西遊記八十一難研究》，民國 69 年輔大中研碩士論文，頁 83。

透露其人的特性，這項安排正是人與自然精神合為一的理念表現。〔註 17〕如
第三二回平頂山：

> 巍巍峻嶺，削削尖峰。灣環深澗下，孤峻陡崖邊，灣環深澗下，只
> 聽得感喇喇戲水蟒翻身；孤峻陡崖邊，但見那幸崔崔山林虎剪尾。
> 往上看，巒頭突兀透青霄；回眼觀，壑下深沉鄰碧落。上高來，似
> 梯似凳；下低行，如塹如坑，真個是古怪巔峰嶺，果然是連尖削壁
> 崖。巔峰嶺上，採藥人尋思怕走，削壁崖前，打柴夫寸步難行。胡
> 羊野馬亂攛梭，狡兔山牛如佈陣。山高蔽日遮星斗，時逢妖獸與蒼
> 狼。草徑迷漫難進馬，怎得雷音見佛王？

平頂山上之妖魔分別是替老君看管金爐與銀爐之童子，既是妖魔所居，所以
其間形容文字多屬負面，如其間出沒動物為「蟒翻身，虎剪尾」「胡羊野馬」、
「狡兔山牛」或「妖獸蒼狼」，用來形容山勢的險峻，有其蒼莽氣息，亦顯示
出此山並非祥和之地，亦預示取經人未來命運之不樂觀。在此，寫平頂山的
賦並非僅作寫景之用，其中亦寫出唐僧師徒在此一場景中的跋涉行動，「上高
來，似梯似凳；下低行，如塹如坑」，以取經人的角度來看待此山之高峻，生
動表現出懸崖峭壁的驚險峻峭，寸步難行的結果使取經人有的「怎得雷音見
佛王」的疑懼。

又如第五十回金峴山：

> 嵯峨矗矗，巉削巍巍。嵯峨矗矗沖霄漢，巉削巍巍礙碧空。怪石亂
> 堆如坐虎，蒼松斜掛似飛龍。嶺上鳥啼嬌韻美，崖前梅放異香濃，
> 澗水潺湲流出冷，巔雲黯淡過來兇。又見那飄飄雪，凜凜風，咆哮
> 餓虎吼山中。寒鴉樹無棲處，野鹿尋窩沒定蹤，可嘆行人難進步，
> 皺眉愁臉把頭蒙。

金兜山為兕大王所居，同樣在外觀上即顯出妖氣，唐僧一看即道出「前面山
高，恐有虎狼作怪，妖獸傷人」的憂慮，這篇賦亦是藉著唐僧的角度看山所
展現，一連串「巍巍矗矗」的疊字寫山之高，而其間的事物亦顯妖氣，藉「怪
石亂堆」、「蒼松斜掛」、「巔雲黯淡」、「咆哮餓虎」、「寒鴉」或「野鹿」等事
物的呈現表示了取經四眾行走山間所見感，於靜態寫景中又有動態的效果。
　　山勢的惡劣常預示妖怪的出現，也常以唐僧之恐懼為開始。山川代表著

〔註 17〕王可平，〈情景交融與山水文學—中國古代山水文學發展原因探源之一〉，收
　　　　於《中國古代、近代文學研究》1991 年 10 月，頁 34。

自然不可撼動的力量，皆可視爲一自然界的障礙，也是代表促使取經者成長的種種門檻，整個旅程爲一災難的循環。〔註18〕自第二十二回後，取經隊伍成員完全到齊，一同朝向取經大道，其中不斷經歷各式災難，又常於災難後有一關係和睦的狀況，而後再次面臨一新的挑戰。如悟空收伏了九頭蟲、方爲祭賽國金光寺取回寶物後（第六二、六三回），在第六四回又穿插荊棘嶺木仙庵唐僧與眾仙妖的賦詩情節，其後唐僧師徒又經歷了獅駝洞黃眉老佛之難（第六五、六六回），繼續前往西天，馬上又面臨七絕山污穢的稀柿衕，經由八戒大力清除，方能通過。取經眾呈現和諧關係，取經四眾的命運起伏、各式劫難便從不同的形式障礙中得到呈現，其間的遭難脫困常構成一循環的歷練過程。

（二）庭園洞府

洞府亦是重要情節之一。一如山勢的形容，洞府庭園的描繪上，其地形大多險峻崎嶇，如「創峰掩映，怪石嵯峨」（八六回連環洞），其間的環境亦大同小異，也多爲龍鳳鹿鶴奇花瑤草之屬。並言其景致佈設，如「門近石橋，九曲九灣流水顧；園栽桃李，千株千顆鬥濃華」（七二回盤絲洞）等，作者多就外觀著墨，妖魔與神仙境地乍看似無兩樣，如第十七回黑風洞，雖爲妖精之所，卻「臨堤綠柳轉黃鸝，傍岸夭桃翻粉蝶，雖然曠野不甚誇，卻賽蓬萊山下景」，雖是妖地卻使用了仙境蓬萊之名，甚至觀音菩薩亦有「卻是也有些道分」的讚嘆。當然，其他洞府形容一如山川，就字面上多少可辨別仙妖之氣，但此仙妖不分的現象亦表現了道教「洞天福地」的生活方式，所謂十大洞天，三十六小洞天，七十二福地之說，表現了妖魔獨霸一方的典型環境。〔註19〕

描寫洞府庭園的韻文其內容雖引用精緻景物，用語卻盡量口語化，雖營造浪漫氣氛，卻又不流於晦澀，另外綜觀作者對各式環境的描繪，其對地傑人靈的信念昭然可見，「所謂正是妖仙尋隱處，更無鄰舍獨成家」，如第一回所引花果山的描寫寓有和諧安詳的涵意。而在其他景致的描寫上，以環境的優美或險惡正代表其居者之良善或邪惡，不凡聖地也象徵其人之與眾不同，

〔註18〕 Roderich Ptak, " *His-yang Chi* 西洋記—An Inter-pretation and some Comparisons with *His-yu Chi* ," *CLEAR* , 7（1985），p129.

〔註19〕 鐘嬰，〈論西遊記與宗教的關係〉，收於《世界宗教研究》第三期（1987），頁10。

〔註20〕妖魔所居之地自也難免有妖氣，以第七十二回之盤絲洞爲例：

> 巒頭高聳，地脈遙長。巒頭高聳接雲煙，地脈遙長通海岳。門近石
> 橋，九曲九彎流水顧；園栽桃李，千株千顆鬥穠華。藤薜掛懸三五
> 樹，芝蘭香散萬千花。遠觀洞府欺蓬島，進睹山林壓太華。正是妖
> 仙尋隱處，更無鄰舍獨成家。

若單就字面來看，盤絲洞外觀似乎與一般仙境無甚不同，其中用語如「桃李」、
「芝蘭」、「蓬島」、「太華」等亦可見於對仙境的描寫中。然而，即便如此，
作者在描寫中仍不忘就盤絲洞的本質加以刻畫，「九曲九彎流水顧」，彎沿紆
迴的石橋正表明蜘蛛吐絲盤結特性，此首賦就洞府所處周邊環境及洞府本身
外貌描述，未及內部陳設，故衍生出唐僧由一女子開門方得入內的情節，而
往後命運亦無法由韻文中得到預示。

　　明顯的妖洞則如第一節所引之獅駝洞，「骷髏若嶺，骸骨如林。人頭髮蹤
成氈片，人皮肉爛作泥塵。人筋纏在樹上，乾焦晃亮如銀」，場景式的表現令
讀者有置身其境之感，由客觀讀者轉變成有若主觀的取經者，宛如親身經歷
所見所聞。妖魔之居處或山或水，多爲奇特的地方，不是「勝如蓬瀛」便是
「不亞天台」，此一現象再次說明了《西遊記》中韻文用字的沿襲特性，有些
已成套語。就整個洞府外觀言，有的看似平靜，有的則帶有妖氣，〔註21〕景
致的描寫表現了作者的才華想像。同時亦隱約呈現了神妖間僅有一線差距的
信念，如途中所遇妖魔有不少其實皆來自天宮，或與某神仙有關，但因一時
之念而下界爲虐，洞府多就外觀著墨，其未知的內部景況則有如未出現的妖
魔，而取經四眾又往往尚未知悉，洞府的安排實帶有風雨前寧靜之緊張。

　　相對於山林洞府之令人悚懼，村莊出現的場合則多爲溫暖安詳的象徵，
如二三回黎山老母等菩薩所設村落：

> 門垂翠柏，宅近青山。幾株松冉冉，數莖竹斑斑。籬邊野菊凝霜豔，
> 橋畔幽蘭映水丹。粉泥牆壁，磚砌圍闌。高堂多壯麗，大廈甚清安。
> 牛羊不見無雞犬，想是秋收農事閒。

但此一祥和僅是短暫，主要是菩薩對取經隊伍予以禍害的指示或修身指導，

〔註20〕蘇其康，〈西遊記韻文部分的修辭用法〉，見鄭樹森、周英雄、袁鶴翔合編，《中
　　　西比較文學論集》（台北：時報，1986），頁216。
〔註21〕Rob Campany," Demons , Gods , and Pilgrims : The Demonology of the *His-yu
　　　Chi*," *CLEAR* , 7（1985）,pp 96.

仍與故事進行相關連,如第二一回護法所設之莊,「香蘭馥郁,嫩竹新栽。清泉流曲澗,古柏倚深崖。地僻更無遊客到,門前惟有野花開」,此村莊乃功曹護法爲唐僧師徒所設,同時報告前面吉兇,作者在描寫庭園時,亦見刻意與精心,突顯其間的溫馨和樂,與取經的艱難過程相對比。又如第四八回唐僧等遊賞陳家花園:

> 巧石山頭,養魚池內,巧石山頭,削血尖峰排玉筍;養魚池內,清清活水作冰盤……牡丹亭、海榴亭、丹桂亭,亭亭盡鵝毛堆積;放懷處、款客處、遣興處,處處皆蝶翅鋪漫……,那裏邊放一個獸面象足銅火盆,熱烘烘炭火才生;上下有幾張虎皮搭苫漆交椅,暖溫溫紙窗鋪設。

唐僧師徒遊賞陳家花園乃在逐退通天河妖、陳家莊暫時得到安寧之後,由於庭園景致的韻文敘述,敘述節奏趨向和緩,正可寫唐僧等人的賞玩,亦可視爲他們歷劫後稍作憩息之樣態。整段的描寫極力敘述園內景致,羅列亭閣池榭,且刻意點出隆冬季節,屋外的紛紛大雪恰與園內溫暖鋪設作一對照,並順勢發展出爾後通天河妖利用河面結凍詐騙取經四眾,以爲通天河已可通過,因而上路的情節。

(三)宮殿寺觀

這類描述一如前述二項,無非述其高聳輝煌,景致優美,如「沖天百尺,聳漢凌空,低頭觀落日,引手摘飛星」、「花向春來美,松臨雨過青」(九八回玉眞觀),或高尚神聖。而其他刻畫技巧亦不出羅列景物,鋪陳色彩。如第十六回觀音院:

> 層層殿閣,疊疊琅廊房。三山門外,巍巍萬道彩雲遮。五福堂前,豔豔千條紅霧邊。兩路松篁,一林檜柏。兩路松篁,無年無紀自清幽,一林檜柏,有色有顏傲麗。又見那鐘鼓樓高,浮屠塔峻。安禪僧定性,啼樹鳥音關。寂寞無塵眞寂寞,清虛有道果清虛。

這些自然景致並非是單純的佈景,除了外觀景色的描繪行文中亦透露玄機,「安禪僧定性,啼樹鳥音關」,觀音院的老和尚正是因無法定性,見唐僧袈裟起貪念,最終害人不成反害己。環境的描寫往往是居處其中的人物之寫照,或能顯出其地之特性,如第二四回五莊觀「青鳥每傳王母信,紫鸞常寄老君經」,「青鳥」、「王母」、「紫鸞」及「老君」乃與道教有關的名詞,五莊觀的背景明顯鮮明,場所的描述常是表現故事中人物活動、特色及情節發展的場

所，或是人物心靈的反映與投射。〔註22〕至此，描寫景物的韻文已非可有可無，或僅是提供點綴了。

三、神妖形象與威力的具體化

（一）刻畫神妖形象

《西遊記》中人物眾多，除少數凡夫俗子外，人物多集中於神妖與取經四眾的描述，由作者的處理方式隱然可見，妖魔大多因戰陣而出場；神仙則多出現於解決取經者困境之際，有時替取經者收伏妖魔；有的則是預示未來災難。不同人物的出現有不同的功能，神妖的出現造成取經隊伍的助力或阻力。神通常於解難消災時出現，因此其所具之威力自被強調，以觀音為例，此乃佛教人物形象的改造，「妙法蓮華經觀世音普門品」中對觀音名稱的解釋為「若有無量百千萬億眾生，一心稱名，觀世音菩薩即時觀其音聲，皆得解脫」，具女性的溫柔，母性的慈愛，〔註23〕自也是化解危難的象徵。如第十二回觀音：

> 瑞靄散繽紛，祥光護法身。九霄華漢裏，現出女真人。那菩薩，頭上一頂：金葉鈕，翠花鋪，放金光，生瑞氣的垂珠纓絡，身上穿一領：淡淡色，淺淺妝，盤金龍，飛綵鳳的結素藍袍，胸前掛一面：對月明，舞清風，雜寶珠，鑽翠玉的砌香環佩，腰間繫一條：冰蠶絲，織金邊，登綵雲，促瑤海的錦繡絨裙。面前又領一個飛東洋，遊普世，感恩行孝，黃毛紅嘴白鸚哥。手內托著一個施恩濟世的寶瓶，瓶內插著一枝灑青霄，撒大惡，掃開殘霧垂楊柳，玉環穿繡扣，金蓮足下深。三天許出入，這才是救苦救難觀世音。

針對觀音的服飾、法相、隨從來刻畫，每項細節又都用許多形容詞作細筆描繪，表現了作者的高才，亦顯示出其對神靈的人化想像，及體物的熱情。觀音菩薩於「幢幡飄，寶蓋飛輝」的水陸大會中現出本相，在豪華盛大的法會中，菩薩及木叉本化身為疥癩遊僧，先是奉送袈裟錫杖予唐僧，後指點西天取經之事。此時，菩薩升天現出法相，並指示往西天取大乘經的頌偈，引出唐僧願求取真經的發展，觀音的出現對取經事件而言，是一項關鍵，份量自是不輕，且大力描寫觀音的莊嚴恰與道場豪華及情節發展相配合。

〔註22〕金健人，《小說結構美學》（台北：木鐸，1988），頁76。
〔註23〕鍾嬰，〈論西遊記與宗教的關係〉，頁8。

　　妖魔的描繪則不若神仙的金碧輝煌，他們大都外貌兇狠或令人驚怖，一望即有騰騰的殺氣，這些妖魔皆是修練多年，多半想吃唐僧肉，因唐僧爲十世修行的好人，又曾吃人參果。妖魔因有吃唐僧以求長生不老的欲望，女性妖魔則多爲獲取元陽，主要仍是爲求一己願望，其多半是人獸仙合體，至少在五官外形上也具有動物的特徵，因此多爲醜陋兇惡形態。妖魔多在戰陣中出現，恐怖醜惡的外形常會產生令人驚駭的效果，如第六五回黃眉老佛：

　　　　蓬著頭，勒一條扁薄金鐘；光著眼，簇兩道黃眉的豎。懸膽鼻，孔
　　　　竅開查：四方口，牙齒尖利。穿一副叩結連環鏡，勒一條生絲攬穗
　　　　條。腳踏烏喇鞋一對，手執狼牙棒一根。此形似獸不如獸，相貌非
　　　　人卻似人。

又如第二一回黃風怪：

　　　　金盔晃日，金甲凝光。盔上纓飄山雉尾，羅抱罩甲淡鵝黃。勒甲滌
　　　　盤龍耀彩，護心鏡繞眼輝煌。鹿皮靴，槐花染色；錦圍裙，柳葉絨
　　　　妝。手持三股鋼叉利，不亞當年顯聖郎。

又如第六七回巨蟒妖：

　　　　眼射曉星，鼻噴朝霧。密密牙排鋼劍，彎彎爪曲金鉤。頭戴一條肉
　　　　角，好便似千千塊瑪瑙攬成；身披一派紅鱗，卻就如萬萬片胭脂砌
　　　　就。

神仙的形容自是平和安詳，而各種妖魔則或醜陋或兇殘，但卻各具不凡威力，這些皆能從具體刻畫的賦中得到例證，神妖間的衝突與微小分別亦可從其不同形象的安排中看出。

（二）鋪陳神妖威力

　　在神妖對立的場面中，作者亦常以鋪排長篇描寫神妖威力。其銳不可當的威力，此亦是構成故事的整體，爲情節的重要部分，在描繪上自亦細膩刻畫。如第三五回老魔之火：

　　　　那火不是天上火，不是爐中火，也不是山頭火，也不是灶底火，乃
　　　　是五行中自然取出的一點靈光火。……煌煌燦燦，就如電掣紅綃；
　　　　灼灼輝輝，卻似霞飛絳綺。更無一縷青煙，盡是滿山赤焰。只燒得
　　　　嶺上松翻成火樹，崖前柏變作燈籠。那窩中走獸貪性命，西撞東奔；
　　　　這林內飛禽息羽毛，高飛遠舉，這場神火飄空燎，只燒得石爛溪乾
　　　　遍地紅！

金角、銀角大王本分別是為老君看管金爐銀爐的童子，其威力有火一項也不足為奇，且這把火並非是凡火，乃「灼灼輝輝」的三昧真火，如此使妖怪的來源特性更加鮮明，故以特殊的韻文類型來凸顯妖匪重要的特性：「只燒得嶺上松翻成火樹，崖前柏變作燈籠。那窩中走獸貪性命，西撞東奔；這林內飛禽患羽毛，高飛遠舉」，因二魔具有如此的妖力，後文敘述悟空膽顫心驚的說便有了說服力。妖魔既從天庭下界，雖分別被悟空收入淨瓶，最終仍須由老君來收服，恢復本相返回天界。又如第四五回悟空所求之雨：

> 勢如銀漢傾天塹，疾似雲流過海門。樓頭聲滴滴，窗外響瀟瀟。天
> 上銀河瀉，街前白浪滔。淙淙如甕揪，滾滾似盆澆。孤莊將漫屋，
> 野岸欲平橋。真個桑田變滄海，霎時陸岸滾波濤。

悟空與虎力、羊力、鹿力大仙鬥法，分別依各人神力為車遲國求雨，風雲雷電四部天神本欲助三大仙，後遭悟空阻止，反助悟空，悟空因四部天神及龍王之助，求雨之時，風起雲湧，雷電交加，每一項自然現象皆有形容的韻文：有「折柳傷花，摧林倒樹」、令「金鑾殿瓦走磚飛，錦雲堂門歪格碎」之風；有「頃刻漫天地，須臾避世塵。宛然如混沌，不見鳳樓門」之雲霧：亦有「振碎了鐵叉山」、「飛出了東南海」之雷電，而後以上引之韻文描寫龍王所降之雨作為最終結果。在鋪陳風雲雷所產生的張力後，龍王為車遲國施降甘霖，為一情節的高潮，悟空等人在車遲國中佛道鬥法暫告一段落，悟空雖贏得此一勝利，卻無法如願倒換關文，而有第四六回的坐禪、猜枚及砍頭等鬥法情事，這些情節使龍王施雨，張力暫時放鬆之後，再度令讀者情緒緊張，提高故事精彩度。又如第八一回姹女所吹之風：

> 黑霧遮天暗，愁雲照地昏。四方如潑墨，一派靛妝渾。先刮時揚塵
> 播土，次後來倒樹摧林。揚塵播土星光現，倒樹摧林月色昏。只刮
> 得嫦娥緊抱桫欏樹，玉兔團團找藥盆。九曜星官皆閉戶，四海龍王
> 盡掩門。廟裏城煌覓小鬼，空中仙子怎騰雲？地府閻羅尋馬面，判
> 官亂跑趕頭巾。刮動崑崙頂上石，捲得江湖波浪混。

原為金鼻白毛鼠精的妖女，於黑松林巧扮被劫民女計騙唐僧，隨取經眾休憩鎮海禪林寺後，又在寺中色誘寺內和尚，害死六個寺僧。悟空因而變為小和尚準備收妖，上引韻文即白毛精出現時所刮陰風，這陣風能使嫦娥抱樹、玉兔找盆、星官閉戶、龍王掩門，種種威力由影響天庭地府動態可知，此篇賦對妖風的比喻與前述黃風怪之妖風類似，上至天庭下至地府，影響所及，縱

橫時空。此一韻文表現了妖女出現即有的妖氣，因此，其雖化身為美女，但也預示了終究難掩飾妖精之氣，妖精之形。

　　神妖法力的描寫所佔份量不輕，除展現作者不竭才思，也給予讀者鮮明的印象，法力的展現是神妖的特質之一，作者以具體並誇大的比喻來強調，如羅漢金丹砂是「白茫茫，到處迷人眼；昏漠漠，飛時找路差」、「細細輕飄如麥麵，粗粗翻復似芝麻」（五二回）；紅孩兒之火是「炎炎烈烈盈空燎，赫赫威威遍地紅。卻似火輪飛上下，猶如炭屑舞西東」（四一回），以增加說服力。無論風、水、雨、火等自然現象之出現正如前所述之山勢，也屬自然力量，有不可測的神祕。因此，《西遊記》作者便以豐富的想像力，將自然現象塑造成神妖的法力，其間帶有對自然力量的敬畏，也給予《西遊記》故事一幕幕氣象磅礴的場面。同時，威力的描寫也對神妖的形象法力提供一具體描述。這些描繪文字未必整齊，在賦中往往含有如詩般整齊的文字，無論是神仙的悲憫胸懷與妖魔的邪惡狂妄，一正一反，在此一類形的表現下，同具鮮明色彩，同樣驚天動地，使天地變色。

四、凸顯特定事物

　　《西遊記》的作者亦使用韻文來突顯特定事物，這種情況說明了一個小說的描述現象，即小說家可在一個陌生的情境中，凸出某些大家都熟悉的平凡場面，加以具體細節的描寫，而使讀者仍對作品產生「真實感」。就描繪事物的手法而言，作者也運用了各種技巧來突出作品的真實感，如留意事物的細節及控制故事發展的時間律度等。〔註24〕

　　同時，據羅燁《醉翁談錄》，說話人的才能很多：「論才詞有歐、蘇、黃、陳佳句；說古詩是李、杜、韓、柳篇章」，因此，當時說話人可能記了許多套語，能「辨草木山川之物類」，〔註25〕《西遊記》中對蟠桃、唐僧袈裟或如第二章所述武器等物項皆有細節的描繪，這類以韻文來具體化及凸顯事物的現象至少可說明：《西遊記》作者具有如說話人的多項才能與對故事的安排技巧。事物的描寫主要為品物或寶物的刻畫，如第一回群猴貢獻的果物；第四

〔註24〕蒲安迪，〈中西長篇小說文類之重探〉，見鄭樹森、周英雄、袁鶴翔合編，《中西比較文學論集》（台北：時報，1986），頁 182。

〔註25〕陳炳良，〈話本套語的藝術〉，見清大中語系編，《小說戲曲研究第一集》（台北：聯經，1988），頁 163。

回天宮馬匹之盛及神妖言其武器或宴會中的品物，及揮揮各回悟空變形物等皆是，其手法或羅列或專注某物項，如第五回則是專注於蟠桃的描述：

> 夭夭灼灼，顆顆株株。夭夭灼灼花盈樹，顆顆株株果壓枝。果壓枝
> 頭垂錦彈，花盈樹上簇胭脂。時開時結千年熟，無夏無冬萬載遲。
> 先熟的，駝顏醉臉；還生的，帶蒂青皮。凝煙肌帶綠，映日顯丹姿。

先就蟠桃外表刻畫，表現其顏色與繁盛，進而針對蟠桃的色澤、形態、及特性等加以著墨，整個蟠桃因蟠桃的焦點而有具形象。韻文中又提及「先熟的，駝顏醉臉；還生的，帶蒂青皮」，除生動的點出蟠桃之豐饒外，也配合了土地回答悟空有關仙桃的生長期與特性，仙桃有三千六百株，前一千二百株乃三千年一熟，可使人身輕健，成仙得道；間一千二百株，六千年一熟，可長生不老，後又有一千二百株，九千年一熟，吃了與天地同壽，日月同庚。經過韻文散文分別的敘述，蟠桃形象更為清晰，成為悟空玩賞蟠桃此一事件的焦點，更可藉對蟠桃的介紹了解既有對蟠桃及長生的信念，正因蟠桃的使人長生不老，形成悟空的長生不老及法力神威的因素之一，同時，蟠桃也是一重複意象，如悟空等人的罪愆即皆與蟠桃會有關。

又如第十二回寫袈裟：

> 這袈裟是冰蠶造練抽絲，巧匠翻騰為線。仙娥織就，神女機成，方
> 方簇幅繡花縫，片片相幫堆錦簇。玲瓏散碎鬥妝花，色亮飄光噴寶
> 艷。穿上滿身紅霧遶，脫下一段綵雲飛。三天門外透元光，五岳山
> 前生寶氣。重重嵌就西番蓮，灼灼懸珠星斗象。四角上有夜明珠，
> 攢頂間一顆祖母綠。雖無全照原本體，也有生光八寶攢。
> 這袈裟，閒時折疊，遇聖才穿。閒時折疊，千層包裹透虹霓；遇聖
> 才穿，驚動諸天神鬼怕。上邊有如意珠、摩尼珠、辟塵珠、定風珠：
> 又有那紅瑪瑙、紫珊瑚、夜明珠、舍利子。偷月沁白，與日爭紅。
> 條條仙氣盈空，朵朵祥雲捧聖。條條仙氣盈空，照徹了天關；朵朵
> 祥雲捧聖，影遍了世界。照山川，驚虎豹；影海島，動魚龍。沿邊
> 兩道銷金鎖，叩領連環白玉琮。

袈裟乃觀音於水陸大會的道場中所賜，自然成為全場焦點，用賦加以鋪敘，也成為整個情節集中的焦點。為襯托出袈裟之不凡，其製造者必為仙娥，而外表光芒璀璨亦顯出珍貴與神聖，「上邊有如意珠、摩尼珠、逼塵珠、定風珠；又有那紅瑪瑙、紫珊瑚、夜明珠、舍利子」，用大量的寶物來修飾，可見作者

對神物的素樸及世俗想像，亦正因爲如此，更能獲得廣大群眾的共鳴，袈裟爲聖僧的象徵，所謂「不是眞僧不敢穿」，也是取經任務的先聲，甚至引起第十六回觀音院僧與黑風怪事件，故首次的出現，仔細描繪自是不可免，同時亦能烘托出道場的豪華盛況，金碧輝煌。往後第十六回與第三七回袈裟又再次出現，但以詩的型式出之，描繪文字明顯簡短：

> 千般巧妙明珠墜，萬樣稀奇佛寶攬。上下龍鬚鋪彩綺，兜羅四面錦
> 沿邊。體掛魍魎從此滅，身披魑魅入黃泉。托化天仙親手製，不是
> 眞僧不敢穿。

賦的細膩形容在此全以「千般巧妙」、「萬樣稀奇」等抽象文字帶過，而專注於描寫袈裟中加入情節的預示，「身披魑魅入黃泉」、「不是眞僧不敢穿」，正預言了觀音院僧因貪圖袈裟而喪失生命一事，至此，袈裟爲一事件焦點，再度引起注意。在第三七回中，袈裟又被提起：

> 佛衣偏袒不須論，內隱眞如脫世塵。萬縷千針成正果，九珠八寶合
> 元神。仙娥聖女恭修製，遺賜禪僧靜垢身。

袈裟的製造與外表再次被介紹，同時袈裟本身又爲取經重任的象徵，因其神聖性，故唐僧對烏雞國太子言，「見駕不迎猶自可，你的父冤未報枉爲人」，藉對太子陳述袈裟的同時，提出烏雞國王遭獅猁王投入井內，贖其曾使菩薩浸於河中三日三夜之罪愆，藉袈裟的陳述帶出情節的發展。

　　《西遊記》在情節敘述中，多少雜有以韻文凸顯特定事物的情形。這種安排使事件的推衍暫時集中於某些品物，針對該物品加以專注的描繪，使吟詠的物品不再是空泛的形容，而是能令與該物項相關的歷史人物重現於一瞬間的時空中，再次喚起讀者記憶。對事物的曲寫也透露出作對萬物與生命的熱情，使文章產生鮮明獨特的面貌。

　　時間的部分亦常以韻文來凸顯，穿揮於各章回中，將取經路程所花的時間作一不露痕跡的表現。如八十四回描寫黃昏將夜：

> 十字街燈光燦爛，九重殿香靄鐘鳴。七點皎星照碧漢，八方客旅卸
> 行蹤。六軍營，隱隱的號角才吹；五鼓樓，點點的銅壺初滴。四邊
> 宿霧昏昏，三市寒煙藹藹。兩兩夫妻歸繡幕，一輪明月上東方。

此篇辭賦有其特殊性，全篇由從十到一的數字加上各類名詞的組合而成。既有利於背誦，亦可看出作者匠心。通篇除了「號角才吹」、「銅壺初滴」可令人馬上聯想到時間外，這類歲月節令之韻文使《西遊記》中的時間定焦於一

瞬間。四時景色的變化給予取經者不同心情，強化了西天之路途遙遠。但在表現上，這類韻文並無特別差異，皆僅表現季節的典型事物，泯除了地方色彩。

第四章 詞與其他韻文類型在
《西遊記》中的運用

第一節 詞的運用類型及修辭技巧

　　詞是一種特殊的詩歌形式，其與律詩、絕句同爲格律詩，但律絕爲整齊
的五、七言格律詩，而詞則是後起的詩體，唐五代時本稱爲「曲子詞」，後又
有「詩餘」、「長短句」等名稱，詞雖也有五、七言句數相同的格律詩，如《生
查子》、《玉樓春》等，但於用韻、平仄方面仍有不同。詞之起源與音樂有關，
「倚聲塡詞」之故，最後仍需自創格式，有別詩之形式。詞爲一種音樂化的
文學形式，塡詞所倚之聲，歌詞所合之樂，乃隋唐以來興起之「燕樂」，爲雅
俗不分中外合流的新音樂。沈括《夢溪筆談》卷五：「天寶十三載，始詔法曲
與胡部合奏，自此樂奏全失古法，以先王之樂爲雅樂，前世新聲爲清樂，合
胡部者爲宴樂」〔註1〕，燕樂既不同於雅樂，也不同於清樂，而是當時流行的
胡夷里巷之曲，同時，詞亦屬於民間文學，《舊唐書・音樂志》：「自開元以來，
歌者雜用胡夷、里巷之曲」〔註2〕，胡夷曲即外來樂曲，里巷之曲則爲民間的
流行樂曲。可見詞的音樂基礎在於民間，通俗性質比詩明顯。

　　與詩相較，詞無論是窮情或寫物，風格都是極力鋪陳，故以窮形盡相爲
能事，其辭句較詩完密，較貼近生活，切合人意。〔註3〕因此，詞的文字語言

〔註 1〕 沈括，《夢溪筆談》卷五（台北：世界，1961），頁 232。
〔註 2〕 《舊唐書》〈音樂志〉（台北：鼎文，1985），頁 1089。
〔註 3〕 胡國瑞，〈詩詞體性辨〉，原載於《文學評論》1984 年第三期後收於《中國古

顯得較淺近，有時亦較詩的文字婉媚，散佈於《西遊記》中的詞作，亦顯現出此一風貌，在散文敘述的主體外另添一番風格。

《西遊記》中約有三十四闋詞。本文採取較保守的方式，即只將書中明言詞牌或詞字者方列入詞類，在小令長調的分別上，仍以字數多寡為準，一般而言，五十八字以下為小令，九十一字以上為長調，介於其中者為中調，《西遊記》中三者皆備，詞的安排多在開場時、描寫變形、表現佛家語或人物的聯對唱和之際。作者並於其中入五行或佛道思想，當然，作者一如在辭賦及詩的表現一樣，精雕細琢之處自不可免。

一、小　令

《西遊記》中詞的數量明顯較詩少，約只有三十四闋，所用詞牌多為當時習用的詞牌，如「鷓鴣天」、「臨江仙」、「蝶戀花」等小令，其中以「西江月」出現次數最多，所描寫的內容亦遍及各層面，小令以「西江月」出現次數最多。

（一）西江月

如第九三回回首說明九二回唐僧師徒悄然離開金平府慈雲寺續往西天取經，全城百姓以為唐僧等人俱已得道昇天，紛紛備辦五牲花果祭拜一事的「西江月」：

> 起念斷然有愛，留情必定生災。靈明何事辨三臺？行滿自歸元海。
>
> 不論成仙成佛，須從個裏安排，清清淨淨絕塵埃，果正飛昇上界。

此闋詞共五十字。上下片各押兩平韻，結句押一慶韻。韻腳部分，平韻分別為「災」、「臺」、「排」及「埃」，屬平聲灰韻及佳韻，而「海」、「界」則為同部之仄韻，分屬賄韻及卦韻。這類韻腳的音聲易學易記，適合勸善或作宣示。此闋詞乃言修身之道，「清清淨淨絕塵埃，果正飛昇上界」，絕情斷念方能掃清心境塵埃，達至圓滿，這項情節的安排正可為不久後取經者真正得道的先聲。

以詞作敘述情節之例尚有如第二四回的「西江月」：

> 色乃傷身之劍，貪之必定遭殃。佳人二八好容妝，更比夜叉雄壯。
>
> 只有一個原本，再無微利添囊。好將資本謹收藏，堅守休教放蕩。

這闋詞爲平仄韻通押格式，平韻部分「殃」、「妝」、「囊」及「藏」屬第二部平聲陽韻，仄韻「壯」、「蕩」則分別屬於第二部仄聲養韻及漾韻，爲一標準形式。「好將資本謹收藏，堅守休教放蕩」，此闋詞不僅宣揚勿貪美色的修身之道，也含有情節的交代，重述唐僧師徒取經途中爲黎山老母、南海、文殊及普賢四菩薩所試探，唐僧固不動禪心，但八戒卻因一時好色不辨眾女子實爲菩薩化身，「佳人二八好容妝，更比夜叉雄壯」，作者以幽默口語來表現修身自持的重要，並再次說明八戒不識黎山老母等眾神眞面目，甘心入贅，無法如唐僧等人，能夠自持不動念，而是「無禪更有凡」，故終遭致處罰。以「西江月」五十字的篇幅，恰能說明情節及作者的意見，適時而止。

　　又如第二九回回首「西江月」，所表達的乃是參透的境界，只要能不生妄心、不啓妄念，即無所謂生滅垢淨，此時則無需求取眞如之境，即眞實如此的本來面目，得以恆常如此，不變不異，不生不滅，不增不減，不垢不淨，達至清淨心之境。「本原自性佛前修，迷悟豈居前後」，迷惑與悟道的界限並不明顯，人性的提昇或墮落全在一念之間，故能不動妄想是修持心性的不二法門：

　　　　妄想不復強滅，眞如何必希求？本原自性佛前修，迷悟豈居前後？

　　　　悟即刹那成正，迷而萬劫沉流，若能一念合眞修，滅盡恆沙罪垢。

其中「求」、「修」、「流」爲十二部平聲尤韻，而「後」及「垢」則爲同部仄聲有韻，平仄格式符合，但所使用的文字卻相當平淺通俗，甚至韻腳重複，可見作者無意專爲塡詞，同時亦顧慮到一般大眾的接受能力。

　　第七一回中亦有一闋「西江月」，本回敷演悟空以計謀降服賽太歲，結束朱紫國的災難，朱紫國國王尚爲太子時，因將佛母的一雙雀雛射傷射死，致令佛母教他拆鳳三年而有拆侶之患，本爲觀音坐騎的賽太歲進而奪走朱紫國皇后，三年方滿國王罪愆。這闋「西江月」即說明此一事件的前因後果。其文云：

　　　　色即空兮自古，空言是色如然。人能悟徹色空禪，何用丹砂炮煉。

　　　　德行全修休惰，工夫苦用熬煎。有時行滿始朝天，永駐仙顏不變。

「然」、「禪」、「煎」、「天」同屬第七部平聲先韻，而「煉」、「變」則屬同仄聲霰韻，在平仄格式上亦皆符合此詞牌應有之要求。此闋詞混雜佛道思想，「色即是空」爲佛家思想，但卻又提到修煉工夫，「色即是空」一向爲佛教教義所強調，「色」指一切有形象和佔有空間的物質。這些有形的物質都是因緣和合

而生的，一如「空」，亦爲因緣和合而生的一切事物，終究無實體，故曰空，空性固空，色性亦空，色空二法，其理平等，空即色，色亦是空，只要能悟透這項理念，將無需苦苦修煉，自能常保清淨，朱紫國的故事有其前因後果，強調時間性，時機一到，功過自有歸屬，德行與修煉工夫因此顯得重要。事實上，整部故事的大主題亦不出於此，由此可發現，作者在韻文安排上的用心，使韻文的吟詠與故事本身的主題相結合。

悟空的變形亦常以詞的形式表現，如八二回悟空變老鷹，老鷹的出現乃在破壞婉女爲唐僧所佈置的酒宴，因先前的欲變爲燋燎蟲以便到妖精肚中的計謀失敗，故變爲老鷹，將各式品物盡皆摔碎，化解唐僧遭誘惑的危機，這項變化主要利用老鷹的特性，以其利爪破壞一切。其云：

玉爪金睛鐵翮，雄姿猛氣摶雲，妖狐狡兔見他昏，千里山河時遁。

饑處迎風逐雀，飽時高貼天門，老拳鋼硬最傷人，得志凌霄嫌近。

這闋詞的押韻情形較多變化，「雲」押第六部文韻，而上片「昏」與下片「門」爲同部元韻，下片「人」字又押同部眞韻，「遁」字押同部阮韻，而「近」則爲同部問韻，押韻情形相當靈活多變，但不出第六部的韻腳範圍及應有的平仄要求，在變化中亦保持格式的完整性。

在第九四回中，唐僧因被玉兔妖強迫招親，不得已參與天竺國盛宴，悟空因變爲蜜蜂以見機行事，主要利用蜜蜂的細小機伶特性來配合情節，一如前述的老鷹變形，亦配合了情節的發展：

翅黃口甜尾利，隨風飄舞顚狂。最能摘蕊與偷香，度柳穿花搖蕩。

辛苦幾番淘染，飛來飛去空忙。釀成濃美自何嘗，只好留存名狀。

其中上片「狂」、「香」及下片「忙」、「嘗」爲第二部陽韻，「蕩」與「狀」則分數同部養韻及漾韻，此押韻情況與前述第二四回的「西江月」相同。

《西遊記》中的詠物詞表現了詞所具的特性，細緻地曲寫毫介，寫蜜蜂或老鷹，擬人化的字句，都不直言所詠之物，合乎詠物忌說出題字，以不說破爲最妙之成規。對於所詠之物，能保持一適當距離，不即不離，若體認稍眞，則拘而不暢，若摹寫差遠，則又晦而不明〔註4〕。上述兩闋詞分別就外表特徵所謂「玉爪金睛」，「翅黃口甜尾利」及特性如「最能摘蕊與偷香」，「妖狐狡兔見他昏」的描寫，並增添擬人化的感嘆及描述等深層意義，使原本僅是類似字謎的詞作又增添較深的內涵，韻文的描寫令讀者於散文敘述中對變

〔註4〕張炎，《詞源》，見《詞話叢編》第一集（台北：廣文，1986），頁682。

形物體特別注意，凸顯事物本身。

　　「西江月」為小令形式，有如詩中之律絕，一般皆使用較簡練語言來表達含蓄之意，即所謂「比興」，證諸上述《西遊記》中「西江月」的詞牌或述事或形物，多半是點到為止，的確有含蓄不盡言之特色。又因其篇幅有五十字之多，故雖是短小，亦較律絕的使用更具彈性。《西遊記》中以「西江月」詞牌佔最多，除本詞牌為當時習用且流行外，其為詞牌中少數的平仄通押格式，形式上較無拘限，當亦是作者大量使用的因素之一。在押韻方面，上述之例其押韻多集中於某些韻部，甚至有相同韻部重複出現，此或為作者使用的習慣使然，抑或這些韻部使用上較方便較普遍，易穫大眾認可與接受。

（二）其他小令

　　除數量最多的「西江月」外，《西遊記》中其他詞牌如「臨江仙」「鷓鴣天」等亦皆出現一、二次，多集中於第十回張梢與李定的唱和中，其餘則散見各處。《西遊記》中詞的形式亦被用來安排唱和的場合，由於多首作品鋪排，這類作品常形成較大的氣勢。因此，此時的情節推進速度稍微舒緩，同時，為展現各人不同觀念，作者亦需將各種角度的想法分別呈現其間。第十回張梢、李定漁樵二人的問答即為一例，他們的對答，單是詞的部分就有十闋之多，分別使用了「蝶戀花」、「鷓鴣天」、「天仙子」、「西江月」及「臨江仙」等五個詞牌，這些詞作概括漁樵的閒適生活、日常果蔬、謀生之道及居住景致等，除作者炫才外，漁樵生活的各層面也作一番介紹，以「鷓鴣天」為例：

> 仙鄉雲水足生涯，擺櫓橫舟便是家。活剖鮮鱗烹綠鱉，旋蒸紫蟹煮紅蝦。青蘆筍，水荇芽，菱角雞頭更可誇。嬌藕老蓮芹葉嫩，慈菇茭白烏英花。
> 崔巍峻嶺接天涯，草舍茅庵是我家。醃臘雞鵝強蟹鱉，獐豝兔鹿勝魚蝦。香椿葉，黃楝芽，竹筍山茶更可誇。紫李紅桃梅杏熟，甜梨酸棗木樨花。

此詞牌有五十五字，前後片各押三平韻，上片之「涯」為第十部之佳韻「家」、「蝦」及下片之「芽」、「誇」、「花」則屬同部之麻韻，二韻相通。此二闋「鷓鴣天」的上片三四句與下片的三言二句皆有對偶情形，如「活剖鮮鱗烹綠鱉」對「旋蒸紫蟹煮紅蝦」、「青蘆筍」對「水荇芽」、「醃臘雞鵝強蟹鱉」對「獐豝兔鹿勝魚蝦」及「香椿葉」對「黃楝芽」等，完全符合此一詞牌格式的要求及作法。

又如唱和中的「天仙子」亦屬小令：

> 一葉小舟隨所寓，萬疊煙波無恐懼。垂勾撒網捉鮮鱗，沒醬膩，偏
> 有味，老妻稚子圍圓會。　　魚多又貨長安市，換得香醪喫個醉。簑
> 衣當被臥秋江，鼾鼾睡，無憂慮，不戀人間榮與貴。

「寓」、「懼」為第四部仄聲之遇韻，「味」、「貴」為第三部仄聲未韻，「膩」、
「醉」、「睡」為同部寘韻，「會」則為仄聲泰韻；「慮」則屬仄聲御韻，「市」
則押仄聲之紙韻。

又如：

> 茆舍數椽山下蓋，松竹梅蘭真可愛。穿林越嶺覓乾柴，沒人怪，從
> 我買，或少或多憑世界。　　將錢沽酒隨心快，瓦缽磁甌殊自在，酕
> 醄醉了臥松陰，無掛礙，無利害，不管人間興與敗。

其中「蓋」、「害」押第五部仄聲泰韻，「愛」、「在」、「礙」為同部仄聲隊韻，
「怪」、「界」、「快」及「敗」為卦韻，「買」為蟹韻。這兩闋「天仙子」雖為
唱和之作，但彼此未步韻，即分別使用不同韻腳。所押之韻亦相當不統一，
韻部範圍涵蓋第三、四、五部，主要是「泰」、「隊」、「蟹」或「未」、「寘」、
「紙」等韻部間之通轉，「天仙子」的格式尚有值得注意之現象，其格式本為
三十四字之小令，但一般重疊一片為之，上引二闋即有一情形，可見作者在
填詞方面，雖遵手部分詞作應有規格，但為求普遍的共鳴，用韻用字則有所
變化，此乃作者非專為填詞之故。

《西遊記》中有若干回之回首有開場詞，而這些詞作多將情節與佛家觀
念或道家陰陽五行相結合。如第六十二回回首的「臨江仙」描述唐僧師徒在
火焰山歷經諸多危難，終於取得芭蕉扇而化解烈火危機，所表達的乃五行觀
念，並將情節融入其中，「水火調停」有其深意，既是指火燄山之炎熱得到紓
解，同時亦能道出取經四眾合作除妖及彼此關係的和諧，達至所謂「水火既
濟，本性清涼」的境界：

> 十二時中忘不得，行功百刻全收。五年十萬八千周，休教神水涸，
> 莫縱火光愁。水火調停無損處，五行聯絡如鈎。陰陽和合上雲樓，
> 乘鸞登紫府，跨鶴赴瀛洲。

這闋詞字數為五十八，屬於小令，亦為明代小說中普遍沿用的詞牌。上下片
各押三平韻，韻腳分別為「收」、「周」、「愁」及「鈎」、「樓」、「洲」，屬於第
十二部平聲尤韻，正配合本闋詞之舒放闊大的內容。「臨江仙」的格式有三，

句式分別是「七、六、七、四、五」，下片重複；「六、六、七、五、五」，下片重複及「七、六、七、五、五」，下片重複等三種形式，另有一擴大格式，已屬慢曲。上引之例乃地三種格式。出現於第十回的「臨江仙」亦屬第三種格式，可見作者乃有意的取捨。

二、長　調

　　長調即為慢詞，只於《西遊記》出現一次，應是篇幅較長，易妨礙故事進行，故不適大量出現。慢詞中四六言較多，較重視鋪敘與描寫，而需大量描寫者，又已有賦體所表現。故長調出現次數較少。長調與五七言形式關係較少，為一新的詩體，多雙句式。如第八回「蘇武慢」，表現出宗教思想，亦表現出上述之形式上特色：

> 試問禪關：參求無數，往往到虛老。磨磚作鏡，積雪為糧，迷了幾多年少？毛吞大海，芥納須彌，金色頭陀微笑。悟時超十地三乘，凝滯了四生六道。誰聽得絕想崖前，無陰樹下，杜宇一聲春曉？曹溪路險，鷲嶺雲深，此處故人音杳。千丈水崖，五葉蓮開，古殿簾垂香裊。那時節，識破源流，便見龍王三寶。

這首長調出現於第八回開頭，其篇幅完全無礙情節之進展，可見作者安排之用心，其於散文中穿揮韻文時，乃有意為之，非隨性而為。此篇長調的文字以四字、六字句最明顯，除三句七言及一句三言外，通篇皆以四字六字組成，此與小令的多五七言句式有別。又據索引本詞律，「蘇武慢」共有三體，分別為一百零七字、一百一十字及一百一十三字〔註5〕，但上引「蘇武慢」卻有一百一十四字，亦為其特殊處。

　　此長調之文意多隱晦，使用了不少的佛家名詞，如「金色頭陀」即指摩訶迦葉，因其身體呈現金色且有光，在釋尊諸弟子中，修頭陀行第一故被稱為「金色頭陀」或「飲光」。而「曹溪」為禪宗六祖惠能，因其曾在廣東韶州府曹溪說法渡生，故以「曹溪」稱之。「鷲嶺」則指靈鷲山，又稱靈山，舊稱「耆闍崛山」，因山形似鷲，又多鷲鳥，故名。其他如「十地」、「四生」、「六道」及「三寶」也都是佛教術語，但作者並非僅在堆砌典故套語，而是藉詞以強調故事主題。「曹溪路險，鷲嶺雲深」預言了日後的取經的艱辛贖罪歷程。

〔註 5〕萬樹，《索引本詞律》卷十九（台北：廣文，1971）。

所謂「千經萬典，只在修心」，一旦參透，「那時節，識破源流，便見龍王三寶」，一旦解脫成見的桎梏，何需苦修，靈山自在心頭，將得見絕對的真理法則。作者以此長調形式來表現此一深刻思想，除長調篇幅較長，能容納較多文字外，長調的隱晦特質及舒緩語氣亦更顯主題思想的深刻。

《西遊記》中的詞幾乎全為小令，長調僅有一首，可能是為配合故事敘述，不適於大量的長調出現，以形式較短小的「西江月」等流行詞牌表現，除配合當時大眾傾向外，亦有利於寫作時的各項安排。此外，在前述「西江月」、「臨江仙」、「鷓鴣天」等詞牌中亦可發現，這些詞多以七言為主體，形式上亦大致整齊，作者多次的使用，且相同詞牌往往有不同層面的內容，想是這些詞牌有利於敘述方便之故。

三、詞的修辭技巧

詞的出現使中國詩歌語言大大地拓展，幾乎所有精細複雜的語言結構都有可能形成，同時，《西遊記》作者在安排這些詞作時，也使這個文學類型做豐富的發揮，如以近似口語體描寫漁樵二人的生活各層面；而描寫物類如悟空變形則以較優雕的語言出之；至於類似佛家思想的哲學觀點則多使用書面語體。口語體的運用使漁樵的形象更貼切明顯，如「柳岸蘆灣，妻子同歡笑。一覺安眠風浪消，無榮無辱無煩惱」，更能配合其人身分。而詠物方面的運用雅語體，如「玉爪金睛鐵翮，雄姿猛氣搏雲」；「釀成濃美自何嚐，只好留存名狀」則更見作者雕琢物類的匠心，代表宗教思想的詞作相較於其他詞作內容，如「曹溪路險，鷲嶺雲深，此處故人音杳」；「若能一念合真修，滅盡恆沙罪垢」則顯得較嚴肅、較高層次，使用書面語體自能凸顯其不同處。因此，詞在《西遊記》中除了呈現內容的多樣化，不局限某類題材外，在語言的運用上亦見多元化。

然而，相對於詩，詞的語言風格仍較口語化、通俗化，如敦煌民間曲子詞，語言藝術上雖較粗糙，但卻生動活潑，即使後來有文人之作，也都保存了口語的通俗性。《西遊記》中的詞作亦然，用語皆直率自然，氣度上也俊爽諧暢，不似詩之從容亭蓄。以前引詞作為例，如「不論成仙成佛，須從個裏安排」、「人能悟徹色空禪，何用丹砂炮煉」、「佳人二八好容妝，更比夜叉雄壯」、「無榮無辱無煩惱」、「逍遙四季無人管」等，表現各種內容的詞句皆淺近如白話，平易近人。

就《西遊記》中的詞作而言，作者所用的詞牌有限，多使用「西江月」、「浣溪沙」、「鷓鴣天」等小令，這些詞的聲調從容韻味頗近似詩，而詩中所歌詠的人生感情，亦皆可納入詞中。〔註6〕而《西遊記》中三十四闋詞卻多集中使用某些詞牌，這項安排乃為符合當時流行趨勢，所用的詞牌乃當時所普遍流行。相較詩或賦的數百首之多，詞的數目明顯的少，但卻比詩賦合乎格律。由於詞的限制多，故韻文中詞的形式較少。《西遊記》中的詞多為小令，為彌捕詞在篇幅上的不足，故描寫複雜或多樣的事物時，便安排連續多闋的詞作，如第十回漁樵問答、九四回喜會佳姻四詞以使所欲展現的意見觀念的到充分發揮，作者可能的炫才企圖亦得到完成。

第二節　其他韻文的運用

《西遊記》中另有一些韻文形式無法歸類，包括各回回目、某些回回末的對句及類似佛道的偈語等，也都值得探討。這類韻文形式並非《西遊記》所獨創，如第一章所言，乃上承變文與話本而來，變文有「押座文」、「入話」及「散場詩」，話本亦有「入話」與「散場詩」〔註7〕，《西遊記》雖未全本承襲，但某些章回起始仍有類似「入話」的韻文形式，如佛家語等，主要是作者的評論或意見。而在某些章回回末，亦保留了以「正是」起頭的對句，為「散場詩」的遺跡，有分段與贊詞之用。至於佛道偈語，因其各類形式參差不齊，將僅於功能中一併討論。

一、回目標題

回目的功能本用於分段落，以便閱讀，以平話發展過程為例，元代平話在宋代講史話本既有的基礎上，產生兩條分支：一繼續沿講史格局擴充發展，另一支則將野史筆記民間傳說中分散獨立的單篇採拾編集，以講史規模和形式出現。由於這兩種體制的篇幅都漸趨漫長，為便於閱讀講述，已開始分卷分目，目前所見平話都分卷分集，標目皆用來標出故事情節的內容，此為後來章回小說回目的濫觴。〔註8〕同為通俗文類，《西遊記》的結構也朝類似的

〔註6〕胡國瑞，〈詩詞體性辨〉，頁7。

〔註7〕李本燿，〈宋元明話本研究〉，見《師大國文研究所集刊》第十八號（1974），頁14～15及40。

〔註8〕劉書成，〈中國古典長篇小說結構形態演進軌跡考察〉，原載於《蘭州師大學

方向發展。這些回目多爲七言，但亦有例外，四言者如第十四回「心猿歸正，六賊無蹤」、八二回「姹女求陽，元神護道」等，五言者如二三回「三藏不忘本，四聖似禪心」，七七回「群魔欺本性，一體拜眞如」等，而八言者則如第十七回「孫行者大鬧黑風山，觀世音收伏熊羆怪」、五七回「眞行者落伽山訴苦，假猴王水簾洞謄文」等。六言者如八三回「心猿識得丹頭，姹女還歸本性」，其餘多以七言出之，如第一回「靈根育孕源流出，心性修持大道生」、第八回「我佛造經傳極樂，觀音奉旨上長安」、第三二回「平頂山功曹傳信，蓮花洞木母逢災」等，這些回目除有標目功能之外，亦有預示情節事件的作用。

這些回目在結構上有對仗特點：名詞對名詞部分如二五回「鎮元仙」對「孫行者」；五三回「禪主」對「黃婆」及七四回「長庚」對「行者」等，地名則如二八回「花果山」對「黑松林」；三二回「平頂山」對「蓮花洞」及四五回「三清觀」對「車遲國」等。如此安排將事件中的人物地點甚至事件本身嵌入回目中，短短八至十六字中，將所敘述事件作一簡單且不失完整的表現，技巧上既能保持對仗，同時也對情節作濃縮預告。數字對亦是此項對仗的特點，如第三回「四海千山」對「九幽十類」、五八回「二心」對「一體」及九二回「三僧」對「四星」等。這些數字亦是根據各發生事件而來，「二心」即爲眞假悟空；「三僧」指的是悟空兄弟三人，「四星」則爲角木蛟、斗木獬、奎木狼及井木犴等，由數字的安排可見作者匠心，藉數字排列組成情節敘述。在回目中亦見若干專有的名詞，如三三回「外道迷眞性，元神助本心」；五一回「心猿空用千般計，水火無功難念佛」；八六回「木母助威征怪物，金公施法滅妖邪」及九九回「九九數完魔滅盡，三三行滿道歸根」等。這些特殊名詞實爲佛道思想的表現，由於宗教思想的滲透，回目脫離了最初僅作分章的功能，而得以另具深切涵意。

二、回末對句

章回小說承襲講史話本開場詩及下場詩，從而正式形成以詩起以詩結且主體部分分章節的總體結構。〔註9〕《西遊記》並非全然沿用此一現象，如僅有某些回回首有韻文，也僅有部分章回回末有對句。《西遊記》中有五十六個

報（社科版）》1991年，後收於《中國古代、近代文學研究》，1991年，頁49。
〔註 9〕劉書成，〈中國古典長篇小說結構形態演進軌跡考察〉，頁50。

章節有回末對句的部分，相較於《三國演義》一百二十回每回回末皆有對句，《西遊記》的回末對句出現次數明顯較少。這種現象可解釋成通俗文學特徵的殘留，這類對句皆以七言句式來表現，有些回末對語多是對每回回末所發生的情節高潮所作的一種結論，如第四回「仙名永注長生籙，不墮輪迴萬古傳」寫悟空隨太白金星上天界，本接受玉帝弼馬溫之賜，後知此官乃不入流之位，悟空憤而大鬧天宮，玉帝方採取金星的建議，封悟空為有銜無祿的齊天大聖；二十回「法師有難逢妖怪，情性相和伏亂魔」前句言三藏於黃風嶺遭虎先鋒所擄，後句「情性相和」乃言悟空與八戒的合作戰虎先鋒等，「伏亂魔」為一預示作用，言黃風怪終被收服；八三回「割斷絲羅乾金海，打開玉鎖出樊籠」寫白毛鼠精之為李天王與哪吒所收伏，亦是對該事件的總結，而九四回「邪主愛花花作禍，禪心動念念生愁」則對玉兔妖招三藏為駙馬一事作結論。有些則是綜述該回所敷演之事件，如五三回「洗盡口孽身乾淨，銷化凡胎體自然」總述三藏與八戒誤食西梁女國之子母河水而有身孕，悟空為求落胎泉而大戰如意真仙，終得泉水使唐僧等能解除大息，六三回「邪怪剪除諸境靜，寶塔回光大地明」言唐僧履行「遇寺拜佛，見塔掃塔」的誓願，因而發現九頭龍等妖怪，終使血雨、寶塔黯淡等現象消失，重現光明。

第三節　詞與其他韻文的功能分析

一、呈現不同觀點並延續情節

作者藉著小令形式來描述漁夫樵子的生活各層面，為補篇幅短小之不足，故連作數闋以相唱和，這類表現需要高度技巧與文字運用，並展現其理念，如第十回漁樵問答即是，張梢及李定並非取經故事的主要人物，卻處於關鍵地位，因他們二人的出現，引出術士袁守誠的神機妙算，進而有龍王不服亂施雨量及魏徵斬龍王的情節，二人的長篇聯對使情節推展的節奏獲得舒緩，為後續的一連串事件預作準備。類似的聯對如在九四回亦出現，即「喜」、「會」、「佳」、「姻」四詞，四首所寫的不外是天竺公主之美貌及招親事，所言內容無異，卻連續安排數首，既是炫才，也表現出熱鬧輝煌的場景，具鋪排、烘托氣氛的效果。以其中之「蝶戀花」及「西江月」為例：

> 煙波萬里扁舟小，靜依孤蓬。西施聲音遞，滌慮洗心名利少，閒攀

寥穗兼葭草，數點沙鷗堪樂道。柳岸蘆灣，妻子同歡笑。一覺安眠風浪消，無榮無辱無煩惱。

雲林一段松花滿，默聽鶯啼，舌如調管。紅瘦綠肥春證暖，倏然夏至光陰轉。又值秋來容易換，黃花香，堪供玩。迅速嚴冬如指撚，逍遙四季無人管。

紅蓼花繁映月，黃蘆葉亂搖風。碧天清遠楚江空，牽攪一潭星動。入網大魚作隊，吞鈎小鱖成叢。得來烹煮味偏濃，笑傲江湖打鬨。

敗葉枯藤滿路，破梢老竹盈山。女蘿乾葛亂牽攀，折取收繩殺擔。

蟲蛀空心榆柳，風吹斷頭松構。採來堆積備冬寒，換酒換錢從俺。

這些唱和可展現故事人物的討論事物之多層面，如漁樵的生活自有不同，但單就漁夫或樵子而言，其生活亦有不同層面，藉此表現方式可得完整陳述。除詞體外，後又有詩與聯句做補充，此處所引漁樵問答的部分，作者高華文采由此即可得到證明。藉二者一問一答，讀者可得知漁樵雙方的意見與生活優點，且將同一關注點作兩種並列的展示，實展現了作者不竭的才思。漁樵之「無榮無辱無煩惱」、「逍遙四季沒人管」正是大智慧下的無憂無慮，自在逍遙，乃隨遇而安，無入而不自得的生活態度，十闋詞作的基本理念一致，但描寫了不同的生活層面，相互補足豁達的人生觀。除展現作者才華，又有調節情節發展進度之效。

在情節延續上，悟空變形的部分往往也是關鍵，多以「西江月」詞牌來表現。多為動物：或蜜蜂、或蝙蝠、或穿山甲、或蝴蝶等不一而足。變形的產生往往是在解除災難的過程中，而所變之物亦皆能配合情節與爭勝需要，恰如其分。「化」的情節帶有佛道色彩，書中某些神妖可依需要而變人變物，悟空有七十二變；八戒三十六變，神妖皆善變，此種描寫實與道教對「術」的豐富想像有關。〔註10〕如深夜之促織（五二回）；鑽地之穿山甲（七三回）等，促織夜鳴，穿山甲會鑽地，皆能掌握所變形物特性，其中如第八六回變燈蛾，除描述其特性外，亦強調其特性於情節發展中的作用，「形細翼曉輕巧，滅燈撲燭投明」、「每愛炎光觸燄，忙忙飛飛繞無停」，以燈蛾撲火之特性延展了情節，又如第二一回變成「擾擾微形利喙」的蚊蟲叮醒把門小妖藉以開門的安排，亦有同樣效果。其他如九四回天竺國華夷閣金屏上描寫喜會佳姻四

〔註10〕鐘嬰，〈論西遊記與宗教的關係〉，《世界宗教研究》1987年第三期，頁9。

詞，四首所寫的無非是歌頌唐僧與天竺公主之天定姻緣，其間並無大差異，除表現當時場面的豪華氣派，主要仍在顯露作者才思，強調熱鬧場面。

二、提供懸念或預示

　　《西遊記》的章回形式乃民間文學常有的特徵，以說話爲例，宋元說話人演說長篇故事，非一天一場所能了結。每場只能講演一段，爲了吸引群眾，講到緊要關，就宣稱「欲知後事如何，且聽下回分解」，又配合若干回末對句的敷演，這種技往往是懸念的運用，其實，與懸念相反而又相輔相成的是預示技。預示情節、結局、懸念，不讓讀者或聽眾事先知道結局及人物命運，使讀者處於無知地位。〔註 11〕而回末對句的故弄玄虛與「且聽下回分解」的安排將引起讀者聽眾的好奇與期待，是一種商業上的考量。

　　這些回目於敘述故事前暗示與總述情節發展，如第七回「八卦爐中逃大聖，五行山下定心猿」，既照應悟空逃離太上老君的八卦爐一事，也預示了悟空將遭如來收服；又如三四回「魔王巧算困心猿，大聖騰那騙寶貝」，說明了悟空與牛魔王雙方鬥智鬥力，僵持不下的事實，而寶貝芭蕉扇亦同時被突顯；六九回「心主夜間修藥物，君主筵上論邀妖邪」亦說明了此回情節的特殊之處，與妖魔最終的收伏。

三、寓含故事主題與內涵

　　《西遊記》結合了佛、道、儒三教思想，三教並陳，以大量擷取所需的教義。回目或偈語中往往出現與這些宗教相關的名詞，如「心猿」、「意馬」、「金公」、「木母」之類，而以「心猿」爲整個寓意中心，〔註 12〕所謂「猿猴道體配人心，心即猿猴意思深」（第七回），回目中稱行者爲「心猿」、「心主」、和「心神」共出現二三次，〔註 13〕在深層寓意上，每個看似獨立的個體，實皆可視爲唐僧心靈的正反兩面。謝肇淛《五雜俎》云：「西遊記……以心猿爲

〔註11〕傅繼馥，〈已知後事如何，更聽下回分解〉，原載《江淮文藝》1983 年第六期，後收於《中國古代、近代文學研究》1983 年，頁 37。

〔註12〕Ptak , "*His-yang Chi* 西洋記——An Inter-pretation and some Comparisons with *His-yu Chi*," 139.

〔註13〕此類回目有七、十四、三十、三四、三五、三六、四十、四一"四六"五十、五一、五六、六九、七三、七五、七六、七七、八十、八一、八三、八五及八九回等。

心之神，以豬爲意之馳，其始之之放縱，上天下地，莫能禁制，而歸於緊維一咒，能使心猿馴伏，至死靡他，蓋亦求放心之喻」。〔註14〕又第十三回中唐僧曾「以手指心，點頭幾度」，法門寺眾僧莫解其意，唐僧答以「心生，種種魔生，心滅，種種魔滅」。由此可見，由於心意放縱而造成魔生，唯有使心猿馴服，方能使「皇圖永固」，此乃全書立論所在。〔註15〕亦即是，取經的實質不過是修心而已，若捨近求遠，只是徒勞往返，故取經路途中的種種妖精魑魅，原都是自己心中病魔，所謂「一念才生動百魔」（第七八回），如第一百回中的「有詩爲證」：「五行論色空還寂，百怪虛名總莫論」，第十九回烏巢祖師口授的心經實爲故事主題所在，在第二十回一開始，即有一篇偈子來說明修心道理，所謂「法本從心生，還是從心滅」、「現心亦無心，現法法也輟」，是否能清靜不沾塵，主要仍存乎一心。在第八五回中悟空告訴唐僧《多心經》的眞義仍在一心：「佛在靈山莫遠求，靈山只在汝心。人人有個靈山塔，好向靈山塔下修」悟空所代表的，無疑是較高的智慧機靈，如「神狂誅草寇，道迷放心猿」（五六回），「心猿鑽透陰陽體，魔主還歸大道眞」（七五回）不僅道出眼前實有的災難，也象徵唐僧內在可怕的慾望，即所謂「菩薩妖精，總是一念」，所謂魔由心生，妖怪的阻隔乃心境的作用與映射。〔註16〕如第十四回「心猿歸正，六賊無蹤」，六毛賊分別名爲「眼看喜」、「耳聽怒」、「鼻嗅愛」、「舌嘗思」、「意見欲」及「身本憂」等，心猿可左右慾念之旨趣，六賊的被打死有其象徵性，表達了人形及官能經驗恆是人生災厄的來源。由上述可見，回目脫離了僅是用來分段落的層面，而類似佛贊的韻文也非旨在宣揚宗教。

（一）五行思想

五行爲金、木、水、火、土五種生活資料，乃先民日常生活中所發現與運用的物質。而後因時間日久，先民生活日益豐富，這一素樸的五行觀念漸趨薄弱，由本爲實際的物質轉變爲抽象的概念，「行」有運行、流行之意，因而產生五行相生相剋之意。〔註17〕陰陽五行、丹鼎爐火的基本概念普遍存在於中國經典中，然而，《西遊記》中所運用的五行觀念，應是傾向由道教吸收

〔註14〕謝肇淛，《五雜俎》（台北：新興，1971），卷十五，頁1286。

〔註15〕王永生，〈魯迅論西遊記〉，原載於《天津社會科學》1982年三期，後收於《中國古代、近代文學研究》1982年，頁60。

〔註16〕徐貞姬，《西遊記八十一難研究》，民國69年輔大碩士論文，頁128。

〔註17〕楊樹藩，〈五行與十幹〉，《中華文化復興月刊》第四卷第五期，頁31～32。

的五行思想，道教以民間文學的形式來宣揚其信仰，進而與民間文學相互滲透影響，其道情詞或經文道歌等皆類似民歌格調，如道歌「渡人舟」第二段之內容：

> 渡人舟是自身，不老藥精與神，心猿意馬當定靜，青龍白虎鬧沉沉，
>
> 金烏玉兔至爐鼎，嬰兒姹女結婚姻。〔註18〕

從《西遊記》的回目、回末對句、各類型韻文甚至散文的敘述中皆可發現，作者有意以此一完整綿密的五行體系，配合道教修鍊的觀念來建構文章主體，傳達其思想及人生觀。

回目文字亦透露了五行觀念，與穿插在故事進行中、同是描寫五行詩詞韻語相呼應。這類例子有如第三八回「嬰兒問母知邪正，金木參玄見假眞」，或第五一回「心猿空用千般計，水火無功難煉魔」等，「心猿」爲悟空，其本屬金，但由第五七回悟空被逐後，三藏頓覺口乾舌躁，其詩曰：「土木無功金水水絕」可知，悟空又配火。木爲八戒，而水爲三藏，一如第二章第一節所言，在其自述中常有對一己常遭水厄的感嘆。《西遊記》作者藉五行概念來描述取經四眾間的衝突或和諧，這內部衝突與妖魔所造成的外在衝突相對比，回目有關五行的方面只限於簡單名詞的表現，對未來所發展的故事只作一暗示。而書中的相關韻語則作較多的發揮。

《西遊記》作者所暗示的萬物消長思想多半合於陰陽五行的宇宙觀，肯定天覆地載的信念及生命中盈虛交替現象。〔註19〕五聖與敵人間亦有五行關係，如妖與魔色應五行，以五行循環的觀念解釋了聖妖間的懷疑矛盾、相生相剋，歷經種種的磨難，取經四眾摒棄了以小我爲利益的自私，轉而對大我的修養與追求完成。〔註20〕以五行觀念代表唐僧師徒有其寓言性，金木水火土在民俗傳統中代表自然界的五種元素或動力，宇宙一元的看法強調五行的運行乃循著相生相剋的原則。因此，這五種動力須處於一定的軌道，方得前進。所以，取經人彼此的關係十分重要，雖各自有其性格，但亦須結合成一體，相互扶持，方能獲致成就。〔註21〕

〔註18〕劉守華，《道教與中國民間文學》（台北：文津，1991）第十一章〈道教和民間口頭文學的相互滲透〉所引，頁304。

〔註19〕蒲安迪（Andrew H. Plaks）著，孫康宜譯，〈西遊記、紅樓夢的寓意探討〉，收於《中國文學論著譯叢》上冊（台北：學生1985），頁440。

〔註20〕Campany，110-113

〔註21〕吳璧雍，〈西遊記研究〉，《師大國文研究所集刊》第二五期（1981），頁832。

　　作者以五行消長將取經五聖的關係象徵化，此亦為全書中心精神之所在。《西遊記》中，五聖與敵人間亦有五行關係，如「妖與魔色應五行」，以五行循環的觀念解釋了神妖問的懷疑矛盾、相生相剋，歷經種種的磨難，取經四眾摒棄了以小我為利益的私心，轉而對大我的修養與追求完成，〔註 22〕以五行觀念代表唐僧師徒有其寓言性，金木水火土在民俗傳統中代表自然界的五種元素或動力，宇宙一元的看法強調五行的運行乃循著相生相剋的原則。因此，這五種動力須處於一定的軌道，方得前進，所以，取經人彼此的關係十分重要，雖各自有其性格，但亦需結合成一體，相互扶持，方能獲致成就。〔註 23〕

（二）佛家思想

　　至於意義最多重者，則應屬類似佛家偈語者，既言修練心性，也多少表現了佛道思想，使讀者不僅看故事表面的情節，也能仔細尋思其中所蘊含的深意。〔註 24〕如清代評論家劉一明曾言：「西遊玄言與禪機頗同，其用意處盡在言外」。〔註 25〕這類偈語一改中國抒情詩素有的簡潔有力，以往文人在使用此一文類時，也大都反對在詩中滲入外延式或推論性的說理文字，但宗教思想終究能化入抒情形式中，《西遊記》中的佛家偈語即是一例，這些韻文具有語言的多義性，神祕的啟示力，及所謂「悟」、「覺」的需求。《西遊記》中三教並陳，藉著這些形式，作者擷取大量相關教義，用以強化取經任務。

　　《西遊記》作者乃是佛教、道教的教外作家，而非佛門、道門的教門學者，對於佛道的神祇、術語乃信手拈來，也不管二者問是否有衝突。〔註 26〕對其教義也只是利用以組成其故事的中心思想，並非單純宣揚。在《西遊記》韻文的特殊形式中，類似佛家偈語亦為其中一部分。《西遊記》取經故事既脫胎於宗教事件，形式上也承襲了俗講、說話等活動，佛經的翻譯、變文及各類說唱文學的流傳，形成「贊」、「賦」的形式。〔註 27〕如佛經為了弘法，常

〔註 22〕Campany，110 -113
〔註 23〕吳璧雍，〈西遊記研究〉，頁 832。
〔註 24〕蒲安迪（Andrew H . Plak）著，孫康宜譯，〈西遊記、紅樓夢的寓意探討〉，頁 443。
〔註 25〕蒲安迪（Andrew H . Plaks）著，孫康宜譯，〈西遊記、紅樓夢的寓意探討〉，頁 444。
〔註 26〕張乘健，〈論西遊記的宗教思想〉，原載於《社會科學戰線》1988 年 1 月，後收於《中國古代、近代文學研究》1988 年 4 月，頁 207。
〔註 27〕高桂惠，《明清小說運用辭賦的研究》，政治大學中文所 79 年博士論文，頁 312。

於散文後接以偈語，以吸引大眾。《西遊記》雖經改編改寫，內容主題容有改易，然架構、格局大致不變，且仍留有不少宗教思想或類似佛家偈語或贊論，這些佛家語有詩、詞、賦等類型，穿插於行文中，為求方便明瞭，故集中一起，以利討論。其表現的理念有數種層次，如萬事萬物皆由心生，可謂《西遊記》之主要理念，心靈的提昇或墮落構成了情節高低，如第十四回：

> 佛即心兮心即佛，心佛從來皆要物。若知無物又無心，便是真心法身佛。法身佛，沒模樣，一顆圓光涵萬象。無體之體即真體，無相之相即實相。非色非空非不空，不來不向不回向。無異無同無有無，難捨難取難聽望。內外靈光到處同，一佛國在一沙中。一粒沙含大千界，一個身心萬法同。知之須會無心訣，不染不滯為淨業。善惡千端無所為，便是南無釋迦葉。

如五八回：

> 不有中有，不無中無。不色中色，不空中空。非有為有，非無為無"非色為色，非空為空。空即是空，色即是色。色無定色，色即是空。空無定空，空即是色，知空不空，知色不色。名為照了，始達妙音。

佛法既云諸行無相，諸法無我，因此，基本上並無主體可言，否定自我的存在。破除自我的偏執，而立正見，斷絕愛欲以達正定，實現如如境界。不偏不倚，不一不異的涅槃之境，自由自在，為宇宙最終的人生主體。如第六八回亦說明了空的道理：

> 善正萬緣收，名譽傳揚四部州。智慧光明登彼岸，颼颼，飄飄雲生天際。諸佛共相酬，永住瑤臺萬萬秋。打破人間蝴蝶夢，休休，滌淨塵氛不惹愁。

「打破人間蝴蝶夢」，說明了佛教般若心經「空」的理論，「悟空」一名其實已說明了「一切皆空」的道理，如第七一回「色即空兮自古，空言是色如然」，又第九六回「色色原無色，空空亦非空」等全為相關的佛家思想。如此的安排豐富了詩詞等韻文之多面意涵，深化全書意義。「空」為《西遊記》的主題，以「悟」為臻至此一境界的過程。故需正心除六賊，以最大誠心到靈山，「心」一放，將會妄念叢生，「意」亦得著意收拾，不能「如馬飛馳」，否則道性禪性將會受到蒙蔽。〔註28〕取經四眾在旅途中的所遇種種，基本上也是在體認此一事實。悟空等三徒皆以「悟」字為排行，「悟」有領會、了解之意，而「空」

〔註28〕張靜二，〈西遊記的結構與主題〉，《中華文化復興月刊》十三卷三期，頁25。

者虛無，「淨」為無垢、絕塵，「能」為始之意，因此，三者所表現的皆是塵
世的虛無，所謂「色即是空」的道理。〔註29〕取經四眾在取經之前，都有所
罪愆，西天取經的任務正是自我救贖的行動。在歷劫的過程中，一己得致圓
滿，也普濟了眾生。

　　另一類展現的思想是有關修身指導。禪宗的相信頓悟、人人有佛性、破
壞神威的觀念使修身養性乃至成真成為可能。第二十回的傷子言，「只須下苦
功，扭出鐵中血」、「栓在無為樹，不使他顛劣」，第九一回回首亦明言，「修
禪何處用工夫？馬劣猿顛速剪除」，所強調的即是修心工夫，如第五十回開場
詩：

> 必地頻頻掃，塵情細細除。莫教坑塹陷昆盧。本體常清靜，方可論
> 元初。性燭須挑別，曹溪任呼吸，勿令猿馬氣聲粗。晝夜綿綿息，
> 方顯是工夫。

「心地頻頻掃，塵情細細除」，「勿令猿馬氣聲粗」，所強調的是修身的工夫。
一如第五九回所言：「有日功完行滿，圓明法性高隆。休教差別走西東，緊鎖
牢籠。收來安放丹爐內，煉得金烏一樣紅。朗朗輝輝嬌豔，任教出入乘龍」，
又如第五六回：

> 靈臺無物謂之清，寂寂全無一念生。猿馬牢收休放蕩，精神謹慎莫
> 崢嶸。除六賊，悟三乘，萬緣都罷自分明。色邪永滅超真界，坐享
> 西方極樂城。

因六賊而生發的塵情妄念是修身的最大障礙，「猿馬牢收休放蕩」，收拾貪妄
心，不教心意飛馳便成為修道的必要工夫。此地又可發現禪宗的理念，「靈臺
無物謂之清，寂寂全無一念生」，即灰身滅智，拋棄原本支配吾人日常生活的
思想或成規，不因外在事物而影響內心。主要在瞭解自我內心的真實生命，
而能超脫桎梏，體認自我，進至明心見性的境界。
又第七四回回首：

> 情慾原因總一般，有情有慾自如然。沙門修煉紛紛士，斷慾忘情即
> 是禪。須著意，要心堅，一塵不染月當天。行功進步休教錯，行滿
> 功完大覺仙。

此韻文字面上雖言修煉斷慾的修身指導，但也是七二、七三回故事的重述，
唐僧師徒遭遇盤絲洞的蜘蛛精，妖怪欲吃唐僧肉以求長生不老，八戒在櫂垢

〔註29〕張靜二，〈西遊記的結構與主題〉，頁23。

泉變成貼魚精戲弄眾女妖，凡此皆是慾望的表現，有慾望就有迷惑，故截斷慾望便是修身的起點，故曰「斷慾忘情即是禪」，但修煉工夫首重心志堅定，「行功進步休教錯，行滿功完大覺仙」，神魔之別，往往只在一念之間，妖的升格為神，神的墮落為妖。就如蜈蚣精最後被毗藍菩薩所收伏，走向修煉求道的歷程。

　　《西遊記》中的思想接近禪宗，認為「無情有性」，「人人皆可成佛」，此一眾生平等的信念為五聖成真的思想基礎。唐僧未取回大乘經以前，中土流行小乘佛教，主要是追求個人的自我解脫、功德圓滿，證得阿羅漢為最高目標。大乘強調大慈大悲，普渡眾生，以成佛度世、建立佛國為最大目標。〔註30〕從取經者在往西天路途中不僅自己歷經種種困頓，也常為經過的國家掃蕩妖魔解決困境，取經過程成為一種個人修身與替人解災的歷程。取經者所取之經為大乘經，其所作所為恰是所取之經的寫照。大乘與小乘間的差異亦影響《西遊記》故事的方向，取經四眾與妖魔的對立即在於所持觀念的不同，取經者為普渡眾生，妖魔卻只為一己能早日登仙，妖魔面壁式的修煉，希望長生不老的信念不同於為大我的想法，這種衝突使得取經者的利益與大眾一致，形成故事發展型態的基點，取經者為大我出發，最終不僅完成大我，小我亦得到圓滿。修道首須明心見性，使塵不到心，展現的是修身指導。禪宗的相信「頓悟」、「人人有佛性」、破壞神威的觀念使修身養性乃至成為可能。所謂「千經萬典，也只是修心」又如第八回「蘇武慢」所強調的即是禪宗「頓悟成佛」的大旨，《西遊記》中第十三回中唐僧的指心點頭乃「直指人心，見性成佛」的默示，又如第九三回三藏言，「悟空解得是無語言文字，方是真解」，不立文字，不落言荃乃禪宗的上乘，最終的成就乃是「打破頑空悟大空」、「諸佛共相酬，永住瑤臺萬萬秋。打破人間蝴蝶夢」了。

　　類似「前緣分定」之宿命論在其他的故事敘述中也屢被提及，所謂「一飲一啄，莫非前定」（第三九回）及「人心生一念，天地盡皆知。善惡若無報，乾坤必有私」（第八回）。如第七回的開場詞：

　　　　富貴功名，前緣分定，為人切莫欺心。正大光明，忠良善果彌深。
　　　　些些狂妄天譴，眼前不遇待時臨。問東君因甚，如今禍害相侵。只
　　　　為心高圖罔極，不分上下亂箴規。

這篇辭賦就情節言，是在評述前七回大聖大鬧天宮的故事，大聖終於不敵如

〔註30〕鍾嬰，〈論西遊記與宗教的關係〉，《世界宗教研究》，頁4。

來，被壓於五行山下，「只為心高圖罔極，不分上下亂箴規」。作者也藉此表現出其認同傳統、服從權威的心態，展現了儒教的上下尊卑理念。同時，這裏亦舉出因果報應的佛教信念，「富貴功名，前緣分定，為人切莫欺心」，「些些狂妄天譴，眼前不遇待時臨」，在第六五回回首的偈子更是明言，「這回因果，勸人為善，切休作惡。一念生，神明照鑒，任他為作」，由業報觀進而引出勸人為善、安份守己、不可狂妄的道德觀。佛教思想在《西遊記》中的表現具有民間信仰之色彩。在講史小說中，通俗的宗教觀，特別是接近民間傳說性質的宗教觀一向是其表現的素材。〔註31〕同具民間文學的性質，《西遊記》亦展現了類似的特質，這類的現象旨在說服大眾天命不可違或自我修身的重要，有撫慰人心的作用。

由此可見，《西遊記》的思想並非單一，而是各類觀念的綜合。事實上，此時的宗教並非只集中於對佛教的關切，儒釋道三者並無明顯分界，反有雜揉現象，而此項宗教神魔的呈現使現實與幻想的運用更為融和，虛虛實實，有修辭上的平衡功能，這些寓意的關鍵語包括了佛教用語、心猿意馬、五行觀念、易學口訣及道家煉丹術語等，其中修身觀念由道教思想而生，道教的特點如養神、全真，其追求目標是個體的長生不死，為面壁式的個人長期修身養性，這類情形多發生於《西遊記》的妖魔身上，與旨在普濟眾生的取經者形成對立。《西遊記》中有利他即自利的觀念，即眾生之中有小我，取經之前，四聖皆有各自天地，但其認為，普濟眾生方是圓滿之道，真正的成功。〔註32〕這類透過佛道式言談所展露而似深具啟發性的思想，可給讀者一暫時結束。取經目標達成時的「九九功、三三行」，易六十四卦與五行的反覆周旋，代表綿延交替現象，甚至八十一難的安排也具有周而復始的完整精神。

〔註31〕 張瑞芬，〈宋元平話及話本中所反映之民間文學特值〉，《興大中文學報》第四
　　　　 期，1991年，頁319。
〔註32〕 鐘嬰，〈論西遊記與宗教的關係〉，頁5～6。

第五章 三種韻文類型綜合討論

第一節 題材相同而類型相異

　　就《西遊記》文中所使用的韻文觀之，其中有些現象值得研究。首先，若干相同題材卻分別以詩和賦體來書寫，如四季變換、五行佛道思想、戰爭場面、人物神妖、景觀環境及神妖威力等。由這些相同題材卻以不同文類書寫之例可發現，作者運用各文體之間的不同特性，將相同事物作不同的展現。

　　如第十七回與第八八回分別有一詩及一賦來描繪夜景，第十七回之賦爲：

> 銀河現影，玉宇無塵。滿天星燦爛，一水浪收痕。萬籟聲寧，千山
> 鳥絕。溪邊漁火熄，塔上佛燈昏，昨夜闍黎鐘鼓響，今宵一遍哭聲
> 聞。

第八八回之詩爲：

> 眾鳥高棲萬籟沉，詩人下榻罷哦吟。銀河光顯天彌亮，野徑荒涼草
> 更深。砧杵叮咚敲別院，關山杳窵動鄉心。寒蛩聲朗知人意，噫噫
> 床頭破夢魂。

詩的「眾鳥高棲萬籟沉」，賦是「萬籟聲寧，千山鳥絕」，詩的「銀河光顯天彌亮」，賦用「銀河現影，玉宇無塵」，語氣上賦較舒緩。又詩與賦最後的描寫皆以聲響來襯出夜的寧靜，但詩的意境較深，寫出取經人在異鄉的愁思，賦因配合情節，只點出和尚的哭聲，大致而言，賦較重景物的鋪排，呈現的夜的景致，而詩的用字較簡練，主要抒寫懷鄉之思。

　　同寫秋景也分別有詩及賦的形式，如第二三回寫秋之詩：

楓葉滿山紅，黃花謝晚風。老蟬吟漸懶，愁蟋思無窮。荷破青執扇，

橙香金彈叢。可憐數行鴿，點點遠排空。

及第八八回寫秋之辭賦：

水痕收，山骨瘦。紅葉紛飛，黃花時候。霜晴覺夜長，月白穿窗透。

家家煙火夕陽多，處處湖光寒水溜。白蘋香，紅蓼茂。橘綠橙黃，

柳衰穀秀。荒村扁落碎蘆花，野店雞收菽豆。

詩寫「黃花謝晚風」，辭賦以「水痕收，山骨瘦。紅葉紛飛，黃花時候」來形容黃花，詩寫「荷破青執扇，橙香金彈叢」，賦卻以「家家煙火夕陽多，處處湖光寒水溜。白蘋香，紅蓼茂。橘綠橙黃，柳衰穀秀」同樣來寫秋景。詩與賦的修辭分別明顯可見，詩較含蓄，賦則較鋪排詳細。

同寫洞府，則分別有第四一回以詩描繪的火雲洞：

迴巒古道幽還靜，風月也聽玄鶴弄，白雲透出滿川光，流水過橋仙

意興。猿嘯鳥啼花木奇，藤蘿石蹬芝蘭勝。蒼搖崖壑散煙霞，翠染

松篁招彩鳳。遠列巔峰似插屏，山朝澗繞真仙洞。崑崙地脈發來龍，

有分有緣方受用。

又如第八六回以賦寫成的連環洞：

削峰掩映，怪石嵯峨。奇花瑤草馨香，紅杏碧桃豔麗。崖前古樹，

霜皮溜雨四十圍；門外蒼松，黛色參天二千尺。雙雙野鶴，常來洞

口舞清風，對對山禽，每向枝頭啼白晝。簇簇黃藤如掛索，行行煙

柳似垂金。方塘積水，深穴依山。方塘積水，隱窮鱗未變的蛟龍；

深穴依山，住多年喫人的老怪。果然不亞神仙境，真是藏風聚氣巢。

一為詩一為賦，詩的介紹明顯較賦的文字簡單，詩之「花木奇」，於賦卻用了「奇花瑤草馨香，紅杏碧桃豔麗」，詩言「藤蘿」，賦卻多了「如掛索」的形容，詩言松，賦卻大加形容：「門外蒼松，黛色參天二千尺」，詩僅言龍，賦卻多了「窮鱗未變」的文字，由此可見，詩的敘述方式較精簡，而辭賦則較具體，多細節描繪。

在描繪悟空變形部分，詩詞及賦體都有，以蜜蜂為例，在第十六回中以賦體為之，在第五五回以詞（西江月）表現，第九四回則以詩來寫蜜蜂，其內容分別為：

口甜尾毒，腰細身輕。穿花度柳飛如箭，粘絮尋香似落星。小小微

軀能負重，囂囂薄翅會乘風。（第 16 回）

翅薄隨風軟，腰輕映日纖。嘴甜曾覓蕊，尾利善降蟾。釀蜜功何淺，
投衙禮自謙。（第 55 回）

翅黃口甜尾利，隨風飄舞顛狂。最能摘蕊與偷香，度柳穿花搖蕩。
辛苦幾番淘染，飛來飛去空忙。釀成濃美自何嚐，只好留存名狀。

（第 94 回）

這三種寫蜜蜂的文學形式各有其特質，所寫的蜜蜂特性都是口甜、尾毒、翅
薄、腰細、釀蜜，詩言「覓蕊」一詞，但賦卻以「穿花度柳飛如箭，粘絮尋
香似落星」、詞以「最能摘蕊與偷香，度柳穿花搖蕩」來形容；對於釀蜜之特
性，詩僅言「釀蜜功何淺」，賦卻言「辛苦幾番淘染，飛來飛去空忙。釀成濃
美自何嚐，只好留存名狀」。詩詞賦三種形式各有相同相異處，但因特性的不
同，在描繪上亦是各有取捨、相互補足。

又如第二八回前後以辭賦與古風來描繪黃袍怪的長相，其詩爲：

青臉紅鬚赤髮飄，黃金鎧甲亮光饒。裹肚襯腰碌石帶，攀胸勒甲步
雲絛。閒立山前風吼吼，悶遊海外浪滔滔。一霜藍靛焦劬手，執定
追魂索命刀。

其賦爲：

青靛臉，白獠牙，一張大口呀呀。兩邊亂蓬蓬的鬢毛，卻都是些胭
脂染色；三四紫巍巍的髭髯，恍疑是那荔枝排牙。鸚嘴般的鼻兒拱
拱，曙星樣的眼兒巴巴。兩個拳頭，和尚缽盂模樣；一雙藍腳，懸
崖楂枒樣。斜披著淡黃袍帳，賽過那織錦袈裟。拿的一口刀，精
光耀映；眠的一塊石，細潤無瑕。

同是描寫黃袍怪，一詩一賦，詩中言的「紅鬚赤髮」，在賦中卻以「兩邊亂蓬
蓬的鬢毛，卻都是些胭脂染色」來形容，詩賦的描述方法明顯不同。詩較抽
象，如「閒立山前風吼吼，悶遊海外浪滔滔」之類，而賦的形容則較具體，
每項五官或四肢的刻畫都盡量鋪述，具有鮮明印象，詩賦二者的差異在此更
是明顯。

第二節　詩賦並陳，相互補充

《西遊記》中有些賦體之後立即有一詩來補充說明，除第二章第三節曾
提及的第九一回寫花燈會盛景之賦後亦另有一詩來表現外，在第八回寫靈山

仙境之賦後接一絕句；第十六回寫觀音院之賦後亦有一詩。以描繪靈山勝景為例，其辭賦為：

> 瑞靄漫天竺，虹光擁世尊。西方稱第一，無相法王門。常見玄猿獻果，麋鹿啣花，青鸞舞，彩鳳鳴，靈龜捧壽，仙鶴啣芝。安享淨土祇園，受用龍宮沙界。日日開花，時時果熟。習靜歸真，參禪果正。不滅不生，不增不減。煙霞縹緲隨來往，寒暑無侵不記年。

其後另有一詩：

> 去來自在任優游，也無恐怖也無愁。極樂場中俱坦蕩，大千之處沒春秋。

在如來收服大聖返回靈山後，向靈山三千諸佛、五百阿羅、八大金剛及無邊菩薩等敘述其收服大聖經過，及玉帝立安天大會酬謝等事，上引之辭賦乃描繪眾佛聽完後喜悅讚揚、共樂天真之景，賦後的詩歌可視為辭賦的補充，亦可作為是辭賦的序言，而由賦來詳細說明。如詩中之「大千之處沒春秋」實為辭賦中所言「習靜歸真，參禪果正。不滅不生，不增不減。煙霞縹緲隨來往，寒暑無侵不記年」的意義濃縮；而「玄猿獻果，麋鹿啣花，青鸞舞，彩鳳鳴，靈龜捧壽，仙鶴啣芝。安享淨土祇園，受用龍宮沙界」實亦在刻畫佛境的「去來自在任優游，也無恐怖也無愁」，詩賦的相互補充現象已於第三章第三節提到，此種詩賦連體的現象於東漢就出現，賦後附有「繫詩」始於班固，其〈東都賦〉末段有〈明堂詩〉等等五首詩，以後文人亦有類似之作，如張衡〈思玄賦〉後亦有此一情形。〔註1〕

第三節　韻文的重複使用

　　《西遊記》中的韻文使用屢有重複。事實上，在散文的敘述中亦常見重複的現象：如唐僧師徒的取經過程中，唐僧常因八戒的唆使而誤會悟空或身遭災難；在妖魔中，男性的妖魔大都想吃唐僧肉以求常生不老，女妖則多為求獲取元陽，這種前提使得取經路程迭有不同層次的波折。又如妖魔的組成中，常見兩個或三個的妖魔之組合，如金角與銀角大王、辟寒、辟暑與辟塵大王及羊力、虎力與鹿力大仙等。在妖魔與取經四眾的互動中，妖怪即使已捉到唐僧，也往往因顧慮悟空或邀請其他妖怪而不會立即殺害，這種延遲使

〔註1〕 徐公持，〈詩的賦化與賦的詩化〉，收於《文學遺產》1992年第一期，頁18。

悟空等有機會營救。甚至八戒被捉的反應也有重複，妖魔常言醃八戒肉以防天陰，八戒常答以遇到販醃的店家了。這類重複的敘述方式交錯運用，令故事順利發展下去。

在韻文的使用上亦可見重複的現象。前已提及，在形容的文字中常可見套語的出現，如分別在第八回與第八七回中皆出現相同的絕句：「人心生一念，天地盡（悉）皆知。善惡若無報，乾坤必有私」，二詩差別只在盡、悉二字。所以，有學者認為，《西遊記》在環境的描繪上是缺乏地方性的。〔註2〕使用幾乎相同的韻文之明顯例證應是第二十回的黃風嶺與第四十回之號山，描寫二山的相同文字幾乎相同，第二十回的黃風嶺：

> 高的是山，峻的是嶺；陡的是崖，深的是壑；響的是泉，鮮的是花。那山高不高，頂上接青霄；這澗深不深，底中見地府。山前面，有骨都都白雲，屹嶝嶝怪石。說不盡千丈萬丈挾魂崖。崖後有彎彎曲曲藏龍洞，洞中有叮叮噹噹滴水巖。又見些丫丫叉叉帶角鹿，泥泥痴痴看人獐；盤盤曲曲紅鱗蟒，耍耍頑頑白面猿。至晚巴山尋穴虎，帶曉翻波出水龍，登的洞門呼喇喇響。草裏飛禽，撲轆轆起；林中走獸，掬律律行。猛然一陣狼蟲過，嚇得人心跑蹬蹬驚。正是那當倒洞當當倒洞，洞當當倒洞當山；青岱染成千丈玉，碧紗籠罩萬堆煙。

第四十回號山：

> 高不高，頂上接青霄；深不深，底中見地府。山前面常見骨都都白雲，扢騰騰黑霧。紅梅翠竹，綠柏青松。山後有千萬丈挾魂靈臺。臺後有古古怪怪藏魔洞。洞中有叮叮噹噹滴水泉。泉下有彎彎曲曲流水澗。又見那跳天躼地獻果猿，丫丫叉叉帶角鹿，泥泥痴痴看人獐。至晚巴山尋穴虎，待曉翻波出水龍，登的洞門呼喇的響。驚得飛禽撲魯的起：看那林中走獸掬律律的行。見此一夥禽和獸，嚇得人心扢蹬蹬驚。堂倒洞堂堂倒洞，洞當當倒洞當仙；青石染成千丈玉，碧紗籠罩萬堆煙。

這兩篇辭賦大致上完全相同，《西遊記》作者只作局部修改，第四十回號山少掉黃風嶺前面「高的是山，峻的是嶺；陡的是崖，深的是壑；響的是泉，鮮

〔註2〕Anthony C. Yu, "Heroic Vrerse and Heroic Mission : Dimensions of the Epic in the *His-Yu Chi, Journal of Asian Studies,*31（1972），pp 887.

的是花」的文字，另外，在一些文字上亦有更動或刪減，如「崖」與「臺」；「澗」與「泉」；「蹬」與「騰」；「堂」與「當」；「山」與「仙」等。值得注意的是，這些更動的文字都具有聲韻上的相似，由此可證《西遊記》乃具有從說唱過渡至書寫形式的痕跡，只求聲音的相類，文字更動則未過分注重。

　　然而，韻文雖常使用相同名詞，但在行文及文字中依然可見仙妖不同之處，取經四眾此去的命運吉凶亦常可藉由環境外觀略知端倪，如第二七回的白虎嶺：「虎狼成陣走，麂鹿作群行」、「大蟒噴愁霧，長蛇吐怪風」，一眼即知非佳境。至於有些妖魔的居處看似安祥，實可視爲是妖怪刻意的僞裝，或象徵取經四眾未卜的遭遇。因此，韻文的描寫又有了象徵預示功能，而非獨立於敘述故事的散文之外。

第六章 結 論

　　《西遊記》爲章回小說，其形式乃繼承俗講、變文與說話而來，基本上，已由說唱文學演變爲專供閱讀的小說，但形式上仍保有以往說唱文學的固有形式。〔註1〕除了既有的開場詩與下場詩等固定格式，《西遊記》的韻文作了更豐富的表現，其類型包括詩、詞、辭賦及回目對句等。數目上，詩約三百六十一首；賦約三百三十六首；詞則約有三十四闋。實際上，《西遊記》中由說話活動所產生的分章分回及回末對句之形式，亦是從說唱形式脫胎而來，如宋人話本開始有所謂「入話」，又名「得勝頭迴」，以詩或詞引入一段開場故事。故事之起結皆有詩詞，段落處常以「正是」或「卻是」或「有詩爲證」、「有詞爲證」以作劃分之用。〔註2〕但《西遊記》作者運用其匠心，將這些形式的韻文作最佳的安排，不僅使韻文散文在敘述上能配合無間，韻文本身的內容形式也有相對的配合，不同於變文或話本的固定格式，僅是藉以區隔段落或是出於商業考量。《西遊記》中的韻文有多樣的面貌，在不同的敘述場中發揮其特有作用，使作者的聲音以多重角度來表現，而非獨尊一種文學形式。詩詞賦的類型使作品具有多方的音聲面貌，使《西遊記》更有包容力、生命力，其中韻文爲散文敘述的形象之補充，屬於整個藝術形象的組成部分。

　　《西遊記》中的詩歌表現遠比其他韻散夾雜的作品多樣且精彩，詩的形式有律詩、絕句及古風，共約三百三十六首，其中五言四句者二十首；七言四句者五十九首；五言八句者二十八首；而七言八句者爲一百五十九首；古風則有九十五首，因其篇幅較自由，可長可短，格律又無嚴格規定，適合作

〔註1〕趙聰，《中國四大小說》（香港：友聯，1964），頁201。
〔註2〕張敬，〈詩詞在中國古點小說戲曲中的應用〉，《中外文學》三卷十一期，頁48。

長篇的敘述。絕句明顯的比律詩古風少，因其較短小，通常穿插於散文敘述中作總述歸納用。律詩在行文中多用於陳述，或言事件、人物外形或表個人心志，並於其間表達故事之深刻內涵，如五行及佛道思想。絕句的出現則大多是評述某項情節或單一事件，而人物自述或感慨、武器描寫及場面描述多以古風為之，詩的類型至少有以下數點功能：

一、開場介紹，如第一回開卷詩總括全書之旨。

二、回末重述之例，如第六七回述八戒力除稀柿衕污穢，四眾合心之事。

三、預示功能，如第二十六回述觀音將至五莊觀以甘露水使人參果樹重生事。

四、作者述評，包括對情節及當世加以評論或展現一己的人生觀、道德觀，如第十一回開卷詩述人生短暫，當修善去惡。

五、歷史的重述與使命的強調及事件，如各家對自己及武器的介紹。

六、點出四季晝夜變換。

七、增加行文雅趣與觀點完整，如第二三回黎山老母所化之農婦與唐僧分別陳述在家出家之長處，又第六四回木仙庵眾人談詩亦顯出詩般雅趣。

賦體在《西遊記》中的形式並未有固定的格式，字數、句法也沒有一定，在本文中凡是非詩非詞且非回目、對句的韻文形式皆化歸為辭賦一項，約有二百九十三篇。辭賦在行文中運用的類別有：

一、環境的刻畫，包括山勢形容、庭園洞府、宮殿寺觀及朝夕四時等。

二、人物描繪，有神仙法相與妖怪邪魔二類。

三、刻畫物類，包括悟空所變形物、各項品物種類。

四、戰爭場面，此為情節的重要部分，著墨自不可少。

五、歡會飲宴。

六、神妖威力等。

而其所具功能有：

一、塑造場面，包括戰爭場面及歡會飲宴，給予書中人物一具體鮮明的空間。

二、提供場景，如山形地勢、庭園洞府，往往也暗示了取經者的命運。

三、神妖形象與威力的具體化，使神妖雙方的法力更具說服力。

四、凸顯特定事物，這類事物多為故事的關鍵器物，如悟空變形、袈裟及神妖武器等，使讀者的注意力暫時集中所描述的事物。

　　值得注意的是，《西遊記》中的賦體並無楚辭體，可見作者並無意以賦體來抒情言志，純粹只爲體物寫景而運用賦體。另外，在《西遊記》中的賦體除有「純爲賦體」及「賦中有詩」等型式外，尚有一些特殊形式，如第四回寫天宮馬匹之賦爲四言體；第二十回以八言句式寫虎先鋒；第二五回的五莊觀菜園則以六言句式寫園中茱蔬。這些多變的形式顯示賦體的自由性，其中句數多寡可隨意調整，在運用上深具彈性。

　　《西遊記》中詞的數量明顯少，約只有三十四闋，且多爲當時習用的詞牌，如「鷓鴣天」、「臨江仙」、「西江月」等，這項情形並非《西遊記》所特有，宋代話本中之詞多屬小令，和明清傳奇的家門所用詞牌一樣，皆屬「蝶戀花」、「鷓鴣天」、「臨江仙」、「西江月」等，〔註 3〕故《西遊記》之所以運用，亦是因當時普遍流行之故。其中以《西江月》出現次數最多，約占二十首之多。
其在故事中運用的方面有：
　　一、開場詞與佛道思想。
　　二、唱和聯對。
　　三、悟空變形。
　　四、四季晝夜等。
在行文中詞類的角色爲：
　　一、呈現不同觀點。
　　二、提供懸念或預示等。

　　而回目對句及類似偈語的韻文形式則豐富了《西遊記》故事主題與內涵。在《西遊記》中的詞作皆合乎格律，就因格律的講求，使得詞的創作比其他文類有更多的侷限，作者較不能隨心調度運用，此或爲詞作偏少的原因。

　　由各種文學類型與內容的搭配可發現，其內容往往能配合文類，如評述、重述、預示等以較小篇幅的詩體表現，藉以突出詩體的精簡含蓄的特色。自然風光、各項物類與大小場面則以辭賦爲之，乃是藉賦體誇張鋪陳的特質來表現品物與場面的豐富多樣，至於詞類部分，數量雖少，但仍有一定的功用，以詞的文字比詩更爲淺白易懂，更能配合小說本身使用的口語，其中以漁樵問答的表現最爲特出。

　　三種文學形式在《西遊記》中使用的技巧有幾點：
　　一、其所用文類雖屬傳統的詩、詞辭賦，但文字淺白，使得一般大眾仍

〔註 3〕張敬，〈詩詞在中國古典小說戲曲中的應用〉，頁 50 及 52。

　　能接受，並認爲其亦屬於大傳統的感覺。

二、疊字的運用是各類韻文的基本修辭方式，以相同二字來形容，無論
　　是描繪環境、神態、外形，皆有不小的逼眞效果。

三、對仗亦是《西遊記》中韻文的最主要的修辭方式，如回目即是一對
　　仗最工整的表現。各類型的對仗除能展現作者文采之外，也令讀者
　　或聽眾較容易記憶與了解，字面上亦較齊整。

四、色彩方面，《西遊記》具有想像特質，神魔皆帶有奇異外表，在色彩
　　形容上自是鮮明大膽，紅綠、金銀等對比強烈的色彩往往同時出現。

五、而數字運用上，從八十一難、七十二與三十六變的安排可知，數字
　　在《西遊記》韻文中亦有重要地位，這些數字除了對仗上的需要外，
　　亦表現出作者對若干數字的信念與想法。

六、羅列事項、夸飾及細節勾勒等特質於辭賦中最明顯，對各式物類加
　　以羅列說明，藉以顯出場面的熱鬧繁盛，對單一事項亦是刻意的曲
　　寫毫介，表現出作者體物的熱情。在語氣上也擅用誇張口吻，上天
　　下地，以顯所述事項的不同凡響並使人能信服。

　　詩詞賦體三者間的數量及所寫內容皆有所出入，但大致而言，其內容與形式皆能取得一致，詩篇幅短小，適用敘述評論，作者所使用詞多爲體制短小的小令，僅第八回有一闋「蘇武慢」，在表現故事主題時往往比詩更爲淺白，但表現四季景致時，又比詩的文字更爲婉媚細膩。至於賦，因賦本爲大體制的文類，故適合大場面或眾多事物的描繪。《西遊記》中的辭賦雖非標準形式，體制亦小很多，但仍是《西遊記》中模山範水的最佳形式，同時，飲宴歡會或各色品物等場面亦因辭賦的盛大形式而更見壯觀。

　　由以上的敘述可發現，《西遊記》在散文敘述中夾雜韻文的形式雖是承繼變文與話本而來，但作者卻另出新意，使得《西遊記》雖已成爲專供閱讀的章回小說，但其間的韻文卻有妥適的安排，與散文形式配合無間。即使就韻文本身言，也是各具特色，書寫內容亦包羅萬象，令整部作品呈現活潑多元化的風貌，而非遠不如散文，缺乏表現力。〔註4〕相反的，《西遊記》保存了說唱文學的特質，作者在敘述故事時設想有聽眾在場，在情節或時間的交待上亦沿用一些相關習見的術語或表達方式，如某些章回結束時以對句式的韻

〔註4〕　鄭潭州，〈吳承恩的西遊記〉，見《中國古典文學論稿》（長沙：湖南人民出版
　　　　社，1957），頁287。

文來作預示或贊嘆即爲一例，但這些說唱形式並未影響到《西遊記》的行文敘述，韻文的安排使得作品深具口語性的特質，韻文使得故事具有影射性、隱晦性及暗示性，如以詩表現的評述，其間所表達的人生觀、道德觀，甚至是對故事本身的評斷皆可發現作者的意見，藉由詩體的含蓄隱晦特質襯托出主題思想的深刻多義。

同時，韻文又具短暫性、即發性及抽離性，如以辭賦形容的自然山水或各類物項，以其獨特於散文的形式在行文中顯得特出，不僅使讀者在閱讀中特別注意到韻文所描寫的事物，且對風景環境產生立即感，一改以往小說對景物的忽略和不重視場景的安排。使得《西遊記》中的人物言行有一具體的行動空間。另外，又因本源於詩話雜劇等民間說唱文學，所以《西遊記》故事本身即深具通俗性、群眾性。〔註5〕在被視爲末流的小說型態中加入詩、賦、詞等相對傳統的文類，又以白話、口語來書寫，基本上便是對傳統文類的一種遊戲性安排，以淺近白話來拉近與群眾的距離。

以另一角度觀之，這些類似套語的韻文亦有重複抒情等作用，而作者常引用的典故或賣弄文字亦是語法上的重複。同時，這種詩賦的安排對文化水準較低的大眾而言，也會令他們感到在參加高級的文化活動，進而認同大傳統。〔註6〕因此，《西遊記》的大量韻文並非僅是舊有形式的殘留，或是單純的因襲。因作者刻意的安排，使的穿插故事中的韻文作靈活的運用，與散文敘述搭配，使原本被認爲會影響閱讀的韻文形式產生最大的敘述功能，亦使《西遊記》有了多重敘述風格，更顯精彩與豐富。

〔註5〕 有關口語傳述的三項特質，參見歐陽楨著，廖朝陽譯，〈中國小說的口語性〉，見《中國文學論著譯叢》下冊（台北：學生，1985），頁42。

〔註6〕 陳炳良，〈話本套語的藝術〉，收於《小說戲曲研究》第一集（台北：聯經，1988），頁176。

重要參考文獻

　　本參考文獻所列，凡三大項，一為專書，二為期刊論文，三為學位論文。其中「專書」部分資料龐雜，為凸顯專家研究之性質，首為「梁武帝著述類」，次為「重要參考書目」。又為使用者查詢便利計，皆以書名、篇名筆畫順序排列。

一、專　書

1. 《毛詩》，台北：中華，1983。
2. 《尚書》，台北：華正，1974。
3. 《漢書》，台北：鼎文，1986。
4. 《舊唐書》，台北：鼎文，1985。
5. 《莊子》，台北：木鐸，1983。
6. 《淮南子》，台北：明倫，1971。
7. 《太平廣記》，台北：新興，1958。
8. 《永樂大典》，台北：世界，1962。
9. 《西遊記》，吳承恩，台北：華正，1982。
10. 《三國演義》，羅貫中，台北：世界，1985。
11. 《水滸傳》，施耐庵，台北：中華，1988。
12. 《金瓶梅》，笑笑生，台北：大中國，1974。
13. 《歐陽修全集》，歐陽修，台北：華正，1975。
14. 《後村大全集》，劉克莊，台北：台灣商務。四部叢刊。
15. 《文心雕龍》，劉勰，台北：開明，1968。
16. 《高僧傳初集》，慧皎，台北：台灣印經處，1958。

17. 《大唐三藏法師傳》，慧立，台北：台灣印經處。

18. 《西京雜記》，葛洪，台北：台灣商務，四部叢刊。

19. 《都城紀勝》，耐得翁，台北：文海，1981。

20. 《醉翁談錄》，羅燁，台北：世界，1958。

21. 《夢梁錄》，吳自牧，台北：文海，知不足齋叢書。

22. 《輟耕錄》，陶宗儀，台北：世界，1963。

23. 《五雜俎》，謝肇淛，台北：新興，1971。

24. *The His-yu Chi*, Glan Dudbridge, London: Cambridge UP, 1971.

25. 《東京夢華錄》，孟元老，收於《筆記小說大觀》第九編第五冊。

26. 《都城紀勝》，耐得翁，收於《西湖老人繁勝錄三種》，台北：文海，1981。

27. 《中國小說史略》，魯迅，台北：明倫，1969。

28. 《宋元明話本研究》，李本燿，《師大國文研究所集刊》第十八號，1974。

29. 《宋元話本》，程毅中，台北：木鐸，1983。

30. 《中國四大小說》，趙聰，香港：友聯，1964。

31. 《于役志》，《歐陽修全集》卷五，歐陽修，台北：華正，1975。

32. 《明清小說講話》，吳雙翼，台北：木鐸，1983。

33. 《中國詩律研究》，王力，台北：文津，1972。

34. 《詩詞曲格律研究》，呂正惠，台北：大安，1991。

35. 《小說修辭學》，W. C Booth 著，華明、胡蘇曉、周憲譯，北京：北京大學出版社，1985。

36. 《修辭析論》，董季棠，台北：益智，1981。

37. 《唐人傳奇小說》，汪辟疆編，台北：文史哲，1988。

38. 《辭賦流變史》，李曰剛，台北：文津，1987。

39. 《漢賦源流與價值之商榷》，簡宗梧，台北：文史哲，1980。

40. 《余國藩西遊記論文集》，余國藩，台北：聯經，1989。

41. 《小說結構美學》，金健人，台北：木鐸，1988。

42. 《道教與中國民間文學》，劉守華，台北：文津，1991。

43. 《元人雜劇鉤沉》（中國學術名著曲學叢書第一集第五冊），台北：世界，1960。

44. 《全元雜劇外編》，台北：世界，1963。

45. 《大唐三藏取經詩話》，《中國通俗小說名著》，台北：世界文庫，四部刊要，1958。

46. 《圍爐詩話》，吳喬，《清詩話續編》上冊，見郭紹虞編，台北：木鐸，1983。

47.《夢溪筆談》，沈括，台北：世界，1961。

48.《索引本詞律》，萬樹，台北：廣文，1971。

二、專書論文

1. 〈敦煌所發現的佛教講唱文〉，Richard E. Strassbers 著，張芬齡譯，收於《中國文學論著譯叢》下冊，台北：學生，1985。

2. 〈西遊記故事的演變及西遊記的成書〉，胡光舟，收於《吳承恩與西遊記》，台北：木鐸，1983。

3. 〈西遊記考證〉，胡適，收於《胡適作品集》第十，台北：遠流，1986。

4. 〈從馮夢龍編輯舊作的態度談所謂宋代話本〉，胡萬川，收於《古典文學》第二集，台北：學生，1980。

5. 〈西遊記韻文部分的修辭用法〉，蘇其康，見鄭樹森、周英雄、袁鶴翔合編，《中西比較文學論集》，台北：時報，1986。

6. 〈雲門傳：從說唱到短篇小說〉，韓南著，蘇正隆譯，收於《韓南中國古典小說論集》，台北：聯經，1979。

7. 〈早期的中國短篇小說〉，韓南著，張保民、吳兆芳譯，收於《韓南中國古典小說論集》，台北：聯經，1979。

8. 〈諸宮調的內形與外形─兼及諸宮調與變文、詞及宋之白話小說的異同〉，陳荔荔著，陳淑英譯，收於《中國文學論著譯叢》下冊，台北：學生，1985。

9. C.T. Hsia,"Journey to The West,"*The Classical Chinese Novel,* New York and London: Columbia UP, 1971.

10. 〈現場觀眾：中國小說的口述傳統〉，歐陽楨著，姜台芬譯，見《中國文學論著譯叢》上冊，台北：學生，1985。

11. 〈西遊記、紅樓夢的寓意探討〉，蒲安迪（Andrew H . Plaks）著，孫康宜譯，收於《中國文學論著譯叢》上冊，台北：學生，1985。

12. 〈話本套語的藝術〉，陳炳良，收於清大中語系編，《小說戲曲研究》第一集，台北：聯經，1988。

13. 〈吳承恩的西遊記〉，鄭潭州，見《中國古典文學論稿》，長沙：湖南人民出版社，1957。

三、期刊論文

1. Anthony C. Yu, "Heroic Vrerse and Heroic Mission : Dimensions of the Epic in the *His-Yu Chi, Journal of   Asian Studies*,31（1972）。

2. Karl Kao," Aspects of Derivation in Chinese Narrative,"*CLEAR,* 7:1（July,1985）, 12.

3. Alsace Yen , "A Technique of Chinese Fiction: Adaptation in the *His-Yu Chi*

with Focus on Chapter Nine ,"*CLEAR* , 1:2 （July , 1979） .

4. Roderich Ptak, " *His-yang Chi* 西洋記——An Inter-pretation and some Comparisons with *His-yu Chi* ," *CLEAR* , 7 （1985）.

5. Rob Campany," Demons , Gods , and Pilgrims : The Demonology of the *His-yu Chi*," *CLEAR* , 7 （1985） .

6. 〈唐代的俗講與變文〉，尉天驄，《幼獅學誌》五卷一期，1966。

7. 〈西遊記的結構與主題〉，張靜二，見《中華文化復興月刊》十三卷三期，1980。

8. 〈明清小說的特點〉，趙永年，本收於《瀋陽大學學報（哲社版）》1991年2月號，後收於《中國古代、近代文學研究》1991年11月號。

9. 〈西遊記中五聖的關係〉，傅述先，《中華文化復興月刊》九卷五期，1976。

10. 《西遊記研究》，吳璧雍，《師大國文研究所集刊》第二五期，1981。

11. 〈中國早期小說中的詩歌〉，葉慶炳，《中華文化復興月刊》十卷三期，1977。

12. 〈詩的賦化與賦的詩化〉，徐公持，收於《文學遺產》1992年第1期。

13. 〈情景交融與山水文學——中國古代山水文學發展原因探源之一〉，王可平，《中國古代、近代文學研究》1991年10月。

14. 〈論西遊記與宗教的關係〉，鐘嬰，收於《世界宗教研究》第三期（1987）。

15. 〈中西長篇小說文類之重探〉，蒲安迪，見鄭樹森、周英雄、袁鶴翔合編，《中西比較文學論集》，台北：時報，1986。

16. 〈詩詞體性辨〉，胡國瑞，原載於《文學評論》1984年第3期，後收於《中國古代、近代文學研究》1984年第11期。

17. 〈宋元明話本研究〉，李本燿，見《師大國文研究所集刊》第十八號（1974）。

18. 劉書成，〈中國古典長篇小說結構形態演進軌跡考察〉，原載於《蘭州師大學報（社科版）》1991年，後收於《中國古代、近代文學研究》，1991年。

19. 〈已知後事如何，更聽下回分解〉，傅繼馥，原載《江淮文藝》1983年第6期，後收於《中國古代、近代文學研究》1983年。

20. 〈魯迅論西遊記〉，王永生，原載於《天津社會科學》1982年3期，後收於《中國古代、近代文學研究》1982年。

21. 〈五行與十幹〉，楊樹藩，《中華文化復興月刊》第四卷第五期。

22. 〈論西遊記的宗教思想〉，張乘健，原載於《社會科學戰線》1988年1月，後收於《中國古代、近代文學研究》1988年4月。

23. 〈宋元平話及話本中所反映之民間文學特值〉，張瑞芬，《興大中文學報》第4期，1991年。

24. 〈詩詞在中國古點小說戲曲中的應用〉，張敬，《中外文學》三卷十一期。

25. 〈論神秘數字七十二〉，楊希枚，《考古人類學刊》35、36期合刊。

26. 〈再論古代某些數字和古集編撰的神秘性〉，楊希枚，《大陸雜誌》第四十二卷第五期。

四、學位論文

1. 《唐變文之原創性及其與大眾需要之研究》，楊西華，東海大學中文所 67 年碩士論文。

2. 《明清小說運用辭賦的研究》，高桂惠，政治大學中文所 79 年博士論文。

3. 《西遊記八十一難研究》，徐貞姬，輔仁大學 69 年中研所碩士論文。

《三言》中的婚姻與戀愛

蔡蕙如　著

作者簡介

蔡蕙如

現職：高雄醫學大學通識教育中心專任副教授兼秘書室秘書
學歷：國立高雄師範大學 國文系 博士班畢
　　　國立高雄師範大學 國文系 碩士班畢
　　　東海大學 中國文學系畢
　　　文藻外國語文專科學校 英文科畢
經歷：高雄醫學大學通識教育中心專任助理教授兼秘書室秘書
　　　高雄醫學大學通識教育中心專任助理教授兼中心人文及社會科學組組長
　　　高雄醫學大學教務處課務組組長
　　　大仁技術學院通識教育中心專任助理教授兼教學品質組組長
　　　國立高雄師範大學國文系兼任助理教授
　　　國光中學 國文科專任教師兼導師
　　　文藻外國語文專科學校 國文科 兼任講師
專長：古典通俗小說、比較文學、應用文
著作：《三言》與《十日譚》婚姻愛情故事之比較研究、《三言》中的婚姻與戀愛
期刊論文：〈《三言》與《十日譚》巧女人物類型比較〉
　　　　　〈「點燃生命之海」與生死教育〉
　　　　　〈從儒家思想建構醫療專業人才之倫理教育〉
　　　　　〈電影於人文教育教學中之應用 以——「金法尤物」在女性文學課程上的啟示為例〉
　　　　　〈「臺灣文學」通識課程之教學兼論「去中國化」——以高雄醫學大學課程設計為例〉
　　　　　（載於國立嘉義大學中文系出版之《文思與創意》）
　　　　　〈電影於大一國文教學上之應用——當屈原遇上勝元〉

提　要

　　在明代通俗文學家馮夢龍所蒐集、整理的《三言》中有將近三分之一的作品，是通過婚姻這面鏡子，為後人反映一幅幅當時生活的寫生畫和風俗畫；換言之，中國婚姻發展史上某些典型的婚姻模式與現象均可直接或間接地在《三言》故事裡找到其印證和實例。

　　本文試圖從《喻世明言》、《警世通言》與《醒世恆言》一百二十篇故事歸納出當時人的婚姻型態，以及其中所呈現的婚戀觀、幸福觀，並且跳脫出「男性文化典律」的制約，重新檢討中國人的兩性關係與婚姻態度。此外，亦透過《三言》描繪的情愛世界，妥切地界定道德在愛情婚姻系統中所扮演的角色，並且藉此釐清多數人把種種婚束縛與孔門禮教混為一談的誤解，進而揭示禮教中莊嚴的婚姻思想。最後，就這些故事情節與人物的言行，加以分析其對現代人所產生的啟示與省思，讓《三言》的戀愛婚姻故事發揮更積極的指導作用，而不只是茶餘飯後的街談巷語。

　　論文各章重點簡述如下：

　　第一章 緒論：說明本論文之研究動機、目的、範圍與方法。

　　第二章《三言》中婚姻結合之模式：根據故事裡所描述的男女結合之情節，統整出我國常見的幾種結婚模式，並藉此分析故事人物的心理，以及探索普遍的人性與共同的弱點。

　　第三章 婚外情與其他：本章探討婚外情與亂倫、僧尼相戀不法之事。

　　第四章《三言》所反映的婚姻觀：綜合《三言》中所有關於婚姻戀愛之現象，進一步歸納整理父母長輩、青年男女、歡場女子以及禮教的婚姻觀。

　　第五章 結語：綜述本文之研究心得。

目

次

第一章　緒　論

第一節　研究動機與目的

　　明代通俗文學家馮夢龍所蒐集、整理的《喻世明言》、《警世通言》與《醒世恆言》（簡稱《三言》），在中國小說史上占有重要之地位，由於《三言》內容豐富，一百二十篇故事的題材十分廣闊，涉及人生百態，因此，歷年台灣地區以《三言》為題做研究的學位論文並不少，依時間先後為序有：

　　一、李漢祚《三言研究》，台灣大學碩士論文。

　　二、王淑均《三言主題研究》，輔仁大學碩士論文。

　　三、陳妙如《古今小說研究》，文化大學碩士論文。

　　四、咸恩仙《三言愛情故事研究》，輔仁大學碩士論文。

　　五、崔桓《三言題材研究》，台灣大學碩士論文。

　　六、柳之青《三言人物研究》，台灣師範大學碩士論文。

　　七、郭靜薇《三言獄訟故事研究》，輔仁大學碩士論文。

　　八、黃明芳《馮夢龍編作三言的社會經濟基礎》，中山大學碩士論文。

　　且相關的專書、期刊論著亦不勝枚舉，難計其數。

　　在《三言》中有將近三分之一的作品，是通過婚姻這面鏡子，為後人反映一幅幅當時生活的寫生畫和風俗畫；換言之，中國婚姻發展史上某些典型的婚姻模式與現象均可直接或間接地在《三言》故事裡找到其印證和實例。然而前述之學術論文尚未針對此一課題做全面性的探究，因此，本文試圖從《三言》裡歸納出當時人的婚姻型態，以及其中所呈現的婚姻觀、幸福觀，

並且跳脫出「男性文化典律」〔註1〕的制約,重新檢討中國人的兩性關係與婚姻態度。

兩性關係是人類最根本、最自然的人際關係之一,為了能夠配合繁衍生養後代與建立社會結構的需要,人類於是自行發展出一套制度,規範男女關係,使兩性之結合有所依據,這就是婚姻。而此一被社會認同的婚姻並非全然皆有愛情為其基礎,因為中國傳統婚姻與其說是兩個人結婚,不如說是兩個大家庭或家族聯姻;《禮記‧昏義》所謂的「昏禮者,將合二姓之好」正是這個道理。再加上結婚之對象多由父母擇定,所以,古代的夫妻鮮少本於兩情相悅而結合,只是為結婚而結婚。

然而,人們追求愛情的渴望始終在心裡起伏湧動著,未婚的青年男女為愛生死相許;已婚者貪戀激情而誤陷歧途,發展出變調的婚外戀曲,最後甚至自焚於情慾烈焰當中。假使將這些愛情、婚姻悲劇歸咎於傳統道德箝制兩性的心理需求所造成,實在不為過。因此,透過《三言》描繪的情愛世界,妥切地界定道德在愛情婚姻系統中所扮演的角色,並且藉此釐清多數人將種種婚姻束縛與孔門禮教混為一談的誤解,進而揭示禮教中莊嚴的婚姻思想,亦是本論文的目的之一。

此外,本文擬從馮氏《三言》婚戀故事之內容,以見其有無具體的婚戀觀;而這些故事的情節與人物的言行又對現代人產生什麼樣的啟示與省思?這也是個人嘗試去分析的。

韓愈曾提倡「文以載道」的文學主張,那麼,通俗小說故事又何嘗不是暗寓人生的處世之道呢!〔註2〕所以,我個人希望能藉古人可貴的經驗,使其對現代人有所啟發,讓《三言》的戀愛婚姻故事發揮更積極的指導作用,而

〔註1〕 魏光霞於〈試觀男性文化典律下昭君形象的扭曲〉一文中說:「中國遠故自母系社會進入父系社會以來,復隨母權的愈漸式微,權威地以男性價值為中心的典律(canon)乃漸漸加強並成為中國傳統核心文化的價值觀;以其所代表的正統觀念來規範文學、習俗、政治、教育等,並藉之達到控制弱勢團體(女性)的目的。試觀中國古代傳統書寫語言,幾乎清一色成為父權典律的代言人,……而大眾(包括女性)亦不自覺地挾傳統父權道德的典律化閱讀方式或稱男性誤讀(male-misreading)來解讀作品。……。」以《三言》為例,就有不少此類現象。因此,我個人希望能擺脫此局限,純以女性的身分來閱讀《三言》,並加以檢討其中給予女性不平等對待的描寫與誤解。

〔註2〕 東漢桓譚《桓子新論》:「小說家合叢殘小言,近取譬論,以作短書,治身理家,有可觀之辭。」

不只是茶餘飯後的街談巷語。

第二節　研究範圍與方法

　　《三言》一百二十篇作品是宋、元、明說話藝人和文人加工整理的集體成果；其內容有部分是假前人的筆記、小說、傳奇爲基礎鋪演爲成，有些則是宋元的話本，以及明人的話本或擬話本。且故事的題材豐富多樣，或寫朋友親戚間相互幫助的俠義行爲，或寫男女的愛情婚姻，或揭露官僚、地主與僧道的不法勾當，或寫獄訟案件，或寫發跡變泰的故事，或述靈異神奇、文人雅士的風流韻事等。〔註3〕而本論文之研究範圍乃包含《三言》裡的戀愛、婚姻故事或入話及相關之情節，即使該故事的主旨非關男女婚戀問題，若其中的內容牽涉婚姻與愛情者，皆是本文主要的研究材料。

　　至於本論文的研究方法與步驟，如下列之說明：

　　一、蒐集資料與討論：由於個人大學時代即對民間文學和通俗小說產生濃厚的興趣，因此，在有幸進入碩士班就讀之際，便決定以此做爲研究之目標，並且廣泛蒐羅相關之圖書和論文而加以瀏覽閱讀，後來在指導教授的引領之下，逐漸縮小論文的撰述方向；再經過師生詳細的討論後，於是將明代馮夢龍所編寫的《三言》當作研究對象，最後擬以「婚姻戀愛」爲本論文之

〔註3〕詳見繆詠禾《馮夢龍和三言》；據繆氏統計，《三言》中故事發生之時代，上自春秋戰國，下迄明代，列示如下表：

故事發生時代	故事篇數
春秋戰國	4
秦漢	6
兩晉南北朝	2
隋唐	18
五代	5
宋代	50
元代	4
明代	28
（年代不詳）	3
合計	120

主題。

二、精讀與訂定章節：首先詳閱《三言》一百二十篇故事（包括入話），並以卡片摘錄其大要與心得；再依內容、情節的特徵分類，歸納出章節之次第。然後精讀有關於《三言》婚戀故事的專書、論文，以及其他周邊書籍與論述，如：婚姻史、婚姻律法、心理學、倫理學、社會學、經濟史等各類相關資料，以爲參考、立論之依據。在此過程當中，嘗遇困惑難題，幸得師長釋疑教誨，才能迎刃而解。

三、分章撰寫：本文共分五章，先完成第二章，然後依序完成第三、四、五章，而第一章最後完成。論文末附參考書目。各章重點簡述如下：

第一章〈緒論〉：說明本論文之研究動機、目的、範圍與方法。

第二章〈《三言》中婚姻結合之模式〉：本章乃根據《三言》裡所描述的男女結合之情節，統整出我國常見的幾種結婚模式，並藉此分析故事人物的心理，以期探索普遍的人性與共同的弱點。

第三章〈婚外情與其他〉：本章探討婚外情與亂倫、僧尼相戀不法之事。在《三言》中有不少外遇個案，馮氏之所以編選潤飾這類故事，其目的在《三言》序裡已說得十分清楚；簡言之，就是要以此達到「喻世」、「警世」、「醒世」的功用，讓讀者感受其懲惡揚善的精神。然而，我個人希望能夠換另一種角度，從檢視婚外情之發生原因，盡可能客觀地重新評判其中的主角人物，並且闡釋這類情節所帶給現代社會的啓示與意義。

第四章〈《三言》所反映的婚姻觀〉：本章綜合《三言》中所有關於婚姻戀愛之現象，進一步歸納整理父母長輩、青年男女、歡場女子以及禮教的婚姻觀，並且針對這些觀點提出自己的淺見和省思。

第五章〈結語〉：綜述本文之研究心得。

第二章 《三言》中婚姻結合之模式

第一節 指腹爲婚與自幼訂親

中國傳統婚姻的主宰繫之於父母，子女的婚姻甚至胚胎時期就穩穩地操控在家長手中，所以「指腹爲婚」與「自幼訂親」是我國婚姻結合模式裡常見的現象。馮夢龍編撰的《三言》即對此類以父母之命決定子女終身大事的婚姻有所著墨：

《喻世明言》（即《古今小説》）：

第一卷〈蔣興哥重會珍珠衫〉

第二卷〈陳御史巧勘金釵鈿〉

第九卷〈裴晉公義還原配〉

第十七卷〈單符郎全州佳偶〉

《警世通言》：

第二十五卷〈杜員外途窮懺悔〉

《醒世恆言》：

第一卷〈兩縣令競義婚孤女〉入話

第五卷〈大樹坡義虎送親〉

第八卷〈喬太守亂點鴛鴦譜〉

第九卷〈陳多壽生死夫妻〉

第十七卷〈張孝基陳留認舅〉

第十八卷〈施潤澤灘闕遇友〉

　　「指腹爲婚、自幼訂親」的特徵是：結親之雙方多爲世交，門第相當。〔註1〕然而，若兩親家某一方家道中落，或未婚夫妻有一人染惡疾，導致門不當、戶不對的狀況，那麼，棄盟悔婚亦隨之發生（關於悔婚之細節，留待本文之第四章詳述）。

　　在這些「指腹爲婚、自幼訂親」的篇章裡，〈喬太守亂點鴛鴦譜〉是一極爲特殊的故事，各有婚約在身的孫玉郎與劉慧娘因假戲眞做而成了夫妻，於是引發徐、劉、孫、裴四家連鎖性的婚姻糾紛：

　　故事裡的劉慧娘自幼已許裴政，其兄劉璞也聘下孫氏珠姨，珠姨之弟玉郎則與徐家女兒有婚約。只因劉母迷信沖喜之事，於是趕著爲抱病在身的兒子擇吉完婚。然而，孫母（寡婦）無法確認女婿之病情如何，且恐怕女兒受累，便要玉郎男扮女裝，弟代姐嫁；「新娘」過門後，新郎因病不能洞房，又不好叫她獨宿，劉母於是命女兒伴嫂同睡，不料竟促成玉郎因姐得歸，慧娘因嫂得夫，而招致家長們對簿公堂。喬太守一番盤問，乃判孫、劉爲配，徐女改適裴家，以平息孫玉郎奪人婦之怨。

　　此則意外姻緣反映出兩個現象：

　　（一）「指腹爲婚、自幼訂親」而結合的夫妻，婚前未知配偶長相與情性，當然更談不上有愛情的存在。因此，喬太守才能改寫鴛鴦譜，主張「相悅爲婚」（見喬太守判牒）。

　　（二）父母之命雖然極具權威，爲人子女不得違背、反抗，但是在「生米已煮成熟飯」的情況之下，再經喬太守權充月老，家長們似乎也不得不承認。〔註2〕

　　劉慧娘與孫玉郎這對「代人嫁娶、自成夫妻、身陷困境、進退維谷」〔註3〕的青年兒女，幸運地遇上通情達理的喬太守，終於成爲「指腹爲婚、自幼訂親」的婚姻特例，其「婚前即有肌膚之親」的行徑，正和「私訂終身」有異曲同工之妙。

〔註1〕　上述篇章裡男女雙方家長或同朝爲官，或共同經商、或詩文相交、談得來的好朋友。因此，雙方妻子若同時懷孕，便自然而然有結兒女親家之想法。

〔註2〕　見應師裕康於八十三年漢學研究中心「兩岸民間文學」論文研討會所發表之〈「姻緣天定」與「相悅爲婚」——由〈喬太守亂點鴛鴦譜〉看當時婚姻現象〉。

〔註3〕　見劉敬圻〈婚戀觀念之嬗變及其啓示——三言兩拍名篇心解〉。

第二節　先友後婚

梁祝故事為人傳誦多時，山伯與英台可謂「先友後婚」式的開山祖，[註4]
雖然，兩人相知相愛而終無婚姻來做見證，但卻已深深影響後世青年的婚戀觀。
《三言》有兩個故事即是後人嚮往「先友而議婚」的例證，它們是：

《喻世明言》：

　第二十八卷〈李秀卿義結黃貞女〉

《醒世恆言》：

　第十卷〈劉小官雌雄兄弟〉

其內容分述如下：

一、〈李秀卿義結黃貞如〉

正文乃敘少女黃善聰改扮男子，隨父販香，出外經商。不上兩年，黃父
病故，善聰思想身為孤女，往來江湖不便，於是主動與同業少年李英（秀卿）
結為異性兄弟，合夥生理。兩人日則同食，夜則同眠；善聰託稱自幼罹患寒
疾，從不解衣，李英是位誠實君子，故不疑他。九年之後，善聰扶柩返鄉，
與姐姐、姐夫團聚，始還女兒身。李英來訪，才知善聰乃一女子；英生愛意，
繼而求婚，怎奈善聰執意不允。幸得守備太監李公之助，親出貲財，終於促
成兩人婚事。

二、〈劉小官雌雄兄弟〉

本文乃敘述劉奇、劉方由義兄弟結為夫婦的故事。劉方本名方申，原是女
孩兒，改扮成小童，隨父歸籍返鄉，豈料途中父親害了風寒，藥石罔效；為報
恩人延醫服藥之德，遂自願權充為奴僕，適巧恩人無子嗣，就認作義父子。而
劉奇亦遭逢困厄，為劉公（劉方之義父）收留。方、奇二人年貌相仿，情投契
合，又念自身出處相同，遂結拜為兄弟，友愛如嫡親。劉公夫婦過世後，兩人
同心經營，家產日裕，又因少年未娶，故鎮上幾個富家都央媒與之議姻。劉奇
心上已是欲得，劉方卻始終執意不願；劉奇藉題詞壁上，以探劉方之意，劉方
才以「營燕巢」暗示自己是女兒身，最後，兩人託媒議親，擇吉成婚。

〔註4〕《寧波志》載梁山伯與祝英台皆東晉人。又據高國藩先生在〈馮夢龍《古今
　　　小說》中的梁祝故事〉一文裡考證出：該故事在宋時已有傳說，且情節也逐
　　　漸多樣化。就英台而言，其女扮男裝與山伯同窗二年後有心相許于他的行為，
　　　吾人稱此為「先友後婚」。

以上故事經由吾人省思歸納之後，提出下列三點看法：

（一）突破嚴格的男女之防

儒家禮法重內外之分，嚴男女之防，假使男女無別，那麼淫辟亂事就要應運而生。《禮記‧坊記》說：

> 子云：「夫禮，坊民所淫，章民之別，使民無嫌，以為民紀者也。故男女無媒不交，無幣不相見，恐男女之無別也。」

《禮記‧曲禮》上也說：

> 男女不雜坐，不同椸枷，不同巾櫛，不親授。叔嫂不通問，諸母不漱裳，外言不入於梱，內言不出於梱。女子許嫁，纓，非有大故，不入其門。姑姊妹女子子已嫁而反，兄弟弗與同席而坐，弗與同器而食。……寡婦之子，非有見焉，弗與為友。〔註5〕

由此可見，男女避嫌之禮法極為謹慎、周延，而且影響後世深遠。英台為求學、善聰和劉方為營生經商，於是想出女扮男裝之計，好出社會往來活動。此舉在當時可說是十分大膽、前衛的；而其絲毫不露破綻之處，頗令人稱奇，更叫人佩服的是三人皆能恪守本分，不失女子的端整風範與個人尊嚴，非至緊要關頭，絕不輕易揭示自己真正的身分。這樣的行徑，不得不使山伯、李英和劉奇慕其清白、純潔而心生愛意。

（二）強調婚姻的神聖，主張婚前之不及亂

此三則故事暗寓「自由戀愛」是人們想追求的，而且強調婚姻的神聖，主張婚前之不及亂。當李英得知義弟是女子時，即為其守身如玉的慎言慎行所感，進而動了真情，親自求婚。然而，善聰卻立意不肯，她道：

> 兄弟速出，勿得滯留，以招物議。

又說：

> 嫌疑之際，不可不謹，今日若與配合，無有私，把七年貞潔，一旦付之東流，豈不惹人嘲笑。

而劉方在義兄逼婚甚急之下，於是道出自己是女孩兒，是夜兩人即分房而臥，避男女之嫌。這兩對男女皆曾同食同眠，朝夕相處，對彼此的個性互有瞭解；若在此情況下滋生感情並結為夫妻，也是理所當然。可是，善聰和劉方都很堅持「禮」念，〔註6〕他們不願無媒私合，不願損害婚姻的神聖。終於，皇天不負

〔註5〕諸如此類之例，可參見《禮記》等篇章。

〔註6〕《禮記‧內則》曰：「聘則為妻，奔則為妾。」所謂「奔」即「聞名而趨，不

苦心人，這兩位巧扮男裝的女子分別由其義兄明媒正娶，結爲連理，成就佳話。

　　一男一女同榻數年，卻沒有苟合之行，無論今昔，皆屬難能可貴。婚戀自由固然爲人所嚮往、爲人汲汲追尋，但是要明瞭：婚前不及亂才是其眞正內涵。「不及亂」是男女之間對彼此尊重的行爲表現，重視自己與對方的交往；梁、李、劉氏三位男士不強究女扮男裝的好同窗、好兄弟睡臥不解衣的生活習性，此等舉動不僅充分顯露其厚道的人格，更表現了他們對別人的尊重。婚前，若能把這種同性間的尊重轉移在與異性的相處，婚後必能建立男女眞正平等互待、共存的婚姻生活。

　　（三）馮夢龍根據前人所傳聞的「梁祝化蝶」，改編出同類型「女扮男裝」的愛情故事，可證馮氏對「女子突破傳統局限」的巧智與「先友後婚」的模式是肯定的。

第三節　騙　婚

　　婚姻乃人生之大事，父母長輩、青年男女莫不爲此用心良苦，希冀覓得快婿、佳偶，共締鴛盟。在《三言》裡，即有人強求姻緣，做下騙婚勾當而誤人害己。此類故事共計四則：

《喻世明言》：

　　第三十五卷〈簡帖僧巧騙皇甫妻〉

《警世通言》：

　　第十六卷〈張主管志誠脫奇禍〉〈蔣興哥重會珍珠衫〉

《醒世恆言》：

　　第一卷〈兩縣令競義婚孤女〉入話

　　第七卷〈錢秀才錯占鳳凰儔〉

一、〈簡帖僧巧騙皇甫妻〉

　　簡帖僧〔註7〕嘗見皇甫松之妻楊氏立於簾下，愛其美色，便使奸計陷之於不貞之名，皇甫松中計而休妻；此僧乃趁楊氏走投無路、欲跳河尋死之際，合謀一婆子誘騙楊氏與他成親。一年後，簡帖僧在大相國寺內自招劣行又意

　　及六禮，故謂之奔」。在遵從禮教的中國社會裡，一個沒有經過正式聘娶的婦
　　女，其身分常被視爲不清不白，而且難以立足於家庭。

〔註7〕簡帖僧原是汴州東方墳臺寺裡的和尚，後來偷了寺裡監院二百兩銀器逃走。

圖殺妻，幸虧皇甫松等人及時發現，才使得惡僧就逮伏法。

二、〈張主管志誠脫奇禍〉

此則騙婚由媒婆一手導演，在議親過程中欺騙了女方，隱瞞對頭男方的年紀，促成一對老夫少妻；進而引發少婦心儀家中主管張勝，怎奈張勝堅守立場，只以主母相待，並不及亂。最後，才發現小夫人早已吊死，相從張勝者乃其魂魄而非人矣。

三、〈兩縣令競義婚孤女〉入話

入話中的王奉因嫌貧愛富，遂起私心，暗地想要兌轉兩對自幼訂婚的新人（瓊英許潘華；瓊眞配蕭雅），將親女瓊眞充做侄女，嫁與富有俊俏的潘華；而將瓊英反爲己女，嫁與貧窮醜陋的蕭雅。孰料，潘華自恃家財萬貫，不消幾年，早已敗盡俱無，要引瓊眞去投靠他人爲奴；而那蕭雅則勤苦攻讀，後來一舉成名，官至尙書，瓊英受封爲一品夫人。

四、〈錢秀才錯占鳳凰儔〉

此則故事是一椿騙婚喜劇。故事敍洞庭湖富商高贊有一女秋芳，人物整齊又聰明；不肯將她配個平等之人，定要擇個讀書君子，才貌兼全者，聘禮厚薄倒也不論，只要對頭好時，就是賠些妝奩嫁去，也自情願。吳江富家子弟顏俊因相貌醜陋，又腹中全無滴墨，便請表弟錢青冒名頂替，央託媒人向高家求婚。最後，騙婚之計見拆，大尹明斷，將秋芳嫁與錢青。

原來顏俊一廂情願，以爲只要錢青代爲相親，哄過高贊一時，待行過聘，就不怕高家賴婚。怎奈岳父又要女婿親自上門迎娶，錢青只得代爲前往，無巧不巧，大喜之日突起狂風，不能返回顏家成全夫婦之禮，高贊爲不使誤佳期，即要女婿就地成親入洞房。假夫妻同房三日，錢青始終和衣而臥，不敢辜負表兄之託。回到吳江，顏俊不由分說，以爲表弟占了便宜，便痛毆他一頓。高老見女婿遭一醜漢亂踢亂打，隨即盤問錢青，始知前因後果；不料兩家人卻扭作一團廝打起來。此時，縣尹路過，喝教拿下眾人，帶到公庭逐一細審。縣尹得知整個事件的來龍去脈後，即問高贊心下願將女兒許配與誰？高贊道：

> 小人初時原看中了錢秀才，後來女兒又與他做過花燭，雖然錢秀才
> 不欺暗室，與小女即無夫婦之情，已定了夫婦之義。若教女兒另嫁
> 顏俊，不惟小人不願，就是女兒也不願。

高老的這番話已突顯出：古代的婚姻並不注重夫妻雙方有無愛情為其結合的
基礎，所重視的是合法的男女關係。〔註8〕

此外，上述四則騙婚事件亦暴露出人性的卑劣面：

（一）騙婚是一種蓄意行徑，人類自私心理的呈現

故事裡的簡帖僧、王奉和顏俊因貪愛美色或金錢，竟然毀人名節或以欺
瞞之手段達成其目的。可是，天不從所願，一個接受了法律的制裁、一個招
致女兒婚姻不幸、一個是自取其辱。

（二）媒人愛財，取之無道

媒人在我國傳統婚姻制度裡是個相當重要的角色，〔註9〕她們扮演著兩家
聯姻的仲介，其工作上至議婚前的介紹、溝通，下至結婚儀式的鋪排、進行；
待婚禮完畢之後，便得賞錢，作為報酬。然而，媒人亦有優劣之分。民間有
句俗話道「媒婆口，無量斗」，〔註10〕有些媒人為了賺取男女合婚後的介紹費，
往往昧著良心，與議親的雙方故諞妄語。〈張主管志誠脫奇禍〉裡的張媒明知
老員外的合親條件不近情理，〔註11〕卻肚裡暗笑，口中胡亂答應；當下相辭
員外後，對李媒說：

> 這頭親事成，也有百十貫錢撰，只是員外說的話太不著人，有那三
> 件事的，他不去嫁個少年郎君，卻肯隨你這老頭子，偏你這幾根白

〔註8〕 張懷承在《中國的家庭與倫理》中亦曰：「傳統婚姻以滿足家庭需要為最高目
的，美滿婚姻的標誌是兩個家庭是否門當戶對，不是男女的相親相愛。……
只有在家庭本位讓于個人本位的社會裡，人們才考察男女結合是不是出于愛
情。」參見頁119。

〔註9〕 《孟子·滕文公》曰：「不待父母之命，媒妁之言，鑽穴隙相窺，踰牆相從，
則父母國人皆賤之。」由此可證媒人之重要性。

〔註10〕 源出明代《清平山堂話本·快嘴李翠蓮記》：「老潑狗，老潑狗，教我閉口又
開口。正是媒婆之口無量斗，怎當你沒的番做有。你又不曾吃早酒，嚼舌嚼
黃胡張口。」另有天然癡叟《石點頭》第十二卷：「劉氏姐道：『不可造次，
常言媒婆口，沒量斗，他只要說合親事，隨口胡言，何足為據。』」清代則作
「媒婆口，沒梁斗」，見李海觀《歧路燈》第九十三回：「親事成與不成，小
女子如何敢預先說明。萬一不成，人家是女家，不好聽。俗話說：『媒婆口，
沒梁斗。』小女人卻是口緊的。」還有一句類似的俗話是「媒人口，似蜜缽」，
見元王曄《桃花女》第二折：「則你這媒人一個個，啜入口似蜜缽，都只是隨
風倒舵。」此外，馮夢龍在〈錢秀才錯占鳳凰儔〉亦寫道：「常言無謊不成媒」。
可見媒人能言善道，直是天花亂墜。

〔註11〕 張員外結親的對象，必要：（一）人才出眾，好模好樣（二）門戶相當（三）
須著個有十萬貫房奩的。

鬚鬚是沙糖拌的。

話雖如此，兩人依舊狼狽爲奸，決定謊報老員外的實際年齡。待小夫人過門，方知丈夫年已六十，老夫少妻的悲劇也隨著張勝的出現而註定。

媒人原是男女姻緣的月老，但是不誠信的媒人卻成了騙婚的幫兇，〈錢秀才錯占鳳凰儔〉裡的尤辰又是一例。這些害群之馬或鬧笑話，或造成他人不幸的婚姻，也因此而令人懷疑媒妁之言的眞實性。所以，婚姻固然需要有媒爲介，可是卻不能完全聽任之，畢竟，在婚姻的舞台上仍有一些愛財而取之無道的媒人。

這些騙婚事件除了彰顯人性的弱點之外，其背後更寓藏了中國人對婚姻的期許，也反映出父母長輩、青年男女多重的婚姻觀念，本文之第四章將做一深入而詳細的探討。

第四節　徵婚、贈賜婚、買賣婚、離婚再婚及其他

婚姻之結合或離異有很多方式與其因素，本節所要探討的是《三言》裡幾則有關徵婚、贈賜婚、買賣婚以及離婚再婚等故事。

一、徵　婚

《醒世恆言》第十一卷〈蘇小妹三難新郎〉即是一段以徵婚方式結爲夫婦的良緣：話說四川有個蘇老泉，生下蘇軾、蘇轍二子，兄弟倆皆具文經武緯之才、博古通今之學，又同科及第，名重朝廷。更令老蘇得意的是有位聰慧過人的女兒，名喚小妹。蘇父恣其讀書，不以女紅督之，眼見有女初長，便立心要妙選天下才子與之匹配。一日，宰相王荆公請老泉到府敘話，兩人取酒對酌，不覺忘懷酩酊，各自誇獎其兒女之才華，遂引發王家求親的念頭。後來，荆公但恐小妹容貌平常，不中兒子之意而作罷。此事傳開，竟使小妹才名播滿京城，慕名來求者不計其數，老泉皆呈上文字，把與女兒自閱，最後選中了秦少游爲婿。〔註12〕

蘇老泉相信女兒的眼光，能夠在以文應徵求婚的眾多才子當中，擇其心

〔註12〕明《戒菴老人漫筆》卷六已辨明，清末平步青《霞外攟屑》卷九〈秦淮海妻非蘇小妹〉辨之尤詳。蘇軾確有二妹，一適柳子玉之子，一適程子才，世傳小妹三難秦觀，實是小說虛構情節。

儀之佳婿。就當時的社會型態來看，父權至上的傳統牢不可破，然蘇父卻能改變「父命是從」的觀念，讓子女得以自己決定結婚的對象，此舉充分顯露爲人父愛護、尊重子女的心情，亦表現出進步、開明的思想。

此外，同樣對女兒的結婚對象加以考察其能力的模式，亦可見於民間故事中的「難題求婚」。所謂的「難題求婚」即女家提出難題，以試驗求婚候選者有無養家活口的能力。父母嫁女，總盼望女兒有個衣食無虞的歸宿。所以，對於女婿的考驗是十分嚴格的。求婚者必須經歷一系列常人無法想像的艱險，完成人力所不能及的勳業，才得以如願娶回新娘。〔註13〕

二、贈婚、賜婚

陳顧遠於《中國婚姻史》裡對贈婚和賜婚有詳細的定義：

> 由父母或有權力者之主觀的見解，以其所能支配之女子，贈與某人爲配，是曰贈婚，乃贈與婚之正型也。由帝王之名而將選入內宮或掠自異族或他人之婦女，賜與子弟或臣者，是曰賜婚，乃贈與婚之別型也。

此類合婚模式史籍嘗載之，〔註14〕歷代亦多仿效。而馮氏在《三言》某些故事情節裡也寫入同樣的婚姻類型：

（一）贈婚

《喻世明言》：

第六卷〈葛令公生遣弄珠兒〉

《警世通言》：

第十五卷〈金令史美婢酬秀童〉

〔註13〕試驗求婚者的難題很多，一般而言，難題內容常反映各個民族生活體驗的特徵。例如：在南方少數民族中，在從事燒荒開地的苗、傜血統的人的傳說裡，盡是些一天之內把森林伐光，燒荒後就地耕作、下種、收穫之類的農耕題目。而從事水稻栽種的傣、壯血統的人的傳說裡，則是些如何挑選出大米和別的東西，以及反映人們生活的題目。（詳見鹿憶鹿〈難題求婚—從西南少數民族談起〉）

〔註14〕例《左傳》載：「狄人伐廧咎如，獲其二女，叔隗、季隗，納諸公子（指晉公子重耳）。公子取季隗，生伯儵、叔劉。以叔隗妻趙衰……。及齊。齊桓公妻之，……。秦伯納女五人，……。」關於賜婚者，例《漢書・外戚傳》：「孝文竇皇后，景帝母也，呂太后時以良家子選入宮。太后出宮人以賜諸王各五人，竇姬與在行中。……。」

《醒世恆言》：

　　第十九卷〈白玉孃忍苦成夫〉

（二）賜婚

《喻世明言》：

　　第二十二卷〈木棉庵鄭虎臣報冤〉

《警世通言》：

　　第八卷〈崔待詔生死冤家〉

《醒世恆言》：

　　第十三卷〈勘皮靴單證二郎神〉入話

這些故事的主旨雖各不相同，然而卻呈現出幾個共同的現象：

1. 此婚姻模式是主婚人交誼上或恩德上的贈與標的，換句話說，主婚人為報答有恩於己者或彰顯自己給予他人的恩澤或表示友好，便以女子作為「禮物」贈賜功臣、奴僕……。〔註 15〕

2. 這種「以女贈人為偶」的行為，正反映出女性在古代社會裡沒有自主權，當然在婚姻上也無法有所抉擇。〔註 16〕

3. 除卻上層社會的女子，婢妾也常是贈人的對象，例：葛令公之妾珠娘、金滿的婢女金杏、郡王府的秀秀和不幸淪為奴僕的官宦之後——白玉孃。

另外，在《喻世明言》出現了兩個很特別的求賜婚情節：一是第十五卷〈史弘肇龍虎君臣會〉，一是第三十一卷〈鬧陰司司馬貌斷獄〉。其中閻招亮和司馬貌分別為妹子和自己而向閻王求賜婚，閻招亮希望妹妹今生能從良，司馬貌但願來世仍與原配江氏成夫妻。此特例的背後潛藏著中國人滲雜了宗教信仰的婚姻觀，請參閱本文第四章。

三、買賣婚

所謂的「買賣婚」即把女性當作有價格的物品出售或購買之，以為妻妾。

〔註 15〕自漢迄唐與異族和親亦可視為贈婚。雖然「和親」象徵兩國之友好關係，但是中國帝王仍將鄰邦當作蠻夷；對於以宮人或宗室女加諸公主封號外嫁異族之舉，他們多抱持著「居上贈下」的態度。

〔註 16〕即使是皇族貴戚之女，依舊如此。

而這種現象在世界各地不同的文化系統裡都曾有過，當然中國也不例外，〔註17〕且後人仍有以此方式來完成婚姻大事；尤其是經濟狀況不佳的窮人，多把自己的女兒賣人為妻為妾；或有人財迷心竅，典賣妻嫂者。〔註18〕《三言》故事對此現象也略有敘述：

（一）《喻世明言》第二十二卷〈木棉庵鄭虎臣報冤〉

正文裡有段情節描述賈涉求側室於有夫之婦胡氏。原來胡氏家貧，丈夫無賴，因而將她典賣。不幸的是，胡氏又遭賈涉原配妒忌，另把她改嫁與一名石匠。

（二）《警世通言》第五卷〈呂大郎還金完骨肉〉

內容乃敘述呂大郎因其善心善行，終得夫妻重會，父子團圓的故事。而其中穿插了呂寶在長兄生死未卜之際，竟然以三十兩的代價將大嫂王氏典賣的情節。結果，自己的妻子被人錯當成王氏而被搶娶。

（三）《醒世恆言》第一卷〈兩縣令競義婚孤女〉

正文描述兩縣令爭恤石氏孤女月香。月香之父石璧，本為縣官，只為大火燒舍，朝廷將其革職，勒令賠償，璧病鬱而死，有司遂將月香和養娘官賣取償。後為賈昌贖回領養在家；誰知賈妻不賢，忘卻石璧有恩於丈夫，竟然私將月香賣至新縣令家以為陪嫁，並把養娘賣給趙二為妻。縣令察知實情，便決心扶持，視如己女，嫁與另一縣令之子。

（四）同上，第三十九卷〈蔡瑞虹忍辱報仇〉

故事敘蔡瑞虹闔家遭強盜陳小四等人殺害，又逼娶她為妻，瑞虹忍辱偷生，幾經曲折，歷盡滄桑，終得報仇雪恥；而且替蔡家尋訪後嗣，承繼香火。原來蔡父嘗收用婢女碧蓮，並有六個月身孕，只因主母不容，就嫁出與朱裁為妻。

〔註17〕陳顧遠曰：「古以『妃』字稱男子之所配，而『妃』字乃『金幣所藏也』；其字義或用語之來源，當必與在早已視女子為貨物有其相關。又各家屢稱伏羲制嫁娶，以儷皮為禮云云，伏羲雖不必即有其人，若視為畜牧部落之代語，則亦可通，此時既有畜產，用之以買婦，固可能也。」他並且引劉師培之言輔證：「儷皮之禮，即買賣婦女之俗也。後世婚姻行納采、納吉、問名、納徵、請期、親迎六禮；納采、納吉皆奠鴈，而納徵則用玄纁束帛，所以沿買賣婦女之俗也。」

〔註18〕魏晉時代即明令禁娶人妻，包括禁強娶和買娶；換言之，賣妻就是違法行為。又如北魏律規定：「賣周親及妾與子婦者，流。」因此，典賣妻嫂是不合法，也是不合人倫之道的。

後來聞知此婢所生是個男兒，於是委託丈夫朱源訪得復姓，以續蔡門宗祀。

　　就上述之故事來看，《三言》的確寫出曲折、多樣的人生際遇，並且反映了市井小民所面臨的婚姻問題和壓力：

1. 新寡或丈夫生死不明的婦女因無生產能力，所以伯叔們基於家庭經濟的考量，多半勸其改嫁。若不願改嫁者，可能面臨被逼婚、典賣的壓力或其他精神上的折磨。

2. 沒有聘娶能力的男子多需藉由買賣的管道，以極微薄的金錢買取妻子，〈兩縣令競義婚孤女〉中的趙二即是如此，其年已屆三十，仍未能成家。最後還是由姨母替他議價，買得月香的養娘爲婦。〔註 19〕而這些被賣的女子又常是大戶人家不見容的小妾、婢女。〈蔡瑞虹忍辱報仇〉裡的碧蓮，雖已身懷主人後嗣，卻因主母之故而嫁出。由此，更可以看出身分卑賤者的另一種悲情：他們不僅仰人鼻息，就連自己的婚姻也因此而將就屈從，即使是當現成的父親也莫可奈何。

贈、賜婚與買賣婚制可以說是父權主義、封建制度下的產物，男人將女人視爲商品、財貨般地互相轉贈、買賣。中國女性的社會地位至此，已到了卑微之極點！

四、離婚再婚

　　在先秦時代，離婚再婚是習見之事，至漢末未改。〔註 20〕《警世通言》第二卷〈莊子休鼓盆成大道〉裡即曰「莊子連取過三遍妻」（其中一位係因過遭休）；另外在《喻世明言》第二十七卷〈金玉奴棒打薄情郎〉入話中亦寫漢代朱買臣因貧困之故，其妻主動提出離婚再嫁的事件。通俗小說或爲稗官野史之事，然而卻可以佐證當時民間已有此等行徑。《三言》裡還有其他相類似的情節：

　　《喻世明言》：

〔註 19〕賈婆道：「那一個老丫頭（指月香的養娘），也替我覓個人家便好……。」張婆（趙二姨母）道：「那個直多少身價？」賈婆道：「原是三十兩銀子討的。」張婆道：「粗貨兒直不得這許多，若是減得一半，老媳婦倒有個外甥在身邊，三十歲了，老媳婦原許下與他娶一房妻小的，因手頭不寬展，捱下去，這倒是雌雄一對兒。」賈婆道：「既是妳外甥，便讓妳五兩銀子。」張婆道：「連這小娘子的媒禮在內讓我十兩罷。」

〔註 20〕參見蘇冰、魏林合著《中國婚姻史》第二章第五節。

第二卷〈陳御史巧勘金釵鈿〉

《警世通言》：

第二十卷〈計押番金鰻產禍〉

從這些情節、片段描述裡，可以歸納出一個共通點——離婚再婚乃現實所趨：〈陳御史巧勘金釵鈿〉的田氏原為賢慧女子，怎奈遇人不淑，嫁給不守本分的歹人梁尚賓，由於不願與之同流合污，田氏毅然請求離異，後改嫁魯學曾。而〈計押番金鰻產禍〉裡的慶奴則在父母的安排下休了好吃躲懶的周三，再婚于戚青。在這種情況下，女方提出離婚而再婚頗合於情理，因為品行不良或好逸惡勞的丈夫所能給予家庭的保障，可說是微乎其微，難怪妻子無法與之維持穩定的婚姻關係。

其實，我國自秦漢起，便開始以禮制、法律、道德的章法來規範婚姻，在當時，妻子一方也有權訴求離婚；〔註21〕一直到宋初，無論是官方或民間，對離異再娶再嫁仍是不諱，更不以為恥。可是，至理學興盛後，貞節觀念於是影響婚姻的離合，離婚逐漸成為禁忌，而再婚行為則被歸入無德無恥之列。

五、其　他

（一）亂世婚姻特例

《三言》裡有一則入話描寫兩對夫妻身處戰亂的悲歡離合與無奈：

《警世通言》第十二卷〈范鰍兒雙鏡重圓〉入話敘述南宋建炎時，兵火肆虐民間，拆散了幾多骨肉、夫妻，其中有兩對散而復合的，人們把作新聞傳誦。

話說陳州徐信娶妻崔氏，家道豐裕，夫妻二人正好過活。不幸金兵入寇，徐信與崔氏在逃難途中失散，路過村店，徐信聽得一婦人悲泣之聲，果然見一婦女王氏，此婦亦隨夫避禍，不意中途奔散，又遭亂軍所掠而後棄之不顧。徐信與王氏正是同病相憐，兩人因此做了夫妻。一日，徐信與王氏在茶店休憩，只見一漢子直瞪著王氏瞧，待夫妻倆離去，那人又遠遠相隨，依依不去。原來此漢正是王氏前夫列俊卿。俊卿上前拱手謝罪奉詢徐信，才知實情始末。最後，又發現俊卿別娶之渾家竟是徐信前妻，兩對夫妻再次重逢，於是各還其舊，兩家往來不絕。

〔註21〕參見陳東原《中國婦女生活史》頁一四四，引李昌齡《樂善錄》以證宋時對離婚的看法，又元人作《遼史・公主表》，凡離婚改嫁之事，皆列入「罪」欄，而不入「下嫁」或「事」欄，可見後世已開始不認同「離異」、「再嫁」了。

這段「交互姻緣」眞是悲喜交加又無奈。易妻之事本非禮法、道德所容，然而徐信、列俊卿乃迫於戰爭離亂之下，不得已而又巧合地互換妻子；我個人認爲此事只能歸咎造化弄人，而無關於個人情感的變卦。當列俊卿得知王氏另嫁後，他對徐信說：

> 足下休疑，我已別娶渾家，舊日伉儷之盟，不必再題。但倉忙拆開，
> 未及一言分別，倘得暫會一面，敘述悲苦，死亦無恨。

是夜，徐信對王氏提及此事，又引起王氏思想前夫恩義而暗自流淚，一夜不曾闔眼。至天明，兩對夫婦相見，彼此驚駭，個個慟哭。原來俊卿之妻就是徐信的渾家崔氏，自虞城失散，崔氏尋丈夫不著，卻隨個老嫗同至建康，解下隨身簪珥，賃房居住。三個月後，丈夫並無消息。老嫗說她終身不了，便爲她作媒，嫁與列俊卿。

於此所呈現的是兩對有恩有義的男女；同時也描摹出婦女在亂世之中頓失依靠的苦楚。因此，被現實環境逼迫而改適者，是值得人們同情、諒解的。

（二）童養婚

所謂的童養婚，係指有子嗣者收養異姓或不同宗之幼女爲養女，待其子與養女均達適婚年齡時而使之成親。

童養媳之名最早當始於宋，因「息婦」稱謂至宋始有，以後始變爲「媳婦」故耳，據《元史·刑法志》謂：

> 諸以童養未成婚男婦，轉配其奴者，笞五十，婦歸宗，不追聘
> 財，……。

由此可知，童養婚在元時已成俗。而童養婚之所以流行，乃是基於男方家貧，爲減輕將來聘金的支付，於是便以此方式替兒子尋個童養媳，且女方也可因而免除負擔。〔註22〕

《警世通言》第三十四卷〈王嬌鸞百年成恨〉裡嘗寫類似童養婚的情節：

> ……有臨安衛指揮王忠，……一子王彪，頗稱驍勇，督撫留在軍前
> 效用。到有兩個女兒，長曰嬌鸞，次曰嬌鳳。鸞年十八，鳳年十六。
> 鳳從幼育于外家，就與表兄對姻。

故事中的王嬌鳳自幼育于外家，長成之後即與表兄結婚，此亦可稱之爲童養婚的類型。

〔註22〕參見陳顧遠《中國婚姻史》第三章。

（三）贅 婚

贅婚也可稱爲入贅，即男子就婚於女家。《戰國策・秦策》載：

> 姚賈對秦王曰：「太公望齊之逐夫。夫出婦逐歸者多矣，亦可出而逐乎？」

《史記・滑稽列傳》：

> 淳于髡者，齊之贅婿也。〔註23〕

《史記・秦始皇本記》：

> 三十三年，發諸嘗逋亡人贅婿賈人，略取陸梁地，……以適遣戍。

由此可推斷，贅婚至少在周朝以前即已存在，王潔卿亦於《中國婚姻—婚俗、婚禮與婚律中》舉證說明：

> 壻字，又從女作婿，於此可見母系時代女爲「壻」，父系時代男爲
> 「婿」，是可說明母系制下「男子出嫁，女子娶夫」之贅婚形態；
> 贅婚實爲母系社會之產物也，故贅婚制，非爲春秋戰國時代所發生
> 之一種婚制，其起源更早，歷史上所可追述者，有如《詩經・大雅
> 綿章》：「綿綿瓜瓞，民之初生，自土沮漆，古公亶父，陶復陶穴，
> 未有室家。古公亶父，來朝走馬。率西水滸，至於岐下。爰及姜女，
> 聿來胥宇。周原膴膴，堇荼如飴。爰始爰謀，爰契我龜。曰止曰時，
> 築室於茲。」此古公亶父（周太王）嫁於姜部族爲贅婿之故事也。

贅婚制既然是母系社會的產物，那麼，何以在男系社會裡依舊續存？原因有二，一是母系社會習俗之承繼；一是藉以救濟貧而難娶者。〔註24〕此制流行甚久，至元明清時，贅婚又分贅婚養老及年限贅婚，並須寫明婚書，受法律的管理約束。〔註25〕

對於贅婚源流有所認識之後，那麼《三言》故事裡的入贅姻緣也就不難理解了。其相關情節有：

《喻世明言》：

〔註23〕春秋時代齊國已有招贅之特殊習俗，即齊民長女爲筮兒，終身不嫁，故得招
　　　　婿入家，並司一家之祭祀。詳見《漢書・地理志》。

〔註24〕顏師古注：「謂之贅婿者，……一說，贅，質也，家貧無有聘財，以身爲質也。」

〔註25〕《元典章》卷一八〈戶部〉：「一招召養老女婿，照依已嫁娶聘財等第減半，
　　　　須要明立媒妁婚書成婚。一招出舍年限女婿，各從所議，明立媒妁婚書，或
　　　　男或女，出購錢財，依約年限，照依已定嫁娶聘財等第驗數，以三分中不過
　　　　二分。」

第十八卷〈楊八老越國奇逢〉

第二十七卷〈金玉奴棒打薄情郎〉

《警世通言》：

第二十二卷〈宋小官團圓破氈笠〉

第二十三卷〈樂小舍拚生覓偶〉

《醒世恆言》：

第十七卷〈張孝基陳留認舅〉

故事中的宋金、樂和、張孝基皆入贅於女家，且與婚之女方有下列幾個共同之處：

1. 家道勝過這些贅婿

2. 新娘多爲獨生女

3. 希冀贅婿繼承香火、家業與養老

而元朝的楊八老原來已有聘娶之妻，其身分背景與未婚又家貧的宋金等人不同，他在獨身前往漳州經商時，只爲了「有人相伴生活」而入贅於檗家，並非爲了獲取女家財產而入贅。〔註26〕故是爲贅婿之特例。

此外，據《元史‧刑法志》載：

諸有妻妾，復娶妻妾者，笞四十七，離之。〔註27〕

簡言之，人人皆不得重婚。就既成之事實而言，楊八老的確有兩個妻室；所以，他犯了重婚之罪。然而，就其與二妻二子相認，舉家歡喜之結局來看，很明顯地，八老並未因重婚而獲罪。另外，在〈金玉奴棒打薄情郎〉裡，那莫稽是個貧苦的讀書人，功名未卜，又無聘財娶妻，於是入贅金家，成了乞丐團頭的女婿。就當時「良賤不婚」的律令來說，金、莫聯姻亦是不合法，〔註28〕因此，我個人認爲：民間對官方制訂的婚律並不完全加以踐履遵守，也就是說，官方雖有令在先，可是百姓卻自行其道。現代人常曰：「中國人較重人情，但是法治觀念淡薄」，我想此言不無道理，因爲上述故事即可證矣！

〔註26〕《續資治通鑑長編》卷四七一記載一爲獲取財產而入贅於寡婦的例子：「……蓬之爲人，尤爲污下。常州江陰縣有孀婦，家富於財，不止巨萬，蓬利高貲，屈身爲贅婿。」案蓬指王蓬，當時已具知州身分。

〔註27〕明清亦承元律。詳見《明律‧戶律》、《大明律》以及《清律‧嫁娶違律主婚媒人罪條附例》

〔註28〕團頭即乞丐之首，隸屬賤民；莫稽雖然家貧，但卻是良民。參見本文第四章第一節與該章註釋二。

第五節　異類通婚

志怪小說多載人與異類的婚戀故事，《三言》裡亦有相關情節之描寫，而其中又以《警世通言》為最多：

《喻世明言》：

第三十四卷〈李公子救蛇獲稱心〉

《警世通言》：

第八卷〈崔待詔生死冤家〉

第十四卷〈一窟鬼癩道人除怪〉

第十九卷〈崔衙內白鷂招妖〉

第二十七卷〈假神仙大鬧華光廟〉

第二十八卷〈白娘子永鎮雷鋒塔〉

第三十卷〈金明池吳清逢愛愛〉

第三十六卷〈趙知縣火燒皂角林〉（〈皂角林大王假形〉）

第三十九卷〈福祿壽三星度世〉

第四十卷〈旌陽宮鐵樹鎮妖〉

《醒世恆言》：

第三十一卷〈鄭節使立功神臂弓〉

雖然這些情節不可能出現在真實的世界裡，但深入分析該類故事的特質與其內在意義，卻可以了解古人複雜且矛盾的情慾心結：

一、異類通婚故事的特質

《三言》中異類通婚的情節有下列三個特徵：

（一）男性異類必化為俊俏模樣、風度翩翩而且才辯無雙；女性則幻化成多情美婦。可謂捉住人性的弱點而投其所好。

（二）女性異類多主動自求婚配，其理由不外聲稱「此乃宿世姻緣、本五百年姻眷」；或為報恩，或為治病。

（三）有因果論的迷信色彩。

二、異類通婚的內在意義

（一）藉由人鬼通婚，表達真情是死生不渝的。薛寶琨說：「鬼的身形和

蛇的軀體都是感情極度的變形表現。」（見〈白蛇傳和市民意識的影響〉）也就是說，眞情可以打破異類與人，甚至是陰陽兩隔的界線。〈崔待詔生死冤家〉裡的秀秀、〈金明池吳清逢愛愛〉的盧愛愛以及白娘子皆爲愛情奉獻、犧牲。特別是愛愛與上元夫人求得玉雪丹兩粒，使吳清服用一顆而百病消除。另一顆則成全吳清與褚愛愛的一段佳姻。〔註29〕其愛之無私、深切由此可見。

（二）暗寓男性矛盾的情感

1. 在這些異類通婚的情節裡，常有女子自薦枕蓆，而男方並不排拒，例：〈鄭節使立功神臂弓〉的日霞仙子（其原形是蜘蛛）主動與鄭信燕好。又例：秀秀對崔寧說「何不今夜我和你先做夫妻」，崔寧最後也同意。姚之江認爲：「精怪的媚人是世俗性慾的移植」（見〈狐狸精怪故事別解〉）而上述列舉之行爲，不正可以印證姚氏之言，也反襯出男人的心理—他們希求女人主動熱情；然而矛盾的是—卻又以禮教的大帽緊罩著女性。

2. 故事中的男性一方面眷戀美色，另一方面又覺得女性是禍水。例：許宣對白娘子又愛又恨的情結，愛她「如遇神仙」、「色膽迷了心」；恨她即燒符鎭壓之、請捉蛇人捕之，最後又求法海除之。〔註30〕又例：〈崔衙內白鷂招妖〉的崔亞懼怕紅衫女娘的背景，〔註31〕卻貪戀其美色，而大膽地留住書院並做了夫妻。就這些情節的描寫，實不難洞悉男性矛盾的感情世界。

（三）人本精神濃厚且男女有別：女鬼、女仙、女精怪在人間皆有期限，「緣盡」是其離開的藉口。而與人類結合所生的子女亦爲凡人。但男異類則可同化女性凡人，所生的子女與父親同類。然而，他們在最後就被人們代表的正義消滅。

（四）人鬼、人妖精怪合婚的故事皆隱匿著人類情欲與道德的鬥爭和掙扎。現實的生活裡，總有許多不完滿，人類能夠藉由豐富的想像，創造一些

〔註29〕褚愛愛一日忽染病，發狂語顚，不思飲食。吳清得盧愛愛所贈之靈藥，醫好褚女之疾，兩人遂成親。

〔註30〕參見陳炳良〈母子衝突—「白娘子永鎭雷鋒塔」的心理分析〉，陳氏以另一個角度來檢視許、白之間的情感。他認爲許白的結合是許宣有佛洛依德所說的「戀母情結」；而後來許又擔心會被白娘子所害，這是心理學上所謂的「閹割恐懼」（見《小說戲曲研究》第二集）。

〔註31〕紅衫女原是一隻紅兔兒，其父骷髏神則是晉時一個將軍，死時葬於定山之上，歲久年深成器而現形作怪。崔亞上山畋獵因故誤擊之，骷髏神揚言捉殺崔亞。

想像的故事來填補心中的缺憾。同時，在這些故事裡也得以看出人們對人生、愛情、婚姻、事業……等等的觀點。關於本節異類姻緣所觸及的婚姻觀，請參見本文第四章，此不再贅述。

第六節　寡婦再醮或守節

《三言》裡嘗提及若干寡婦再醮或守節之事：

一、再　醮

《喻世明言》：

第一卷〈蔣興哥重會珍珠衫〉

第五卷〈窮馬周遭際賣鎚媼〉

第十八卷〈楊八老越國奇逢〉

《警世通言》：

第二卷〈莊子休鼓盆成大道〉

第六卷〈俞仲舉題詩遇上皇〉入話

第十三卷〈三現身包龍圖斷冤〉

第二十五卷〈桂員外途窮懺悔〉

第二十八卷〈白娘子永鎮雷峰塔〉

第三十七卷〈萬秀娘仇報山亭兒〉

第三十八卷〈蔣淑貞刎頸鴛鴦會〉

《醒世恆言》：

第二十三卷〈金海陵縱欲亡身〉

寡婦之所以選擇再醮，乃有其考量因素。《三言》中寡婦再嫁之情節，可歸納出幾個原由：

（一）再醮乃為日後有所依恃

人類進入父系社會後，婦女在經濟生活上必須依附男性，所以，婚姻對女性而言，正是人生的歸宿、生命的依靠。然而，在失去婚姻的庇護—喪了夫，成為寡婦時，現實生活的食衣住行便使得女性面臨守節或再醮的抉擇，特別是中下階層者。而選擇再醮的寡婦，其最直接、且比例最高的理由就是為了日後有所憑恃。例如：〈蔣興哥重會珍珠衫〉的平氏、〈楊八老越國奇逢〉

的檗氏、〈俞仲舉題詩遇上皇〉入話裡的卓文君〔註32〕以及〈蔣淑貞刎頸鴛鴦
會〉中的蔣淑貞。

（二）認為「宿世姻緣」不可以錯失而再醮

〈窮馬周遭際賣鎚媼〉裡寡婦王媼一夜得異夢：夢見一匹白馬自東而來，
到她店中，把粉鎚一口吃盡，自己執筆趕逐，不覺騰上馬背，那馬化為火龍沖
天而去。醒來後，滿身都熱，王媼思想此夢非常恰好，因為母舅王公捎信，送
個姓馬的客人到來，又馬周身穿白衣，王媼心中大疑，就留住店中作寓，一日
三餐殷勤供給。那馬周恰似理之當然一般，絕無謙遜之意；而王媼也始終不怠。
後來，馬周因王媼之荐，進而發跡榮貴。最後，常何代馬周向王媼求親，王媼
以為昔時白馬化龍之夢今已應驗，正是天賦姻緣，不可違逆，於是允從成親。

我個人認為，作者以一個夢徵而鋪陳出這樣的故事，具有兩個意義：一
是為了增加其傳奇性，一則呈現中國人特殊的姻緣論（參見本文第四章）。或
許有人會說「天賦姻緣」、「宿世姻緣」只不過是再醮者的藉口罷了，就如同
白娘子對許宣說：

> 想必和官人有宿世姻緣，一見便蒙錯愛……，煩小乙官人尋一個媒
> 證，與你共成百年姻眷，不枉天生一對……。

然而，若因此藉口而促成一對互有心意的眷屬，不也是一件美事。

（三）為婚外情而殺夫再醮

〈三現身包龍圖斷冤〉的押司娘和〈金海陵縱欲忘身〉的定哥，分別因
婚外情而殺夫再醮。

（四）圖報恩而思再醮

〈萬秀娘仇報山亭兒〉中的秀娘死了丈夫，豈料歸家途中遭劫，做了壓
寨夫人；又不幸被歹人出賣。後來，秀娘逃出魔掌，卻思了結性命，所幸尹
宗相救，秀娘意欲報恩，自願嫁尹宗；但是尹宗並未答應。

（五）起憐愛之心而欲再醮

〈莊子休鼓盆成大道〉事敘莊周一日出遊，見一少婦搧墳待嫁，不禁心
生不平，感慨萬千。其妻田氏得知此事，怒斥該婦無情無義，自誓烈女不更

〔註32〕 卓文君雖非中下階級者，然而其再醮于司馬相如，除愛相如之才貌外，亦希
冀日後有所依。她思量：「相如才貌，日後必然大貴，但不知有妻無妻，我若
得如此之丈夫，平生願足……」「自見了那秀才，日夜廢寢忘食，放心不下，
我今主意已定，雖然有虧婦道（指私奔），是我一世前程……」。

二夫。不久，莊周佯死，而改扮楚王孫前來弔喪，田氏見其人才標致，遂起憐愛之心；服喪未滿卻欲改嫁，並劈棺取莊周腦髓，以醫治新婿楚王孫疾。誰知莊周復活，斥責妻子絕情，田氏明白眞相後，因羞愧而自縊。

　　上述之再醮理由，除第（三）點是非法非人性之作爲外，寡婦欲再嫁的理由都是相當單純的。然就莊子試妻的故事來看，〔註33〕寡婦應否再婚便成爲爭議的話題。金榮華先生在其〈馮夢龍「莊子休鼓盆成大道」故事試探〉一文中即提及：

> 而莊子認爲，如果他一旦身亡，田氏未必能守上三、五年，田氏答以「忠臣不二君，烈女不更二夫」，於是批評重點便不在其「急欲」再婚，而在其「意欲」再婚了；故事最後則是由田氏自己在莊子假死之後果眞不久也要再結婚，因此所非議的重點便不在意欲再婚之太快，而在再婚之應該不應該……。

欲討論這個問題，首先就必要瞭解古代對婚寡再醮的載錄與律令之規定：

《管子‧入國篇》云：

> 凡國都皆有媒掌，丈夫無妻曰鰥，婦人無夫曰寡，取鰥寡而和合之，予田宅而家室之，三年然後事之。此之謂合獨。……

漢儒董仲舒認爲春秋之意，寡婦是得再嫁。他於一篇判文裡說：

> 甲夫乙將船，會海風盛，船沒，溺死流亡不得葬。四月甲母丙即嫁甲，欲皆何論？或曰，甲夫死未葬，法無許嫁，以私爲人妻，當棄市。議曰：臣愚以爲春秋之義，言夫人歸于齊，言夫無男有更嫁之道。婦人無專制擅恣之行，聽從爲順。嫁之者，歸也。甲又尊者所嫁。無淫行之心，非私爲人妻也。明于決事，皆無罪不當坐。（見《太平御覽》卷第六百四十引）

《漢書‧張陳王周傳》：

> 戶牖富人張負有女孫，五嫁夫輒死，人莫敢娶，平欲得之……。

《魏志‧后妃傳》：

> 文昭甄皇后，……建安中，袁紹爲中子熙納之。熙出爲幽州，后留養姑。及冀州平，文帝納后于鄴，有寵，生明帝及東鄉公主。

〔註33〕〈莊子休鼓盆成大道〉全部取自明朝無名氏的話本小説集《啖蔗》，《啖蔗》久逸於中土，有韓國傳鈔本存藏於漢城中央圖書館。詳見金榮華先生〈漢城國立中央圖書館藏傳鈔本《啖蔗》跋（載於《書目季刊》十八卷二期）〉。

《蜀志・二主妃子傳》：

先主穆皇后，陳留人也。兄吳壹，少孤，壹父素與劉焉有舊，是以舉家隨焉入蜀。焉有異志，而聞善相者相后當大貴。焉時將子瑁自隨，遂爲瑁納后。瑁死，后寡居。先主既定益州，而孫夫人還吳，群下勸先主聘后。先主疑與瑁同族，法正進曰：「論其親疏，何與晉文之於子圉乎？」於是納后爲夫人。

《吳志・妃嬪傳》：

吳主權徐夫人，吳郡富春人也。祖父眞，與權父堅相親，堅以妹妻眞，生琨。……琨生夫人，初適同郡陸尚。尚卒，權爲討虜將軍在吳，聘以爲妃，使母養子登。……登爲太子，群臣請立夫人爲后，權意在步氏，卒不許。

《吳志・步夫人傳》：

步夫人……生二女，長曰魯班，字大虎，前配周瑜子循，後配全琮，……。（案周循早卒，見《吳志・周瑜傳》。故大虎即寡婦再醮者之例。）

《晉書・李密傳》：

李密字令伯……父早亡，母何氏改醮。（案李胤之母亦改嫁，見《晉書・李胤傳》。）

《北史・后妃傳》：

文成元皇后李氏，梁國蒙縣人，頓丘王峻之妹也。后之生也，有異於常，父方叔，恆言此女當大貴。……太武南征，永昌王仁出壽春，軍至后宅，因得后。及仁鎮長安，遇事誅，后與其家人送平城宮。高祖登白樓望見，美之。乃下臺，后得幸於齋庫中，遂有娠。……及生獻文，拜貴人。……（案文中之高祖應作高宗。）

《隋書・列女傳》：

蘭陵公主字阿五……初嫁儀同王奉孝，卒，適何東柳述，時年十八。……初，晉王廣欲以主配其妃弟蕭瑒，高祖初許之，後遂適述，晉王因不悅。

《唐會要》載太宗貞觀元年詔書曰：

及妻喪達制之後，嫗居服紀已除，並須申以婚媾，令其好合……。

《唐律疏議》：

諸夫喪服除而欲守志，非女之祖父母、父母而強嫁之者，徒一年，
期親嫁者，減二等，各離之，女追歸前家，娶者不坐。

唐賈公彥註解《禮儀・喪服》中的「繼父同居者」之釋文（見《儀禮疏》卷
第三十一）：

繼父本非骨肉，故次在女子子之下，案〈郊特牲〉云：「夫死不嫁，
終身不改」，詩恭姜自誓不許再歸。此得有婦人將子嫁而有繼父者，
彼不嫁者自是貞女守志，而有嫁者雖不如不嫁，聖人許之，故齊衰
三年，章有繼母，此又有繼父之文也。

《唐書・公主列傳》

高密公主，下嫁長孫孝政，又嫁段綸。……

長廣公主，始封桂陽。下嫁趙慈景。慈景，隴西人，……，討堯君
素戰死，贈秦州刺史，諡曰忠。公主更嫁楊師道。……

房陵公主，始封永嘉。下嫁竇奉節，又嫁賀蘭僧伽。

安定公主，始封千金。下嫁溫挺。挺死，又嫁鄭敬玄。

襄城公主，下嫁蕭銳。……銳卒，更嫁姜簡。

遂安公主，下嫁竇逵。逵死，又嫁王大禮。

（案爲避免累贅繁複起見，遂不錄其他改嫁公主之詳情。而據董家遵之
統計，唐朝再嫁的公主有二十五人，三嫁者有三人。詳見於《中國婦女史論
集》之〈從漢到宋寡婦再嫁習俗考〉。）

《酉陽雜俎》：

……忽聽船上哭泣聲，皓潛窺之，見一少婦，縞素甚美，與簡老相
慰，其夕簡老忽至皓處，問君婚未？某有表妹嫁予甲，甲卒無子，
今無所歸，可事君子，皓拜謝之，即夕其表妹歸皓……。

趙翼《二十二史箚記》卷二十二詳載五代時，周太祖四娶皆再醮婦女之事例：

周祖初爲軍校，會唐莊宗崩，明宗出其宮人各歸家，有柴氏者，莊
宗嬪也，住逆旅。有一丈夫過，氏問逆旅，此何人？曰郭雀兒也。
氏識其非常人，遂以所攜贄半與父母，留其半嫁周祖，資其進身，
即世宗之姑也。後歿，周祖即位，追諡爲聖穆皇后。有楊氏者，已
嫁石光輔，光輔卒，周祖之柴夫人適棄世，遂聘之。氏初不肯，使
其弟廷璋見周祖。廷璋歸，爲言周祖姿貌異常，不可拒，乃嫁之。
後卒追冊爲淑妃。周祖又娶張氏，張氏亦先嫁從武諫之子而寡，適

> 周祖之楊夫人歿，乃納爲繼室。周祖起兵於鄴，張氏與兒女俱在京
> 邸，爲漢所誅，後追冊爲貴妃。周祖既爲帝，有董氏者，舊與楊夫
> 人爲鄉親。楊常譽其賢，已嫁劉進超。適嫠居，周祖憶楊之言，又
> 娶焉，是爲德妃。

宋初名儒范仲淹，幼年喪父，其母謝氏改嫁淄州長山縣朱氏（見《宋史・范仲淹傳》）。而文正公本人也十分體恤再醮婦，他在〈建立義莊規矩〉裡訂定：〔註34〕

> 嫁女支錢三十貫；再嫁二十貫。（案宋初許多大臣的母親多不守寡而
> 再嫁，例：王博文、郭稹、劉湜、賈逵……，詳見《宋史・列傳》。）

《元典章》卷十八（戶部）：

> ……婦人夫亡自願守志，交於夫家守志。沒小叔續親，別要改嫁呵
> 從他，翁婆受財改嫁……。（案明清律同元律，此因俗以寡婦屬夫家
> 人，故嫁留不依女家。）

清・俞正燮於〈節婦說〉：

> 再嫁者不當非之……。

典籍所載無法盡舉，然綜合以上之證，可知：

1. 夫死再醮，聖人許之；而且是君王的德政之一。
2. 寡婦若聽從尊者之言而改嫁，在法律上是允許的。唐律更是賦予祖父母、父母得以強迫改嫁其守寡孫女、女兒之權力。
3. 許多皇族、士族並不排斥納娶寡婦。當然，民間之寡婦再嫁亦多有所聞，故更適並非罕見奇怪的行爲。
4. 官方規定「寡婦改嫁，夫家受財」，夫家權力之大，由此可見。同時，也能看出：還是有部分夫家會將寡婦嫁出，因爲他們得以從聘禮中索回當時娶該婦的財物聘資。〔註35〕

然而，對於寡婦再醮之事，官方也不全然毫無限制。《隋書・高祖本記》辛丑有詔曰：

> 九品以上妻，五品以上妾，夫亡不得改嫁。

〔註34〕范仲淹先任資政殿學士時，於蘇州吳長兩縣，置田十餘頃，其所得租米，自遠祖而下，諸房宗族，計其口數，供給衣食，及婚嫁喪葬之用，謂之義莊。

〔註35〕《醒世恆言》第八卷〈喬太守亂點鴛鴦譜〉中的劉媽媽，在兒子病重時即有此相同的想法。劉媽道：「若孩兒病好，另擇日結親。倘然不起，媳婦轉嫁時，我家原聘並各項使費，少不得班足了，放她出門，卻不是個萬全之策。」

《新唐書・百官志》：

> 王妃、公主、郡縣主嫠居有子者，不再嫁。

《續資治通鑑長篇》卷一五一，宋仁宗嘗詔曰：

> 宗室大功以上親之婦，不許改嫁。夫亡而無子者，服除聽還其家。

《遼史・聖宗本紀》：

> 壬辰，禁命婦再醮。

《元典章》卷一八：

> 近年以來，婦女夫亡守節者甚少，改嫁者歷歷有之，……傷風敗俗，
> 莫此爲甚。……婦人因得夫子得封郡縣之號，即與庶民妻室不同，
> 既受朝命之後，若夫子不幸亡歿，不許本婦再醮，立爲定式。〔註36〕

此外，凡不合關於人選、程序、時間、儀式的成婚皆屬違法，該婚姻不僅無
效，違律者還要受罰。官方對寡婦亦有其規定：

《唐律戶婚律》：

> 諸居父母喪及夫喪而嫁娶者，徒三年，妾減三等，各離之。知而共
> 爲婚姻者，各減五等。不知者，不坐。

《元史》卷三四：

> 敕：「諸人非其本俗，敢有弟收其嫂，子收庶母者，坐罪」。

《元史》卷一○三：

> 諸漢人南人，父沒子收其庶母，兄沒弟收其嫂者，禁之。

《明律・戶律》：

> 若收父祖妾及伯叔母者，各斬。若兄亡收嫂，弟亡收弟婦者，各絞，
> 妾者減二等。

《國榷》卷二十一，明宣宗嘗敕曰：

> 有烝父妾，收兄弟妻者，送京師治之，武臣及子弟犯者，失職毋襲。

簡言之，除違時改嫁、擇偶違律（即寡婦不得再嫁其伯叔，亡夫之嫡子
或非其親生之庶子）以及具命婦身分者，「寡婦再醮」自有先民迄於元朝，法
律還未明確取消其自主權，社會也不鄙視。故在合法、合理、合情的狀況下
改醮，我輩應有人道的胸懷，視之平常。

〔註36〕《元典章》卷十一〈吏部〉：「……漢人職官正室如係再醮失節之婦，不許受
封。」官方不許命婦再嫁之外，對嫁與官員的再醮婦也不予賜封，可見朝廷
已有歧視再嫁婦女的心態。」

若眞要檢討田氏的行爲，我個人有兩個意見：

1. 其欲嫁楚王孫於居喪期間，的確不妥。

2. 劈棺取莊周腦髓，以治新婿惡疾之舉，又可分爲兩方面來談：

　（1）由於多數中國人固守「全屍觀念」，田氏所爲因而引人非議。

　（2）然就現代醫學界鼓勵「器官捐贈」，以及佛家「救人一命，勝造七級浮屠」的角度來看，實不應苛責田氏。

而對於「莊周試妻」整個故事的編寫，金榮華先生認爲：就故事論故事，則是莊子故佈陷阱，誘窘田氏，結果鬧出了人命。整個事件謔至於虐，極失厚道。因此，即使這個故事被認爲是譏諷「世俗婦女之侈談節烈」者，由於田氏並非是壞人，所以她的結局非但不能讓讀者有大快人心的感覺，反而覺得她是被作弄的被害人，會替她感到不平，會對她有所同情。這種不平和同情，在傳統的川劇中就很明白地說了出來。據錢南揚的《戲文概論》所述，川劇「南華堂」演這個故事的結局是：「玉帝知道了莊周對待妻子的情況，大爲不滿，責其無故戲妻，由天仙貶爲地仙。把莊周對付妻子的全部圈套，認爲是違法行爲，完全加以否定」。所以，作者編寫這個故事，在敘事技巧上固然成功，但在顯示題旨上則完全失敗，因爲讀者既不易從故事中明白領會莊子所成之「大道」，也不易認同莊子對田氏之作爲。

許多民間戲曲乃取材於或改編自民間的傳說和故事，而這些改編的部分，常常是後人對此事件的期望與批判。在川劇中的玉帝不滿莊周試妻，其實正是後人不認同莊子疑心於妻子。而這類試妻故事更是無獨有偶，京戲即有幾齣描寫丈夫喬扮陌生人來調戲久守空房的妻子，藉以試探妻子的貞節，例〈桑園會〉、〈汾河灣〉和〈武家坡〉。又例《警世通言》第二十二卷〈宋小官團圓破氈笠〉。何以一些做丈夫的極其重視妻子的貞操、貞節？當然，事出必有因。

二、守　節

王文斌在《瘋狂的教化─貞節崇拜之通觀》裡如是說：

> 在封建制度下，以自給自足的小農經濟爲基礎的男權制個體家庭終於定型化。由於這樣的家庭具有強烈的單一性和封閉性，所以必然會特別突出男權家長在家庭中的主宰一切的統治地位。而這樣的家庭結構，也就必然要特別強烈地提倡"夫唱婦隨"，"爲夫守貞"，

> 並強調"從一而終"、"男尊女卑"的觀念。貞節崇拜的理念，在
> 這樣的家庭結構中會逐漸升舉，並最終獨立盛行起來。
>
> 宗法制度的確立，更使貞節觀念森嚴化，這就決定了貞節從此具有
> 了更大的禁錮性，也決定了貞節崇拜又向緊閉性邁了一大步。此時，
> "貞女不更二夫"的觀念已經正式提出來，爲夫守節的觀念愈來愈
> 強烈了。

該段文字的確爲貞節觀被強化，做了一概略式的說明，但是，也容易引人誤解。因爲談到宗法、封建制度時，許多人便會聯想起儒家所宣揚的禮教。禮教規範了人的行爲，建立人倫、道德，以及是非善惡等價值系統。當然，禮教是人訂定的，並且會隨時空不同而有所變化，以致於後世產生了所謂的「吃人禮教」，因而使人誤會了儒家的思想。明、清時期大張寡婦守貞、守節的旗幟，扭曲了「守貞、守節」之眞締，這是吃人的禮教，不是孔門儒家的禮教。

《禮記·曾子問》：

> 曾子問曰：「娶女，有吉日而女死，如之何？」孔子曰：「婿齊衰而
> 弔，既葬而除之；夫死亦如之。」

意思是說：男女已定婚期，但在成婚之前，女方不幸亡故，那麼，未婚夫就要穿著喪服去祭奠，以示未婚夫妻之間的悲痛與哀悼之情，至女安葬後即可除服。當然，若是夫死，亦如之。由此可見，孔子並無「尊男卑女」的心態，更沒有要未過門婦女爲已亡未婚夫守節守寡。徐儒宗於〈孔子婚姻思想的進步性〉一文中亦就曾子之問提出補充：

> 不言而喻，在服除之後，無論男方或女方都可另行擇配了。……即
> 此可見後世片面提倡婦女未嫁守節的吃人禮教，背離孔子的思想有
> 多遠了！

事實上，片面要求婦女的道德教條是在戰國以後至漢初期間產生，歷經後世各朝代而愈演愈烈，終於在明清之際達到最高點：

《荀子·君道》曰：

> 夫有禮則柔從聽侍，夫無禮則恐懼而自竦也。

《韓非子·忠孝》：

> 臣事君，子事父，妻事夫，三者順則天下治，三者逆則天下亂，此
> 天下之常道也。

《史記·秦始皇本紀》：

有子而嫁，倍死不貞。

《史記‧貨殖列傳》：

秦皇帝以爲貞婦而客之，爲築女懷清臺。

劉向之作《列女傳》以「避嫌別遠……終不更二」。

《漢書‧宣帝紀》：

夏四月，……及穎川吏民有行義者爵，人二級，力田一級，貞婦順女帛。（案這是有史以來對貞順女子的初始褒揚。）

《後漢書‧安帝紀》：

元初六年二月，詔賜貞婦有節義十斛，甄表門閭，旌顯厥行。

女教提倡者班昭更是極力宣揚「壹與之醮、終身不改」〔註37〕的貞節觀念、婦德教訓，《女誡‧夫婦》：

夫有再娶之義，婦無二適之文，故曰夫者天也；天固不可逃，夫固不可違也。行違神祇，天則罰之；禮義有愆，夫則薄之。……故事夫如事天，與孝子事父，忠臣事君同也。

晉朝裴頠《女史箴》（見《藝文類聚》卷十五）：

膏不厭鮮，女不厭清，玉不厭潔，蘭不厭馨。爾形信直，影亦不曲，爾聲信清，響亦不濁。……

《晉書‧列女傳》中梁緯妻辛氏據地大哭，仰謂曜曰：

妾聞男以義烈，女不再醮……。

《北史‧列女傳》跋與序文：

夫繁霜降節，彰勁心于後凋；潢流在辰，表貞期于上德；匪伊君子，抑亦婦人焉。蓋女人之德雖在于溫柔，立節垂名咸資于貞烈。

《南史‧孝義傳》：

霸城王整之姐嫁爲衛敬瑜妻，年十六而敬瑜亡，父母舅姑咸欲嫁之，誓而不許。……

《隋書‧列女傳》

蘭陵公主字阿五，高祖第五女也。……高祖既崩，述徙嶺表。煬帝令主與述離絕，將改嫁之。公主以死自誓，不復朝謁，上表請免主號，與述同徙。帝大怒曰：「天下豈無男子，欲與述同徙耶？」主曰：「先帝以妾適于柳家，今其有罪，妾當從坐，不願陛下屈法申恩。」

〔註37〕 《禮記‧郊特牲》：「壹與之齊，終身不改，故夫死不嫁。」

帝不從，主憂憤而卒，時年三十二。臨終上表曰：「昔共姜自誓，著美前詩，郞嫣不言，傳芳往誥。妾雖負罪，竊慕古人。生既不得從夫，死乞葬於柳氏。」

《新唐書‧列女傳》：

不踐二廷，婦人之常。

《太平廣記》卷四九一〈謝小娥傳〉：

女子之行，唯貞與節……。

孟郊〈去婦詩〉（見《全唐詩》卷三七二）：

一女事一夫，安可再移天。

《宋史‧列女傳》

崔氏，合肥包總妻。總，樞密副史拯之，早亡，惟一稚兒。拯夫婦意崔不能守也，使左右鑒其心。……曰：「生爲包婦，死爲包鬼，誓無他也。」其後稚兒亦卒，母呂自荊州來，誘崔欲嫁之。其族人因謂曰：「喪夫守子，子死孰守？」崔曰：「昔之留也，非以子也，舅姑故也。今舅歿姑老矣，將舍而去乎？」呂怒詛罵曰：「我寧死也，決不獨歸，須爾同往也。」崔……誓必死，卒還包氏。

《夢粱錄》：

凌天淵妻劉氏，及笄許嫁，請期將至，而凌生告卒。劉氏聞之，告於父母曰：「兒聞女子一志爲良，死生不易其節。兒已許凌，今已既喪，則吾夫也。兒當易服奔喪，誓詠柏舟，不更二也。」父母以女未嘗踐其庭，何遽若此？女答：「以身許人而背之乎，有死而已，決無易其志。」父母懼其言，而從所謂，易齊衰，臨棺舉哀，以修婦道，守義節，以兄子養爲己子，與之娶婦，至抱孫，白首不易其志也。

宋理學家亦有貞節之說，其影響力之大可見於明代（案然而他們也並非只有單方面呼籲女子不再醮；反對男子再娶同樣是其主張。例：程頤語「凡爲夫婦時，豈有一人先死，一人再娶，一人再嫁之約？只約終身夫婦也」以及「夫婦之道，當常永有終」。又例：朱熹之言「古人無再娶之禮」。）

張樹棟和李秀領在《中國婚姻家庭的嬗變》裡說：

從宋、元、明、清各史《列女傳》中搜羅的婦女事跡看，除孝女外，非節即烈，節烈事跡大量增加。宋以前歷代節烈婦女總人數不過187人，宋金時期驟然增至302人，元代742人，明代更急遽上升到35,829

人，清初也有 12,323 人。這表明唐宋以後，貞節觀念有了突破性的發展。

明清時期有這麼多的節婦烈女，其主要原因即是官方頒行政令，極力旌表守貞守節的女性。〔註38〕

《大明令‧禮令‧旌表節義》洪武元年明令：

> 凡孝子順孫義夫節婦，志行卓異者，有司正官舉名，監察御史、按察司體核，轉達上司正官，旌表門閭。

洪武二年正月，明太祖果然親自頒旨褒獎節烈婦女，〔註39〕並且從優撫恤陣亡軍士的守節妻子，〔註40〕從這些實際的行動，足見明太祖對婦女貞操節烈之重視。也由於最高統治給予豐富的獎諭，使得民間或自願、或為家人逼迫的守節者愈來愈多。所謂的豐富獎諭，例如《明會典‧戶口》太祖頒定：

> 凡民間寡婦，三十以前夫亡守志，五十以後不改節者，旌表門閭，
> 除免本家差役。

又例《明史‧列女傳》序：

> 大者賜祠祀，次亦樹坊表：〔註41〕

受旌節婦即免本家差役，這在徭役負擔頗重的明代〔註42〕可說是相當優厚的獎賞。烈女獲賜祠、立坊表不僅是本人得以流芳桑梓、後世，其夫家、娘家也是同沾光彩榮譽。難怪明代節烈婦女驟增。然而，要成為節婦烈女也不是輕而易舉之事，就太祖令而言，節婦年齡必在五十歲以上，而且必須要守寡二十年以上，才能獲旌、享受免差。試想其漫漫歲月，何時捱盡？

〔註38〕明朝之命婦不得再醮，因已特享殊榮、優免，故不准旌表。

〔註39〕見《明太祖實錄》卷四十八：「當塗縣民孫添母鄭氏，黎得旺妻陶氏，貞節鄭氏、陶氏，俱以年少夫亡守節不二，有司上其事，詔表其門，復其家。」

〔註40〕參閱《明太祖實錄》卷五十九（洪武三年十二月）：「願守節者，則給以薪米比常例倍之。」《明會典‧優給》卷一二二：「守節無依者，月給米六斗終身」。

〔註41〕祠祀是明政府給節婦烈女的最高榮譽。例《明史‧列女傳》有一記載，簡述如下：正德間，瑞州通判姜榮妾實妙善在瑞州被華林起義軍攻陷時，用計保住丈夫的印信，最後投井自盡。事後，明政府詔建特祠，賜額貞烈。而樹坊表僅次於祠賜，即節婦烈女經奉聞皇上恩准旌表，即由官府為之在家門前或閭巷口立牌坊，以示激勵。

〔註42〕明太祖時，賦稅十取一，役法計田出夫（參見《明史‧食貨志》）。雖然太祖嘗設法減輕百姓的賦稅徭役，但是仍舊徒具形式而毫無實際作用。結果貧弱者加重了賦役負擔，造成富者愈富，貧者愈貧的現象（詳見林金樹、高壽、梁勇的《中國明代經濟史》，以及唐文基《明代賦役制度史》）。

當然，明代褒揚節婦烈女的帝王並不只太祖一人，之後的永樂、成化、弘治、正德、嘉靖諸朝，每年皆有旌表的詔令。〔註43〕所謂上行下效，許多文人士大夫們也熱衷爲這些守貞守節的婦女樹碑立傳，官僚鄉紳更是大肆旌揚節烈行爲。〔註44〕

取代明朝的滿人本不忌再醮，但是自受到漢文化的薰陶，也開始崇尚節烈。例如：清世宗後，朝廷每遇譚恩。詔款中必有旌表孝義貞節之文。〔註45〕又例：成立專門救濟寡婦的機構—貞節堂。據高邁的研究，他認爲：

> 貞節觀念在社會上的勢力已達最高峰：再加之社會經濟的沒落，依賴者需要救濟更爲急切，所以這種專門化的貞節堂組織才應運而生。官吏和紳商都亦同時注重此種事業的舉辦。他們除掉行善積德的果報思想外，官吏是要博得敦崇風化的政譽，紳商是要獲得維護禮教的美名，這樣貞節堂在各地就建立起來（見《中國婦女史論集》之〈我國貞節堂制度的演變〉）。

中國的貞節觀念發展至此，竟淪爲不肖者沽名釣譽的工具。

對於我國歷代貞節思想的演化有一概略的認知後，便能夠理解古代多數女性的感情世界與思想特質。《三言》裡寫入了寡婦守節的篇章有：

《喻世明言》：

　　第四卷〈閒雲庵阮三償冤債〉

　　第十卷〈滕大尹鬼斷家私〉

《警世通言》：

　　第二十二卷〈宋小官團圓破氈笠〉

　　第四十卷〈旌陽宮鐵樹鎮妖〉

《醒世恆言》：

　　第八卷〈喬太守亂點鴛鴦譜〉

　　第三十五卷〈徐老漢義憤成家〉

除了〈宋小官團圓破氈笠〉的劉宜春之外，這些守節的婦女在故事中有

〔註43〕例如依據《明武宗實錄》中有關記載之統計，從正德元年至十年，共旌表節婦烈十七次，一八〇人。其中八十二人詔旌「貞節」，九十八人詔旌「貞烈」。
〔註44〕如桐城派大家劉大櫆即常撰寫傳狀、碑誌以表彰節婦貞女，例：〈江貞女傳〉、〈汪烈女傳〉、〈方節母傳〉、〈吳節婦傳〉等。
〔註45〕例如《清高宗實錄》卷二十七：「旌表守正捐軀之江蘇丹徒縣民胡嘉謨妻華氏。甲寅」「旌表守正捐軀之江蘇華亭縣民胡殿英妻鄧氏。乙卯」。

兩個共通之處：

1. 都是自願守節。

2. 撫子有成，苦盡甘來。其中玉蘭還因兒子得舉為官而獲旌揚；故事末
   寫到：

   當初陳家生子時，街坊上曉得些風聲來歷的（指玉蘭與阮三私訂終
   身），免不得點點搠搠，背後譏誚。到陳宗阮一舉成名，翻誇獎玉蘭
   小姐貞節賢慧、教子成名，許多好處。世情以成敗論人，大率如此。
   後來陳宗阮做到吏部尚書，留守官將他母親十九歲上守寡，一生不
   嫁，教子成名等事，表奏朝廷啟建賢節牌坊。正所謂貧家百事百難
   做，富家差得鬼推磨，雖然如此，也虧陳小姐後來守志一床錦被遮
   蓋了，至今河南府傳作佳話。……。

這真是大刺刺地諷刺了人心的虛偽以及矛盾的貞節觀點。

而〈宋小官團圓破氈笠〉的劉宜春則是誓死守節。其父因贅婿宋金染疾
而心生厭惡，於是誘之上岸打柴，趁機棄於不顧。宜春得知實情又遍尋丈夫
不著，便認為宋金已死。劉父勸女兒改嫁，豈料宜春欲以死明志，她說道：

   你兩口兒合計害了我丈夫，又不容我帶孝，無非要我改嫁他人，我
   豈肯失節以負宋郎？寧可帶孝而死，決不除孝而生。

宜春之心志的確感人；然而，遇貴人遂病癒發跡的宋金卻假扮員外試妻，此
舉頗失厚道。由此亦可見男性自私、疑心的一面。

另外，《警世通言》第三十五卷，〈況太守斷死孩兒〉則是一樁失節戀的
悲劇：

   丘元吉早逝，其妻邵氏二十三歲立志貞節，守寡已有十年之久。鄰近新
搬來的無賴支助欲染指邵氏，不成，竟生惡念，教使邵氏家的小廝得貴赤身
露體地睡覺，用以勾引主母，兩人遂發生姦情，邵氏因而懷孕。為不讓失節
之事傳開，邵氏決心打胎。不料，支助卻利用死胎屍向邵氏詐取求歡。邵氏
心感忿怒羞愧，見得貴入房，一刀劈死，然後自縊身亡。

就此故事，我個人有下列幾點看法：

1. 男性是貞節主義的擁護者，但卻也是摧毀女人貞節的殺手。

2. 邵氏見得貴赤身仰臥，如斯者三日，終於，情欲戰勝了禮教的束縛。
   此事正說明寡婦守節之不易，畢竟，人是有感情、有生理欲求的動物。
   雖然邵氏意志不堅，受人誘惑，但吾人實不忍苛責之。

3. 失貞情結的產生使邵氏失去理性而殺人。失節心理上的表現形式即羞慚、後悔，這是偏頗的禮教所灌輸於女性的遺毒；貞節壓抑、奴役女人，許多悲劇便因是而生。

4. 務虛名之寡不應苦守，這是不具任何意義的。

第七節　私訂終身與私奔

　　兩性的感情無論在生活裡還是文學中，都是一個永恆而歷久彌新的主題。《三言》為人所津津樂道的亦是其中的愛情故事。本節所要探究的是關於兩情相悅而私訂終身或私奔的部分：

　　《喻世明言》：

　　　　第四卷〈閒雲菴阮三償冤債〉

　　　　第二十三卷〈張舜美燈宵得麗女〉

　　《警世通言》：

　　　　第六卷〈俞仲舉題詩遇上皇〉入話

　　　　第二十卷〈計押番金鰻產禍〉

　　　　第二十九卷〈宿香亭張浩遇鶯鶯〉

　　　　第三十四卷〈王嬌鸞百年長恨〉

　　《醒世恆言》：

　　　　第三卷〈賣油郎獨占花魁〉

　　　　第二十一卷〈張淑兒巧智脫楊生〉

　　　　第二十八卷〈吳衙內鄰舟赴約〉

　　　　第三十二卷〈黃秀才徼靈玉馬墜〉

　　所謂的私訂終身和私奔，當然是與父母之命、媒妁之言背道而馳的行為。青年男女為了追求愛情、婚姻的自由，甘願扛負離經叛道的罪名，向封建思想挑戰而走上私訂終身、私奔這一途，去追隨相知相愛的人。有人幸運地找到歸宿，領受家人的祝福；然而亦有人因此而踏上不歸路，釀成了悲劇。

一、私訂終身與私奔的喜劇

（一）〈俞仲舉題詩遇上皇〉入話

　　談到私奔，卓文君與司馬相如的故事可謂之家喻戶曉。在〈俞仲舉題詩

遇上皇〉的入話裡，讀者可以了解古人對私奔的看法。當文君於東牆瑣窗內竊窺相如之後，日夜廢寢忘食，放心不下。此時其主意已定：

> 雖然有虧婦道，是我一世前程。

又卓父得知女兒同相如夜奔，他罵道：

> 相如是文學之士，為此禽獸之行。小賤人，你也自幼讀書，豈不聞女子事無擅為、行無獨出。你不聞父命，私奔苟合，非吾女也。

由此可見，與男人私奔是有損婦道的，而且還要忍受別人的指指點點、紛紛議論，甚至是家人也要與之斷絕關係。

就此情形看來，女性選擇了私奔，其實等於是把自己的一生、家人的資助拿來當作籌碼，下了一場不能回頭的賭注。所幸文君慧眼識英雄，相如果然蒙朝廷徵召而出人頭地，夫妻倆恩愛有加。此時，卓父自言自語道：

> 我女兒有先見之明，為見此人才貌雙全，必然顯達，所以成了親事。
>
> 老父想起來，男婚女嫁，人之大倫。我女婿不得官時，我先帶侍女春兒同往成都去望，乃父子之情，無人笑我；若是他得了官時去看他，教人道我趨時奉勢。

卓父言行前後大相逕庭，也讓讀者看盡人間的冷暖、虛偽；當然，此亦卓父自下台階的藉口，但是無論如何，這場私奔終以喜劇落幕。

（二）〈宿香亭張浩遇鶯鶯〉

正文敘述張浩與鶯鶯私訂終身後花園，因鶯鶯之父守官河朔，兩人只得暫別。俄經兩載，張浩季父為其作主，欲娶孫氏女為妻，浩懼季父賦性剛暴，不敢抗拒，又不敢明言鶯鶯之事，遂通媒妁，與孫氏議姻，擇日將成，適巧鶯鶯父親任滿還歸，張浩心念舊情，乃遣人密報鶯鶯。鶯鶯當下為自己的一生幸福，寫狀告官，終能成為張浩之妻。

作者筆下的鶯鶯熱情勇敢，其積極搶救約婚之舉和張浩的懦弱無能，恰成一個對比。

（三）〈張淑兒巧智脫楊生〉

私訂終身的青年男女常在浪漫花園裡互許承諾。而楊元禮則在逃命的緊急狀況之下，基於感念張淑兒的救命之恩，因而相約日後娶她為妻。

原來，楊元禮和友人一起赴京會試，途中寄宿寺院，竟遇謀財害命之徒；七人之中只有元禮倖免逃脫，奔至附近一家草屋避難。豈料屋主與寺院惡僧為一丘之貉，所幸屋主女兒張淑兒乘母親去向和尚報訊之際，機智地幫助元

禮脫離險境。當時，元禮心中暗道：

> 此女仁智兼全，救我性命，不可忘他大恩，不如與他訂約，異日娶
> 他回去。

愛情往往出於恩情，尤以女方爲甚，例如《警世通言》第二十一卷〈趙太祖
千里送京娘〉裡的京娘；〔註46〕而比例出於男方，甚有意思。最後，楊元禮
果然會試中了第二名，榮歸還鄉隨即履行和淑兒所訂下的終身之約。

（四）〈吳衙內鄰舟赴約〉

　　正文描述吳彥與賀秀娥兩相傾慕，並於舟中私諧歡好。此事爲賀夫人發
覺，最後，在吳彥考中進士的同時，擇吉迎娶秀娥，終於使有情人成眷屬。

　　故事中的秀娥熱烈、大膽地追求愛情。當母親察知秀娥與吳彥的私情，
秀娥誓言與吳彥同生死，反倒吳彥聽說事露，嚇得渾身冷汗直淋，上下牙齒
趷趷蹬蹬的相打，半句話也掙不出。於此相較之下，可見女性對愛情的義無
反顧；而男性卻有所顧忌了。因爲尙未功名成就之前，談感情婚姻似乎言之
過早，更何況與官家名媛有私情在先，無怪乎吳彥驚慌失措。關於士大夫階
層的婚姻觀，詳見本文第四章。

二、私訂終身與私奔的悲喜劇

（一）〈閒雲菴阮三償冤債〉

　　本篇敘太尉之女陳玉蘭因家中擇婿條件嚴苛，致使婚姻一再蹉跎。然而，
一次偶遇，玉蘭與阮華一見鍾情，無奈閨閣深沈，音訊難通，阮華因此相思
成病，好友張遠知情之後，即買通尼姑王守長，使阮華得以私會玉蘭於閒雲
菴。不料密期幽會之際，阮華卻因七情所傷而告身亡。最後，玉蘭守節撫子，
而兩人的愛情結晶長成登科，玉蘭亦獲立賢節牌坊，總算是圓滿收場。

　　由於玉蘭是位官家小姐，而阮華只是個商販子弟，故無法名正言順地向
陳家提親。可憐兩個有情人爲門第觀念所困，在此情況之下，他們選擇了私
訂終身，但是，卻不若秀娥與吳彥一般幸運。原來，阮華和玉蘭今世一日夫
妻之情，乃前世夙緣未了—玉蘭是個揚州名妓，阮華則是金陵人，至彼訪親，
兩人相處情厚，並許定一年以後娶之爲妻。及至歸家，因懼其父而不敢稟知，
遂別成姻眷，害得名妓終朝懸望，鬱鬱而死。閒雲庵相會即阮華應償玉蘭前

〔註46〕京娘爲趙匡胤所救，途中京娘欲以身相許，報答恩人之德，但趙堅辭。

生之命。也因玉蘭前世抱志節而亡，今世合享子嗣之榮華。

這種糾結「情債觀念」的婚姻愛情可說是受到佛教因果思想的影響，關於此一問題，留待本文第四章討論。

（二）〈張舜美燈宵得麗女〉

正文描寫張舜美於元宵佳節邂逅劉素香，兩人私訂終身並相約私奔，不料中途失散；素香惟恐家人追趕，便遺下繡鞋一隻，以絕父母之念。誰知舜美誤認素香投水身亡，因而傷痛臥病在床。最後，兩人尼庵相逢，夫妻團圓。

（三）〈黃秀才徼靈玉馬墜〉

本文敘黃損與韓玉娥兩相傾慕，私約終身，並期十月初三會面；豈料玉娥的乘舟因意外順水下流，去若飛電，黃損追趕不及，又恐報知黃翁反惹禍上身，因是心灰意冷，頓萌投江之念，待欲投之際，幸得胡僧勸阻。後來，玉娥為薛媼所救，認作義女，並允諾玉娥為之尋訪黃損，共續秦晉之盟。怎奈好事多磨，玉娥竟遭呂用搶娶；最後，因得玉馬墜顯靈和胡僧之助，黃損與玉娥終能結為夫婦。

就此故事來看，可歸納出幾個特點：

1. 本篇對黃損、韓玉娥兩人相思之情的描寫十分傳神。

例如玉娥約見黃損道：

> 夜勿先寢，妾有一言。

而黃生的反應是：

> 大喜欲狂，恨不能一拳打落日頭，把孫行者的瞌睡蟲遍派滿船之人，
> 等他呼呼睡去，獨留他男女二人敘一個心滿意足……。

在兩人互期十月初三以決終身之策後，黃損的心情做如是描述：

> 忽忽如有所失，從此合眼便見此女，頃刻不能忘情。

又例作者寫其分別情景：

> 舟人欲趕程途，催生登岸，生雖徘徊不忍，難以推托……取包裹上
> 岸，復佇立凝視中艙，淒然欲淚；女亦微啟窗櫺，停眸相送。俄頃
> 之間，揚帆而去，迅速如飛，黃生盼望良久，不見了船，不覺墮淚，
> 旁人問其緣故，黃生哽咽不能答一語。黃生呆立江岸，直到天晚。

後來，黃損投靠守帥府，劉公欣然接受，並開筵相待，席間其表現：

> 思念玉娥，食不下咽。劉公見其精神恍惚，疑有心事，再三問，黃
> 生含淚不言。……。

由此可知兩人情深意切，尤其是黃損對玉娥的痴心。

2. 故事裡可見當時男女戀愛之不自由，而暗中來往的愛情也多了一分神秘感，似乎更令人為之嚮往。

3. 小說基本上乃採用現實主義的手法，然而當現實中的危機無法獲得解決，便藉助浪漫主義的想像。例如玉娥不能抵禦呂用的侵犯，作者於是假之神力，替女主角解了圍。這也顯示了當時青年男女的心願：在愛情不順遂、沒能結為連理時，他們多麼希望神奇力量可以及時出現啊！

三、私訂終身的悲劇

〈玉嬌鸞百年長恨〉敘述周廷章與王嬌鸞私訂百年之約，但是周廷章卻又貪財慕色，別娶富家女魏氏為妻，嬌鸞恨其負心忘情，於是自縊身亡，而周廷章則為官府亂棒擊斃。

自古多情空遺恨，嬌鸞在失身於周生又不能與之成親的情況下，只能以死來了結自己。然而，嬌鸞並不甘心，於是趁著代父檢閱文書之際，將所寫的絕命詩、〈長恨歌〉彙成一峽，合同婚書二紙，置入官文書內。封筒上填寫「南陽衛掌印千戶王投下直隸蘇州府吳江縣當堂開拆」，吳江關大尹果然接得嬌鸞的詩歌和婚書，關大尹將此事告訴趙推官，趙又以之報與樊公。樊公反覆誦讀嬌鸞詩書，深惜其才，而恨周廷章之薄倖。後來樊公得知嬌鸞上吊亡故，遂判死周廷章。周廷章果然應驗自誓之言，一命休矣。

故事末尾安排了樊公為嬌鸞討回公道，以法律重懲負心無情的周廷章，不同於其他小說、劇曲以女子鬼魂追索薄倖男子償命，〔註47〕這是極為實際且大快人心的做法。

綜觀這些私奔或私訂終身的故事，其中有三點特徵是共同的：

1. 皆為一見鍾情式的私訂婚約。換言之，男女雙方的思想上已不存在愛或不愛的矛盾；而驅使情節發展的動力，即兩人必須克服外在的阻力，例如門第問題、強權掠奪之人的破壞……。

2. 女性如此死心蹋地深愛初見男子，是有其原因的。王引萍在〈試論《三言》中的婦女主題〉一文裡，做出這樣的解析：

"男女有別"的戒律把女子活動範圍限制在"深閨"，所謂"養在

―――――――――
〔註47〕此類情節可見於〈王嬌鸞百年長恨〉入話（《警世通言》第三十四卷）、地方戲曲〈王魁負桂英〉以及台灣民間故事〈林投姐〉等。

深閨人未識。"她們沒有社交自由，沒有結識了解男子的機會。不
少渴望幸福的女子常常對首次遇見但並不了解的男子產生愛慕之
情，想到愛情和婚姻，這是過分禁錮造成的現象。

是的，從作者描寫的文字來看，的確如此。例如王嬌鸞「話說鸞小姐自見了
那美少年，雖則一時慚愧，卻也挑動個情字。口中不語，心下躊躇道：『好個
俊俏郎君，若嫁得此人，也不枉聰明一世！』……。」又例韓玉娥「見生凝
然獨立，如有所思，麟鳳之姿，皎皎絕塵，雖潘安衛玠，無以過也。心下想
道：『我生長賈家，恥為販夫販婦，若與此生得偕伉儷，豈非至願。』……。」

　　3. 故事中的女性對愛情的態度勇敢而果決，熱切追求自主婚姻；反觀男
　　　 性在感情受挫時，幾乎畏畏縮縮，舉棋不定。

吾人以為在感情的國度裡，女性較男性積極進取。兩性對愛情、婚姻之
概念之所以不同，除了其先天上本有的差異使然之外，男性在當時所處的環
境，遠較女性為自由，然則在天涯何處無芳草的思慮下，當然不如女性來得
執著，且社會賦予男女不同的角色、不同的期許，更是影響的主因。本文第
四章有較深入的探究，可參見之。

第三章　婚外情與其他

第一節　婚外情

　　所謂的婚外情即有配偶的人與配偶以外的第三者建立戀愛或性關係。然而，自古由於男性可以蓄婢納妾，甚至光明正大地嫖妓，故本節所要討論的婚外戀情並不包括這些行為。《三言》裡關於婚外戀的情節、故事多達十餘篇，因此，吾人認為應進一步去解析其成因，並做一批判和省思。

一、婚外情的相關情節與故事

（一）《喻世明言》第一卷〈蔣興哥重會珍珠衫〉

　　本篇敘述商人蔣興哥娶妻三巧兒，兩人恩愛，如魚得水，然而為了經商謀生，蔣興哥不得不別妻離家，並相約一年便回。但是，興哥因病耽擱買賣，誤了歸期。一日，三巧在前樓簾內張望，錯把同樣行商在外的陳大郎看成興哥。豈料大郎為三巧美貌所動，於是買通薛婆勾引三巧。薛婆要大郎耐性等候，果然五個月後撩撥起這獨守空閨女子最原始的生理需求。陳大郎姦騙三巧得手，兩人倒恩深義重，各不相捨，三巧還把蔣門祖傳珍珠衫贈予大郎。誰知無巧不成書，化了名的蔣興哥和陳大郎竟相逢蘇州。大郎身穿珍珠衫，興哥見之，心中疑雲頓生，更從大郎口中得知三巧失節。回鄉之後，興哥將三巧騙歸娘家，三巧始知自己被休，本欲尋死，幸得母親及時發現，此事於是作罷。後來，三巧改嫁吳知縣為妾；興哥也娶平氏（原陳大郎之妻）為妻。某日興哥因販珠之事，失手釀出人命，此案適為吳知縣審理，三巧又從旁說

情，知縣因而寬釋興哥，並使兩人破鏡重圓。

（二）同上，第十卷〈滕大尹鬼斷家私〉

在此故事中穿插了一段與婚外情有關的公案：沈八漢與趙裁之妻劉氏密地相好，人皆不知。後來往來勤了，趙裁漸有隔絕之意。八漢私與劉氏商量要謀死趙裁，與他做夫妻，劉氏不肯，八漢於是乘趙裁在人家做生意回來，哄他店上吃得醉爛，行到河邊將他推倒，用石塊打破腦門，沈屍河底，只等事冷，便娶那婦人回去。後因屍骸浮起，被人認出，八漢聞得成大與趙裁有爭嚷之隙，就唆那劉氏告狀。劉氏直待改嫁後，才知丈夫是八漢謀死的，既做了夫妻，便不言語，卻被滕爺審出實情，將他夫妻抵罪。

（三）同上，第三十八卷〈任孝子烈性為神〉

此篇述孝子任珪憑媒說合，娶得梁聖金為妻。聖金自嫁與任珪，見他篤實本分，只是心中不樂，怨恨父母千不嫁萬不嫁把她嫁在任家。原來這婦人未婚之時已有意中人，且兩人暗約偷期街坊鄰里皆曉，因此梁公梁婆只得把女兒遠嫁，省得惹是非。任珪不曾打聽仔細，胡亂娶回。豈料這聖金身雖嫁了任珪，一心卻想著情夫周得。一日，周得冒稱聖金的表哥去到任家，見任珪不在，即與聖金偷起情來。後來，聖金為求得以恣意快活，周得於是教其脫身之計，誣陷任父謀不軌；任珪只好把聖金送回娘家。此時，周得已在梁家等候聖金，兩人指望做一夜快活夫妻，誰想任珪闖來。這一驚非同小可，周得和梁氏全家故意將任珪當賊，痛打了一頓。隔天，任珪聽說聖金醜聞，心中大怒，決心捉奸，便買好尖刀，並安排父親寄託姐姐家。夜盡之際來到梁家結果五人性命，且在天亮後至臨安府自首。姦夫淫婦理合殺死，任珪不合又殺了丈人、丈母和使女，故當凌遲示眾。最後，任珪竟坐化法場。

（四）《警世通言》第十三卷〈三現身包龍圖斷案〉

正文敘押司孫文買卦合當此日三更三點子時死，與其妻有染的小孫押司於是將計就計謀死了他，好同押司娘雙宿雙飛。幸得包爺明察秋毫，孫文之冤才得以昭雪；小孫押司和押司娘則就地伏法。

（五）同上，第三十卷〈計押番金鰻產禍〉

事敘慶奴與周三有私情，爹娘察覺此事，不得已使周三入贅在家，周三不知奮鬥持家，因而遭休。慶奴在父母的安排下再嫁戚青，只因戚青年紀甚長，便不中慶奴意，此次婚姻又告破裂。後來慶奴嫁李子由為妾，卻不見容

於恭人，李子由與恭人商議將慶奴還返牙家，但暗中把她養在外室。豈料慶奴並不安份，又和主子心腹張彬有奸情，此事被子由七歲子佛郎撞見，慶奴因而勒死佛郎，並同張彬私奔；途中巧遇殺死慶奴雙親的周三，慶奴在不知情之下又與周三舊愛復燃，染病的張彬見此負氣而一命歸陰。最後，周三和慶奴雙雙受押，赴市曹處斬。

（六）同上，第二十四卷〈玉堂春落難逢夫〉

故事乃敘玉堂春救王景隆于落魄，王景隆救玉堂春於冤獄。然而何以院妓身分的玉堂春會身繫囹圄？原來其中牽涉了一宗因婚外情而演成殺夫的公案：沈洪之妻皮氏平昔間嫌老公粗蠢，不會風流，又出外日多，在家日少，於是和間壁監生趙昂勾搭成姦。趙昂一貪皮氏美色，二要騙她錢財，不上一年，皮氏傾囊倒篋，因而憂愁老公回家盤問。一夜趙昂與皮氏謀計欲殺那沈洪，兩人好做個長久夫妻。一日聽說沈洪討了女妓玉堂春將返家鄉，趙昂便使計要皮氏叫丈夫同小老婆另宿西廳，並令女侍小名看沈洪睡也不曾，誰知小名平日也與沈洪有私情，當晚兩人還草草合歡了事。翌日，皮氏下麵撒入砒霜，意欲毒害丈夫，沈洪果然九竅流血而死；皮氏遂將此事嫁禍給玉堂春。最後，由於王景隆適時出現，才將案情查個水落石出，洗清玉堂春的冤屈。

（七）同上，第三十三卷〈喬彥傑一妾破家〉

本篇描寫好色貪淫的喬彥傑娶春香為妾，然而原配高氏不允其入居家裡，因而只好在外賃居。誰知春香不安於室，卻與董小二產生婚外情。高氏聞得風聲，丈夫又久出不歸，於是遣人要春香回家同住，省得兩邊家火。豈料引狼入室，小二隨春香歸家後竟奸騙玉秀，高氏得知女兒被小二壞了身，遂起殺機。最後，連同家僕洪三，四人皆慘死牢中；喬彥傑迷戀青樓女子花盡銀兩後，尋思回鄉，卻無盤纏，幸虧女妓沈瑞蓮資助，方得返家。回到家鄉，人事已非，喬彥傑在兒女妻妾和財產俱喪的情況下，於是投水自盡。

（八）同上，第三十八卷〈蔣淑貞刎頸鴛鴦會〉與其入話

入話述武公業之妾與趙象暗通款曲，此事為公業察知，非煙遭鞭撻至死，趙象則變服易名，遠竄於江湖之間。

而正文乃敘蔣淑貞一日強合鄰家子阿巧，豈料阿巧回家驚氣衝心而殞。自此之後，這女兒心中好生不快活。翌日此女晨起梳妝，父母偶然視聽，其女顏色精神，語言恍惚。蔣母思量若女兒真鬧出醜來，還不如央媒將她嫁了

去；果然不久便把淑貞嫁與四十多歲的李二郎。過門之後，兩人徹夜盤弄，瞬息間十有餘年，二郎因而衰憊不堪，奈何此婦正值妙齡，酷好不厭，仍與夫家西賓產生私情。二郎一見，病發身故。事後李大郎斥退西賓，待淑貞守孝三年亦將她逐回娘家。後來張二官娶之，但為經商之故，夫妻倆只得暫別。這時對門店中有一後生名喚朱秉中，淑貞竟與之眉來眼去，於是兩人私下幽會。日久，終於引起張二官懷疑，他心中思量著若真犯在其手，必然教他倆死無葬身之地。果然淑貞又遣人邀朱赴會，張二官揮刀砍下，一對人頭落地。

（九）《醒世恆言》第十六卷〈陸五漢硬留合色鞋〉

正文敘張藎已婚，卻好流連風月場合，一日路過十官子巷與那臨街樓上女子潘壽兒互有情意，並在三月十五日當夜交換了信物。張藎於是請託陸婆撮合，誰知陸婆兒子陸五漢獲悉此事，因而真持信物假冒張藎，在夜半之際與壽兒偷情。兩人暗中來往逾半年，壽兒亦未察陸五漢之身分；然而潘父卻發覺女兒有異，故夫妻倆決議要與女兒換床，好弄個究竟。不料，陸五漢誤以為壽兒另有情夫，遂將其父母當作壽兒和情夫而加以殺害。此命案鬧至官府，壽兒咬定張藎是殺死父母的兇手，張藎在受不了嚴刑拷打之下便認了罪。最後，張藎買通皂隸，讓他與壽兒當面說清自己的形體聲音，才洗刷冤屈，太守也重新更審，並且捉到真凶陸五漢。壽兒方悟自己原來遭陸姦騙，父母又為此殞命而令她羞愧不已，於是撞階自盡。

（十）同上，第二十三卷〈金海陵縱欲亡身〉

本篇故事中有一插曲，描寫二品夫人定哥與金海陵的婚外戀情：原來定哥嫁了一個無趣的俗人，夫妻之間毫無感情可言，雖然衣食無虞，但是定哥在精神上卻得不到慰藉。一日，女侍貴哥送來尚書右丞金海陵的聘禮，因而促成定哥和海陵的姦情。海陵原是個漁色之人，有了新歡忘舊愛，定哥捺不住芳心寂寞，竟勾搭上家奴閻乞兒。後來，金海陵即了大位，就威嚇定哥縊殺丈夫以從他。定哥果然如是做，並隨之入了宮。然而，宮中嬖倖甚多，海陵漸漸疏遠定哥。最後，定哥與乞兒有染之事為海陵知悉，定哥因而死於非命。

（十一）同上，第三十一卷〈鄭節使立功神臂弓〉

本篇敘述鄭信與日霞仙子的異類姻緣，極有意思的是，鄭信婚外戀的對象也是異類：一日，日霞外出，囑咐鄭信勿往後宮，誰知鄭信好奇前去，遂與月華仙子（蜘蛛精）有染；日霞與月華因而大打出手。

（十二）同上，第三十四卷〈一文錢小隙造奇冤〉

　　正文寫為了一文錢，丘乙大賭氣迫使妻子自縊，接著又牽連出兩姓的恩怨，接連斷送了十幾條人命。何以乙大渾家自縊？原來此婦背地偷漢子，醜事被孫大娘揭露，乙大便喫了幾碗酒叫老婆來盤問，他說道：

> 若是真個沒有，是她們作說妳時，妳今夜弔死在他門上，方表妳清
> 白，也出脫了我的醜名，明日我好與她講話……。

就因不忠於丈夫，乙大妻祇有走上死路。而這個弔死的屍首卻引來另一樁爭鬥，也扯出一段婚外情：話說朱常與趙完兩家為田疇之事結下樑子，朱常拾獲乙大渾家屍體後，便使計讓家僕招來媳婦與趙家開打，然後誣陷趙家打出人命，以謀圖趙完讓出土地，豈料卻接連害了許多人的性命—這趙家亦如法炮製，打死家僕丁老官與田婆以威脅朱家。此事為趙一郎撞見，而趙一郎與趙完偏房愛大兒有私情，於是欲藉此兩條人命要脅趙完讓了愛大。

　　原來，趙完年老風騷，但卻只能虛應故事，因而不能滿足年輕的愛大兒，愛大也就勾搭趙一郎成姦。最後，這一干姦人全部都接受法律制裁。

　　另有一則特別的婚外情，作者最後安排兩人遠涉江湖，變更姓名於千里之外，得盡終世之情，此即《喻世明言》第二十三卷〈張舜美燈宵得麗女〉入話。

　　入話描述公子張生，在元宵佳節往乾明寺看燈，忽於殿上拾得紅綃帕子，帕角繫一個香囊，細看帕上有詩一首：

> 囊裡真香心事封，鮫綃一幅淚流紅。
> 殷勤聊作江妃佩，贈與多情置袖中。

詩尾又有一行細字，寫道：

> 有情者拾得此帕，不可相忘。請待來年正月十五夜，於相籃後門一
> 會，車前有鴛鴦燈是也。

翌年，張生果然赴會，與那香帕主人私諧歡好，少婦向張生告白：

> 妾乃霍員外家第八房之妾，員外老病，經年不到妾房。妾每夜焚香
> 祝天，願遇一良人，成其夫婦。幸得見君子，足慰平生。妾今用計
> 脫身，不可復入，此身已屬之君，情願生死相隨，不然，將置妾於
> 何地也？

最後，兩人在老尼謀計之下，同奔異地，兩情好合，諧老百年。

　　在這些婚外戀的情節裡，讀者可以清楚地看到：發生婚外情或婚外性關係糾葛者，皆被人視作姦夫淫婦。然而就〈蔣興哥會重會珍珠衫〉和〈張舜

美燈宵得麗女〉入話來看，顯然與傳統道德觀念矛盾了；也就是說作者並沒強烈譴責他們，相反地卻採取了寬容的態度，何以如此？

　　吾人以為詳究婚外情之成因，即可瞭解箇中道理。

二、婚外情的成因

　　就上述的情節與故事來分析婚外情的使然原因，可歸納為下列五點：

（一）無感情基礎

　　古代傳統婚姻幾乎由父母之命、媒妁之言所包辦，且父母長輩替子女物色對象時，又往往偏重外在、物質生活的考量，而鮮少顧及兩個年輕人的情性是否相投、相符合。因此，當夫妻之間的精神層面無法找到契合點時，再加上第三者的介入，婚外情就可能因而發生。例如：步非煙〔註1〕和定哥。

（二）婚前已有舊愛

　　愛情婚姻雖不得自由，然亦產生許多私訂終身的戀人。但是，私訂終身後並不能保證父母一定承認而使兩人結合。所以，在男或更娶、女或另嫁而兩人又舊情難忘的情況之下，婚外情上演的機率於是升高。例如：梁聖金和計慶奴。

（三）丈夫長期在外而芳心寂寞

　　許多商人為了生意、事業，因而別妻離家在外奔波。由於古代交通不發達，往來費時諸多不便，若又不幸染疾上身，往往造成這些商賈耽擱了歸期，結果使得在家等候的妻子愁眉不展、芳心寂寞。故事裡的王三巧與蔣淑貞皆因丈夫在外行商多時，遂與人畸戀成姦；〈喬彥傑一妾破家〉中的春香亦因良人長期在外不歸而勾搭家僕董小二。

（四）老夫少妻之間的問題導致婚外戀

　　老夫少妻式的婚姻在古代並非罕見，尤其是家境富裕者以金錢買娶青春美貌的女子為妾，在《三言》中可舉之例亦有之。〔註2〕老夫少妻之間究竟存

〔註1〕　錢伯城《新評警世通言》曰：「步非煙的故事也是一個悲劇，造成這個悲劇的原因，就是非煙的愛情生活中缺少真誠的愛情，而她所傾注愛情的人，卻又只能『非禮』結合。當事情破露，她被『縛之大柱，鞭撻血流』，在如此淫威下，不屈服，也不後悔，只說『生則相親，死亦無恨！』這真是一個堅強頑固的女性！」

〔註2〕　例：《喻世明言》第十卷〈滕大尹鬼斷家私〉的倪太守與梅氏、第二十三卷〈張舜美元宵得麗女〉入話裡的霍員外與其第八房妾。

在什麼樣的危機與問題？就上述婚外情之個案來看，這些老夫婿幾乎無法滿足年輕妻子的生理需求，因而使得她們發展出變調的婚姻進行曲，〔註3〕甚至和情夫私奔，隱姓埋名終其一生。

（五）多戀傾向

羅素在《婚姻與道德》一書中說到：

> 我想，有文化的人，無論男女，只要心理上無所禁忌，在本能上大概都是多偶制的。他們儘可以深深地鍾情於一個人身上至數年之久，但是，早遲他們的性關係總會成熟，熟則生厭，情乃不專，他們乃開始在別的地方去尋求他們從前那種盪心銷魂的經驗。自然，我們為道德的關係，是可以節制這種衝動的，不過，要想這種衝動根本不至不發生，卻很困難。

赫柏‧高博格於《兩性關係的新觀念》裡亦曰：

> 在一夫一妻制的關係中，男人在性慾方面常是不安份，對另外的女人總有幻想。

事實上，不論是男是女，喜新厭舊的心理人皆有之。在《三言》婚外戀情節中的慶奴、蔣淑貞、喬彥傑和張藎可說是將喜新厭舊的心理淋漓盡致地發揮於追求異性上，充分顯露其多戀傾向，因而頻傳婚外戀曲。〔註4〕

綜合這五個導致婚外情的原因，其實可以這麼說：婚外戀反映出人們對愛與情慾的渴望和追求。

尋求愛情的寄託與情慾的需要，基本上無所謂對與錯，但是若因而衍生出傷天害理之事，那麼，這樣的感情就是禮法不容的了。例如：慶奴壞了佛郎性命、押司娘和奸夫謀死丈夫、定哥縊殺老公……。作者之所以寬待三巧

〔註3〕 事實上，老夫少妻的婚姻也常招人非議，例如那倪太守娶梅氏，其子倪善繼與渾家背後議論道：「這老人忒沒正經，一把年紀，風燈之燭，做事也須料個前後，知道五年十年在世，卻去幹了這樣不了不樣的事，討這花枝般的女兒，自家也得精神對付他，終不然擔誤他在那裡，有名無實。還有一件，多少人家老漢身邊有了少婦，支持不過，那少婦熬不得，走了野路，出乖露醜為家門之玷。還有一件，那少婦跟隨老漢，分明是出外度荒年一般，等得年時成熟，他便去了。平時偷短偷長，做下私房，東三東四的寄開，又撒嬌撒痴，要漢子製辦衣飾與他。到得樹倒鳥飛時節，他便顛作嫁人，一包兒收拾去受用。……。」

〔註4〕 張懷承在《中國的家庭與倫理》第七章嘗提及產生見異思遷、喜新厭舊的心理是因為：婚姻動機不純或婚後地位變化。

和霍員外第八房妾，除了兩人情有可原之處，〔註5〕也透露其懷疑傳統道德、婚姻觀念的態度。

三、婚外情的省思

錢伯城在《新評警世通言》裡替蔣淑貞提出辯護：

> 蔣淑貞是怎樣一種類型的婦女？據故事所寫，她是一個蕩婦，最後罪有應得，身首異處。但是我看，她不沒有值得同情的地方。她出身卑賤，受人輕視，嫁來嫁去只是比她年紀大的粗魯的農民或小商人，情夫也不過是開小店的掌櫃。處在這個社會的底層，不能要求她有過高的道德觀念。她的過錯是追求情欲，以致釀成悲劇。但她並沒有有意害人。阿巧和李二郎的死，從醫理的觀點看，大概屬於自然死亡，不能把責任全推到她的身上，他們也有咎由自取之處。他們變成冤魂，向她索命，情理都不充分。更不能據此判她死罪。但是在蔣淑貞身上，我們卻可以看到潘金蓮的影子，她們同是情欲的化身，追求情欲，又死於情欲。她們的性格執著而強項，既是社會的弱者，又是社會的挑戰者，是過去時代的一種複雜型的女性。經常引起爭議的，也是這類女性。

是的，若簡單地用道德觀念來批判婚外情，是有其不公正、不客觀之處，特別是針對女性外遇的個案。

中國封建禮教中的貞操觀始終有兩個標準：丈夫要求妻子守貞操，而自己則可納妾嫖妓。男人多妻是正當的，女子有二夫就是罪大惡極。因此，在這些婚外戀的故事裡，女性外遇者多半沒有好下場。當然，吾人也不贊同女性就該效仿男性的作為，〔註6〕亂了夫婦關係而導致家庭失和、解體。所以，

〔註5〕陳永正於《三言二拍的世界》說：「作者是同情三巧兒與丈夫長期分隔兩地而產生的精神痛苦的，也諒解她的"踰檢"行為。小說著力描寫三巧兒的心理變化，她的軟弱、她的善良，她對性生活的渴望，刻劃了明代社會市民階層興起和城市經濟發展後嫁作商人婦的女性，飽受離情煎熬和寂寞困擾的精神苦痛，……」

〔註6〕李汝珍《鏡花緣》第五十一回寫兩國的強盜把唐閨臣等搶去作妾，而壓寨夫夫大怒，將強盜打了四十大板，並數落罵道：「為何一心只想討妾？假如我要討個男妾，日日把你冷淡，你可歡喜？……總而言之，你不討妾則已，若要討妾，必須替我先討個男妾。」壓寨夫人的確說出為人妻的心聲，然而討男妾之事終究也是不合情理。

我個人認為讀者在閱讀研析《三言》涉及婚外戀的情節時：一、應跳出傳統賞貞罰淫、因果報應的窠臼，重新評判其中的人物。二、發掘出這些故事在我們現代社會裡究竟有何啓示與意義。關於上述兩點，吾人有下列幾個看法：

（一）前已述《三言》婚外情之成因，而其中老夫少妻的問題值得探討。一般而言，年齡懸殊的夫婦其心理、生理的契合度要比年紀相當的夫婦來得低。再加上沒有感情基礎，老夫少妻的衝突於是升高，在《三言》裡，作者即點出其生理性欲上的差異。而這種差別的確有科學根據。袁振國等人所合著的《男女差異心理學》就引述洛杉磯心理學家巴里的研究說：

> 男性與女性的性欲是隨著他們的年齡變化而呈現出不同的強度。他認為，男性的性欲高峰在青春後期，而女性的性欲高峰則在三十幾歲至四十出頭這一階段。

由此可見，老夫少妻之間確實潛藏著生理無法協調配合的危機，而且如果妻子的道德、貞節觀念薄弱的話，其外遇的機率當然增加。所以，單方面苛責有婚外情的計慶奴、愛大兒、蔣淑貞和霍員外的小妾是不公允的，她們可以說是古代不健全的婚姻制度下的犧牲品。

（二）許多前輩先進肯定作者讓蔣興哥重新接納失節的三巧〔註7〕就當時的社會觀念來說，確實是創舉，也很前衛。換言之，作者為當時的婚外情提供了另一種理性的解決辦法。反觀任珪、張二官手刃妻子聖金、淑貞與姦夫之舉，則顯其行為殘忍、過份了。再就現代的角度來看，陷入婚外情的糾葛當中，兩方面都有責任，也應該進行積極的反省。而且，只要外遇的妻子或丈夫願意誠心回頭；為了家庭和孩子，原諒另一半，並重新接納他（她）才是理智的作法。

（三）現代的青年男女在婚前應有共識：任何人都沒有理由指望婚前的戀愛能一輩子不變，更不能把婚姻看成愛情保險。而維繫夫妻關係的愛情需要不斷注入新的活力，不斷發展。如果不能在愛情上進行自我更新，無法或不願滿足對方對愛的需要，那麼就可能發生愛情轉移，出現婚外戀〔註8〕所以，要防止婚外情的發生，其根本之道：第一，就是以愛去喚起對方的愛、響應對方的愛，如此愛力的激盪之下，夫妻之間的認同感便因而加深。第二、

〔註7〕參見陳永正《三言兩拍的世界》，周五純〈談《蔣興哥重會珍珠衫》的結構藝術〉以及張永芳〈試論《蔣興哥重會珍珠衫》的思想和藝術成就〉。

〔註8〕見張懷承《中國的家庭與倫理》第七章，頁214。

夫妻之間除了相愛之外，雙方對婚姻與家庭也要有責任感與義務感。在《三言》中，讀者可見梁聖金、押司娘、乙大妻楊氏、周春香、張藎、陳大郎等人就是不了解婚姻的神聖—其責任和義務，因而不安於室或勾引他人妻妾，以致於落得悲慘的結局。故現代人當引古鑑今，好好把握並開創幸福的婚姻、家庭。第三，不要一味地限制對方與其他異性的交往，因為剝奪這種交友之自由只會產生妒嫉、增加彼此的不信任而已。

（四）當丈夫或妻子發生婚外情，為人妻、為人夫者當以深切真摯的愛來挽回兩人的婚姻；但是，若真無法修補破裂的感情時，解除雙方的婚姻關係反而是積極的作為，他人也不應視此為不道德之行為。因為勉強在一起只會造成兩人的怨懟，產生更多不必要的恨意與不幸，甚至傷害了孩子。所以，認知婚外戀對個人、家庭、社會帶來的傷害是需要的，並且要時時警惕自我，拒絕婚外戀的誘惑。

（五）要認知婚外情對個人、家庭、社會所造成的傷害：家庭是社會組成的基本單位，婚外情製造了家庭危機。家庭遭受破壞，就不利孩子的成長，社會因此更不穩定。反過來說，為了維護一夫一妻制家庭的穩定與延續，社會與道德必然否定婚外情的存在。因此，發生婚外情的雙方就要承受巨大的社會壓力與心理壓力。總而言之，婚外情不是個人的私事，它不僅惡化夫妻的感情，並且影響其中一方對家庭承擔的責任與義務，還會導致社會問題的叢生。

今昔相較之下，人物、環境及制度等一切順任時光流轉而改變，唯一不變的是嚮往戀愛的欲望始終存在。古人之所以發生婚外情，常是導源於丈夫和妻子之間沒有感情基礎。而現代的青年男女與異性交往的空間廣闊、戀愛自由了，依常理推斷：這種相知相愛而結合的婚姻要比古代「父母之命」式的婚配幸福多了；但事實並非如此。相反地，婚戀解放了、感情得之容易後竟讓人遭忘真情的可貴與婚姻的神聖。但願一些外遇的迷途羔羊能夠清醒覺悟；更衷心盼望人人都能夠—婚前擇己所愛，婚後愛己所擇。

第二節　其　他

皇宮、寺院尼庵本非尋常之地，而居於此處者其生活內幕更是令人好奇。《三言》中對這些王公貴族、尼姑和尚的私生活亦有所著墨，尤以《醒世恆言》為多。本節即依其故事之屬性加以分類說明：

一、宮闈之亂倫

（一）《醒世恆言》第二十三卷〈金海陵縱欲亡身〉

正文敘金國天子金海陵淫穢後宮的醜聞，亂倫行為層出不窮，或姦嬪妃前夫之女，或淫臣下之妻，甚至逼死貞女節婦。最後，在正隆六年大舉侵宋之際，為耶律元宜諸將弒於瓜州。

（二）同上，第二十四卷〈隋煬帝逸遊召譴〉

本文敘述隋煬帝楊廣不思朝政，荒誕淫逸而招致亡命、亡國的惡運。原來楊廣也是個性好漁色之人，還弄出奸淫長輩的亂倫醜事：煬帝父文帝有一位宣華夫人，性聰慧，姿貌無雙，及皇后崩後始進為貴人，專房擅寵，後宮莫及。文帝寢疾於仁壽宮，夫人與太子廣同侍疾。平旦，夫人出更衣，為太子所逼，夫人拒之髮亂神驚歸於帝所。待文帝駕崩後，楊廣遣使者齎金合緘封其際，親書封字，以賜夫人。夫人見之，惶懼以為藥酒，不敢發，使者促之，乃開。見盒中有同心結數枚，宮人咸相慶曰得免死矣。陳夫人恚而卻坐，不肯致謝。宮人咸逼之，乃拜使者。太子夜入，烝焉。〔註9〕

宮內生活優沃，人君若不事朝政，有所作為，則容易陷溺於淫逸享樂而無法自拔。諸如此類之事，歷朝皆有之，《三言》裡所收錄編寫的故事只是其中之一二罷了。

殷周之際，帝王諸侯多妻制度確立，〔註10〕所謂「六宮粉黛」、「三千佳麗」可見其龐大的嬪妃群。既有如此為數不少的后妃，卻又利用大權淫亂臣下的妻妾，這種行徑不僅敗壞君臣之間的倫理綱常，而且還會製造後宮問題。中國文學史上嘗留下一些「宮怨」詩歌，〔註11〕其內容多是不沾雨露之恩或見棄自傷的深宮女子的哀愁，情調溫柔婉約，此類女性的態度是消極地埋怨；而另一種積極爭寵的後宮佳麗則使出渾身解數，渴望聖上的青睞。當然，嬪妃爭寵必然為宮內帶來事端，甚而擾亂國朝行政。〔註12〕

〔註9〕以上故事內容亦可參見《隋史‧帝紀》卷三、卷四，以及《金史‧本紀》卷五。
〔註10〕蔡獻榮於〈中國多妻制度的起源〉一文中推翻羅敦偉所斷定「多妻制到舜時就已正式成立」的說法：蔡氏認為要知道中國多妻制度之起源，應從其發生的原因去求答案。而據蔡氏推斷，多妻制度在殷周之際大概已經確立。
〔註11〕班婕妤的〈怨歌行〉、張祜的〈宮詞〉、白居易的〈後宮詞〉等。
〔註12〕如《史記‧呂太后本紀》：「呂太后者，高祖微時妃也，生孝惠帝、女魯元太后。及高祖為漢王，得定陶戚姬，愛幸，生趙隱王如意。孝惠為人仁弱，高祖以為不類我，常欲廢太子，立戚姬子如意，如意類我。戚姬幸，常從上之

這些亂倫事件可說是特殊階級縱欲無度的鐵證。此外，亦突顯帝王個人人格的不健全。喜新厭舊、見異思遷固然是人類尋常的心理，但若將此心態轉移在男女情欲關係上，且不斷地引以爲樂，要因而獲得眞心誠意的愛情完全是不可能的。換言之，像金海陵這樣淫靡無行，其目的就是要滿足肉慾的刺激；相對地，那些失寵的嬪妃也隨之紅杏出牆。〔註13〕

二、僧尼違律偷情

（一）《醒世恆言》第十五卷〈赫大卿遺恨鴛鴦縧〉

故事敘述赫應祥與女尼空照、靜眞勾搭成奸，最後，赫扮扮作尼姑藏於庵中淫樂致死。其中亦穿插僧尼之間互有曖昧的情節，此二事相互牽連，偷情之舉悉皆敗露，一干人犯送官府究辦。

（二）同上，第三十九卷〈汪大尹火焚寶蓮寺〉

正文描寫寶蓮寺設子孫堂淨室以留宿求嗣的婦女，待夜至，以佛送子爲名而姦淫這些婦女。此不法之行遭汪大尹查獲，大尹於是斬首和尚百餘人，並且火燒寶蓮寺。

除了上述兩則故事，《三言》裡仍有不少惡僧淫尼的角色，這些人或爲淫媒、或謀財害命。〔註14〕我個人認爲作者不僅以此反映明代社會的黑暗面，而且對宗教的禁欲主義也有所質疑。〔註15〕在〈赫大卿遺恨鴛鴦縧〉與〈汪大尹火焚寶蓮寺〉裡所呈現的是僧尼違戒偷情淫佚的醜聞，何以佛門淨地弄出這等無德無行之舉？當然，其中必有緣故。以下即爲吾人之分析說明：

嚴格來說，男女出家爲僧爲尼，是必須通過政府批准和考試的，合格者才能於受戒時領取政府和寺廟所發的受書，即度牒與戒牒。這些僧尼帶著度牒戒牒，才可出外遊方或掛單，並有資格到其他寺院裡去參學和居住。明太

關東，日夜啼泣，欲立其子代太子。」至高祖崩後，呂后遂斷戚夫人手足，去眼，煇耳，飲瘖藥，使居廁中。由此可見後宮爭寵的黑暗面之駭人。

〔註13〕海陵貴妃定哥望見海陵與他妃同輦從樓下過，號呼求去，詛罵海陵，海陵佯爲不聞而去。定哥益無聊賴，欲復與家奴乞兒通，於是使尼以大籃盛乞兒載入宮中十餘日，定哥得恣情歡謔，喜出望外。

〔註14〕例如：《喻世明言》第四卷〈閑雲庵阮三償冤債〉裡爲阮三和玉蘭穿針引線的尼姑王守長，以及《醒世恆言》第二十二卷〈張淑兒巧智脫楊生〉中一群殺人劫財的和尚等。

〔註15〕西方文學亦有相關的作品探討宗教禁欲思想與人性本能的衝突。如澳大利亞作家馬佳露所寫的《刺鳥》（The Thorn Birds）。

祖在晚年還特別頒布《申明佛教榜冊》，規定佛教徒分門別類、各歸本宗。又命令各府州縣的僧官，〔註16〕就地調查雜處於民間的僧人實數，把他們集中起來居住。為了防止僧俗混淆，還一度下令禁止俗人進入寺院，同時禁止僧侶和世俗生活接觸。然而，由於這套管理手法太緊瑣，故不得不中輟。也因為國家集中管理的規定形同虛設，民間私自度僧的現象激增，遂造成僧尼人數氾濫，〔註17〕如此一來，單純的寺院與尼姑庵竟日趨複雜了。

寺院和尼庵之所以複雜，一般而言，是因為僧尼的素質參差不齊，除了自願潛心修持、弘法的僧眾，其成員之來源還有：

1. 逃免徭役、徵斂而出家者

唐代中葉以來，徭役日重。《資治通鑑》卷二一一〈唐紀·玄宗開元二年〉載：

> 富戶強丁多削髮以避徭役，所在充滿。

也就是說人們將寺院當作逃避徭役、徵斂的地方，出家修行本非初衷。唐代以後的宋亦產生相同情況。〔註18〕

2. 為避禍而出家者

遼、金皆為奴隸制的農業社會，在進據中原以後，他們一方面吸取漢族文化，向封建社會邁進，一方面擄掠漢族人民以為奴隸。但受俘的僧尼並不作為奴隸，遼、金人還建立寺院使居之。因而有許多被擄掠的平民便喬裝為僧人，以免於淪為奴隸。

3. 為求生計而出家者

明清兩代統治極嚴，人民在殘酷壓迫和剝削之下求告無門，於是消極地走上求神拜佛的道路。特別是佛教的寺院土地日益擴大，出家的制度吸引著人民。人民在飢寒交迫的情形下，一經出家為僧尼，生活上的問題立刻得到

〔註16〕僧官，是封建社會中由朝廷任命管理僧尼事務的僧人。其職責包括：（一）調查天下僧侶的人數，以製作僧侶名冊「周知冊」，以便統括全般教門。（二）寺院的住持若有出缺，即應推薦德行高者，經過考試之後決定任用。（三）未具度牒的僧人，通過考試發給度牒。（四）約束天下僧眾，嚴守戒律，闡揚教法；對違反戒律者，經調查後予以處置。

〔註17〕關於僧尼之資格取得與政府統領寺院之法則，可參閱何云《佛教文化百問》、業露華《佛教歷史百問》、謙田茂雄《簡明中國佛教史》（又稱《中國佛教史》）、釋聖嚴《明末中國佛教之研究》以及中國佛教協會所編的《中國佛教漫談》。

〔註18〕參見《中國佛教漫談》第四篇〈宋元明清的佛教〉。

解決。〔註19〕

4. 為非作歹卻藏身寺院者

明代僧人圓澄敘述他親眼目睹寺院裡的景像：

> 或為打劫事露而為僧者，或牢獄脫逃而為僧者，或悖逆父母而為僧
> 者，……或為負債無還而為僧者……。〔註20〕

由此可見明代佛教現實、黑暗的面貌；清修之地反而變成罪惡的逋逃藪。

5. 父母遣送子女出家者

法顯是中國西行求法的高僧之一，大師俗姓龔，東晉平陽人，本有三位
兄長，卻先後夭折。其父深恐法顯也步哥哥們的後塵，於是在他三歲時，即
叫他剃度出家，作個小沙彌（見《高僧傳》）。

原來，民俗多藉出家以消災延壽，因此有部分為人父母者便把幼稚的子
女遣送出家。當然，這些年幼的孩童並不了瞭出家的真諦。

釐清這些僧尼未出家前的背景及其出家的原因後，就不難理解空照何以
是個「真念佛假修行，愛風月嫌冷清，怨恨出家」的女尼，去非何以是個不
學好的野和尚了。非出自真心修持而藏身於寺廟尼庵者，不過是個披著宗教
外衣的偽君子，若真是做出傷風敗俗之事亦不足為奇。故事裡的赫大卿酷愛
聲色，又聞得非空庵內女尼標緻，在好奇與色心的驅使之下逕自前往，果然
就與空照、靜真一拍即合，三人完全沈溺於肉欲橫流，最後終究走上了不歸
路。而寶蓮寺的和尚更是十惡不赦，他們假借佛祖名義欺淫求子心切的婦女，
以致於害人性命、毀人家庭，衍生出許多社會悲劇。

此外，一些被父母遣送為僧尼者、或自幼生長於寺院者，成為佛界大師
有之；起了思凡之心亦有之。以下彈詞二則即是女尼戀愛、生子的故事：

> 紹興南門外漓渚地方，有尼庵曰隔塵。崇巖古木，竹徑小橋，頗饒
> 幽趣。尼眾五、六人，不藉檀施，耕桑自食。老尼若木，持戒律甚
> 嚴，眾咸遵其準繩，不敢肆。其徒孫名慧音，年十六、七矣，姿容
> 極麗，且能識字讀書，經典詩詞，無弗諳者。若木恐其誨淫，不令
> 出門，惟事焚修，親瀚墨而已。城中東武山下朱生綺圓者，……生
> 未冠游庠，有別業在漓渚，因讀書其中。……別業與尼庵相隔僅百

〔註19〕同上。
〔註20〕圓澄之語轉引自何云《佛教文化百問》，頁144。

步，生暇時往游，若木以其爲貴公子也，不敢拒。來往既頻，漸與
慧音浹洽。慧音常出詩稿就正之，生爲之評點。彼此唱和，遂訂同
心。生贈以玉魚，欲相親而未有間也。一日，若木省老母病，相距
五、六十里，約明日始回庵。慧音遂于日間潛赴生所，諧凤願焉。
〔註21〕

《玉蜻蜓》述蘇州申貴生遊虎邱法華庵，與庵尼志貞通，私生一子
名元宰，爲徐姓所得，由徐氏撫養成人，狀元及第，官拜文淵閣大
學士，後卒歸宗還申姓。……。〔註22〕

對於這兩則彈詞內容，我個人有兩點感想：

（1）非志願出家者，寺院尼庵的住持不應勉強之

小尼姑慧音年僅十六、七歲，依照常理而言，如此年輕之輩猶未經歲月、
人生嚴苛的歷練，何以會勘破紅塵，遁入佛門？想必是自幼長於尼庵，故而
成了小尼。其次，若木甚懼慧音誨淫壞了清規，可見慧音並非天生即具佛門
慧根，若木強之爲尼實是不智，更誤了慧音一生。

（2）從尼姑之子狀元及第的結局來看，民間已接納申生與志貞的愛情

中國佛教制度要求出家皈依佛、皈依法、皈依僧者皆必須嚴格遵守不殺、
不盜、不淫、不妄語、不兩舌、不惡口、不綺語、不飲酒、不非食、不塗香
裝飾、不自歌舞也不觀聽歌舞、不坐臥高廣床位、不接受金銀象馬等財寶，
除衣、鉢、剃刀、濾水囊、縫衣針等必須用品外不蓄私產、不做買賣、不算
命看相、不詐示神奇、不禁閉和掠奪威嚇他人等等以及其他戒律。簡言之，
即斬斷五欲—色、聲、香、味、觸的煩惱，以脫離老病死的束縛，進而求清
涼解脫的大道、普渡眾生。反過來說，若無法徹底覺悟，那麼要完全平息人
類與生俱來的大欲，尤其是情欲，自然便成爲僧尼修持的最大難題與考驗。
禁欲本來就是違反人性的，沒有超拔特出的資質和清心，的確很難捨俗出家，
更遑論要立身弘法、度化世人了。

民間百姓喜歡傳誦動人的愛情故事，他們認爲眞摯的感情比成聖成佛來
得重要，因此，他們替那些被愛所困、爲環境所逼而不能結合的有情人抱不
平。所以，民間爲慧音、志貞者彈唱出同情之音，藉此彌補遺憾，這也是民

〔註21〕見譚正璧等蒐集之《評彈通考》，頁 182、183、185 及 186。
〔註22〕同上。

間文學可愛之處。

　　佛門畢竟是神聖的殿堂，任何人都不應汙蔑它。一些披著宗教外衣假以行騙、淫亂世人的惡僧惡尼常見於小說之中，他們不僅是佛門的叛徒，也是社會的敗類。而若在出家後察覺自己不適於禮佛、長伴青燈，即應請求還俗，如同〈汪大尹火焚寶蓮寺〉入話裡的至慧和尚〔註 23〕也要以平常心接納這些還俗之士，好讓他們活得有尊嚴、活得坦然自在。

〔註23〕至慧乃杭州金山寺僧人，自幼出家，積資富裕。後來動了情欲之念，於是還俗蓄髮娶妻，孰料不上三年，癆瘵而死。

第四章 《三言》所反映的婚姻觀

    《三言》裡寫了許多關於婚姻方面的故事與情節，其呈現反映的婚姻觀念如下：

第一節 傳統的婚姻觀

    本節要探討的傳統婚姻觀即是中國人從古至今對婚姻制度、婚姻生活、婚姻態度等方面所抱持的刻板觀點：

一、擇婿、擇媳之條件

    「父母之命、媒妁之言」是婚姻的一般原則；也就是說父母長輩多以婚姻過來人的身分為子女、晚輩們挑選結婚的對象，其擇婿、擇媳的標準，首先考慮的是現實的溫飽問題而不是抽象的愛情。因此，議婚對頭的經濟能力便是父母長輩最關心的重點，其次則是社會地位與人才外貌。

（一）經濟能力

    《醒世恆言》第三十卷〈李汧公窮邸遇俠客〉中的房德依靠渾家貝氏紡織維生，一日夫妻倆為了兩疋布吵嘴；貝氏心裡埋怨父母把她嫁錯了人，於是罵道：

> 老大一個漢子沒處尋飯喫，靠著女人過日，如今連衣服都要在老娘
> 身上出豁，說出來可不羞麼？

房德只得老著臉，低聲下氣說：

> 娘子一向深虧你的氣力，感激不盡，但目下雖是落薄，少不得有好

　　的日子，權借這布與我，後來發跡時，大大報你的情罷。

貝氏搖手道：

　　你的甜話兒，哄得我多年了，信不過……。

又《喻世明言》第二十二卷〈木棉庵鄭虎臣報冤〉裡的胡氏，其丈夫王小四家貧且無賴，故將她賣人爲妾。以及第二十七卷〈金玉奴棒打薄情郎〉入話的買臣妻因窮困而求去。

　　由此三則故事可見貧賤夫妻的悲哀；也反襯出經濟基礎對於婚姻之維繫的重要性。所以，經濟財力遂成爲父母替女兒擇偶時的先決條件。《三言》中明白指出冀求富家青年爲婿的篇章有：

1. 《喻世明言》第三十七卷〈梁武帝累修歸極樂〉

　　這縣裡有個童太尉，見復仁聰明俊秀，又見黃家數百萬錢；有個女兒與復仁同年，使媒人來説，要把女兒許聘與復仁。

2. 《醒世恆言》第一卷〈兩縣令競義婚孤女〉入話

　　潘百萬是個暴富，家事日盛一日。王奉忽起一個不良之心，想道：「蕭家甚窮，女婿又醜；潘家又富，女婿又標致，何不把瓊英、瓊眞暗地兒轉，誰人知道？也不教親生女兒在窮漢家受苦。」主意已定，到臨嫁之時，將瓊眞充作姪女，嫁與潘家；哥哥所遺衣飾庄田之類，都把他去。卻將瓊英反爲己女，嫁與那飛天夜叉爲配……。

3. 同上，第十卷〈劉小官雌雄兄弟〉

　　那鎮上有幾個富家，見二子家業日裕，少年未娶，都央媒來與之議姻。

4. 同上，第十四卷〈鬧樊樓多情周勝仙〉

　　周大郎聽說雙眼圓睜，看著媽媽罵道：「打脊老賤人，得誰言語，擅便說親，他高殺也只是個開酒店的，我女兒怕沒大戶人家對親，卻許著他……。」

原來，周勝仙與范二郎一見鐘情，兩人經由王婆作媒訂下婚約，不料周父（大郎）返家後得知這門親事卻不應允，[註1] 並大罵周媽媽，勝仙獲悉此言，竟

〔註 1〕 蘇冰、魏林在《中國婚姻史》引用《朱子大全續集》的說法：「……父母俱在，且爲子女婚姻發生意向衝突時，禮俗則以父親意見爲是，至元代依然。元律規定，母主持定婚，父得撤銷之。例如，《通制條格》載：有人向田姓官員夫人處下財禮，聘定其女爲子媳，田姓官員知道後不同意，另將女許與他人，引起訴訟，官府以田夫人事前未曾知問其夫爲由，依律判令原告解除婚約。

氣煞了性命。周家埋了勝仙，朱眞便趁夜半盜取其陪葬財物，又見那女孩兒白淨身體，朱眞這歹人淫心頓起，按捺不住，姦了勝仙。此時勝仙竟然睜開眼睛，還了魂魄。後來，勝仙被朱眞拐騙藏于家中；一日勝仙藉機逃走，欲見范二郎一面，然而卻遭二郎誤作鬼魅，用湯桶打著了太陽穴，可憐那多情女子果眞一命歸了陰。

由於周父一味期望女兒嫁個有錢有勢的大戶人家，而不顧勝仙的感受，最後不僅拆散這對有情人，還讓勝仙賠上了性命。諸如此類的悲劇在現代亦時有所聞。

俗語說：「有錢能使鬼推磨」，金錢不但可以換取高層的社會地位，更能夠買得婚姻。爲了現實生活的考量，當兒女私情與「父母之命」發生衝突時，其結局則多服從父母而讓愛情譜下休止符。

（二）社會地位

《警世通言》第十一卷〈蘇知縣羅衫再合〉裡的徐繼祖連科中了二甲進士，除授中書，朝中大小官員見他少年老成，諸事歷練，甚相敬重；也有打聽他未娶而情願賠了錢，送女兒與他作親。最後，王尙書自行爲媒，將女兒許配給繼祖。

而二十卷〈計押番金鰻產禍〉裡的計安對其渾家說道：

> 我指望教這賤人〈指女兒〉去個官員府第，卻做出這般事來（指慶
> 奴與周三私通），……。

又《醒世恆言》第二十卷〈張廷秀逃生救父〉中的張文秀赴試得舉，返家拜見父母之際，那親鄰慶賀，賓客塡門，對文秀奉承不已。更有富世豪門情願送千金禮物，聘他爲婿。

所謂的官員府第，諸如徐繼祖、張文秀擁有朝廷命官身分者，皆是令人欣羨的上流社會人物，當然也是父母長輩眼中的乘龍佳婿。他們情願陪上千金妝奩，但求女兒能夠夫榮妻貴，也是人情之常。現代有些父母資助醫學院學生完成學業，再把女兒嫁他，並且替女婿開業，成立醫院。由此可見，父母愛女心切，古今皆然。

（三）人才相貌

美好的外貌與聰敏的才華人人欲得，但是這天賦的面容、資質卻不是每

男性家長的優先主婚權利得到肯定和維護。

個人都有的；正因爲如此，具備了此雙重特質者便成爲「婚姻市場」中另一種搶手的對象。在《三言》故事情節裡，一些有產業、名望的富家官人可以不論對方聘禮厚薄，甚至賠些妝奩把女兒嫁去也情願，就是爲求得那才貌兼全的女婿。例如：

1. 《喻世明言》第二十一卷〈臨安里錢婆留發跡〉

　　再說婆留到十七、八歲時，頂冠束髮，長成一表人材，生得身長力大腰闊膀開，十八般武藝，不學自高，……。廖生……乃向婆留說道：「你骨法非常，必當大貴光前耀後，願好生自愛。」……鍾起才信道婆留是個異人。……鍾起將親女嫁與錢鏐（婆留）爲夫人。

2. 《警世通言》第三十六卷〈趙知縣火燒皂角林〉

　　卻說此鬼走至齊都，化爲書生，風姿絕世，才辯無雙，齊郡太守卻以女妻之。

3. 同上，第四十卷〈旌陽宮鐵樹鎮妖〉

　　卻說金陵丹陽郡，地名黃堂，有一女眞，字曰嬰，潛通至道，忘其甲子，不知幾百年歲，鄉人累世見之，齒髮不衰，皆以諶母呼之。一日，偶過市上，見一小兒伏地悲哭。問其來歷，説父母避亂而來，棄之於此，諶母憐其孤苦，遂收歸撫育。漸已長成，教他讀書，聰明出眾。天文地理，無所不通。有東鄰耆老，欲以女妻之……。使君見慎郎（蛟精）禮貌謙恭，丰姿美麗，琴棋書畫件件皆能，弓矢干戈般般慣熟，遂欲以女妻之。

4. 《醒世恆言》第七卷〈錢秀才錯占鳳凰儔〉

　　高贊見女兒人物整齊且又聰明，不肯將她配個平等之人，定要揀個讀書君子，才貌兼全的配他，聘禮厚薄倒也不論，若對頭好時就賠些妝奩嫁去，也自情願。

5. 同上，第二十卷〈張廷秀逃生救父〉

　　且說王員外次女玉姐年已十五，未有親事，做媒的絡繹不絕。王員外因是愛女，要擇個有才貌的女婿。不知說過多少人家，再沒有中意的。看見廷秀勤謹讀書，到有心要把他爲婿，……來對渾家商議，徐氏也愛廷秀人材出眾，又肯讀書，一力攛掇。……王員外笑道：「……他（指廷秀）雖是小家子出身，生得相貌堂堂，人材出眾，

　　況且又肯讀書，做的文字人人稱讚說有科甲之分……。」

除此之外，在第十一卷〈蘇小妹三難新郎〉裡，王安石爲兒子擇媳，但恐蘇
小妹容貌不揚，不中兒子之意，還特別密地差人打聽。而那訪事的回復荊公
說：

　　蘇小姐才調委實高絕，若論容貌，也只平常。

荊公於是將婚事擱置不提；由此可見「外貌」左右婚姻成功與否的力量之大。

　　就上述這些擇婿擇媳的條件與情形來看，我個人認爲可歸納出幾個現象：

　　（1）精怪幻變成才子美女與人類爲偶，正是利用人性愛美惡醜的弱點；
　　　　而此以貌取人式的婚姻往往就以悲劇收場。例如：齊郡太守的狸鬼
　　　　女婿死於蠻太守刀下，賈使君之女險被蛟精同化，其所生三子亦是
　　　　小蛟，最後爲眞君斬誅。

　　（2）爲了求財力豐厚、有社會地位或人品出眾的佳婿，女方的父母長輩
　　　　皆主動向男方提親，而此行徑已跳脫男家派媒往女家表示求婚意向
　　　　的傳統，也反映出父母長輩替女兒求好歸宿之心切。

　　（3）狀元及第、金榜題名可以打破門第觀念。例如：張文秀本出身於木
　　　　匠家庭，然而當他考取了功名之後，許多富室豪門競相求他爲婿。
　　　　人情之現實由此得見；換言之，下層社會百姓要晉升其地位，科舉
　　　　制度便是他們唯一的出路。

　　父母長輩爲子女設想將來，希望子女能夠生活無慮；雖然人人都想找個
好對象，但是門第之限也不是沒有。「門當戶對」〔註2〕的觀念一直是婚姻中
最直接的考量因素，其主導聯姻與否之份量舉足輕重是無人能否認的。《三言》
故事裡因一方家道中落而悔婚的情節正好說明門第觀念影響婚姻的程度：

1.《喻世明言》第二卷〈陳御史巧勘金釵鈿〉

　　正文敘魯學會與顧家小姐阿秀自幼訂婚，後來魯家衰敗，無力行聘，顧
父遂有悔親之意。顧父道：

　　魯家一貧如洗，眼見得交六禮難備，婚娶無期，不若別求良姻，庶

〔註2〕門當戶對的觀念自古以來即爲不同等級的社會所接受，而人們也不斷地貫徹
　　　　執行著此一聯姻原則。秦漢以前的婚姻已相當重視對方之出身；至秦漢之際
　　　　在禮俗上亦反對良賤爲婚。魏晉南北朝時就明令良賤、士庶不相通婚，將婚
　　　　姻極端等級化；隋唐則承襲前律把良賤、士庶聯姻劃入成婚禁區。入宋之後，
　　　　士庶結姻就相當普遍，民俗更是「不顧門戶，直求資財」。然而至明朝時，官
　　　　方又重審禁制，良賤成婚者須杖打並離異。清律循該例。

不誤女兒終身之托。

又道：

> 只差人去說男長女大，催他行禮，兩邊都是宦家，各有體面，說不
> 得沒有兩個字，也要出得他的門，入得我的戶，那窮鬼自知無力，
> 必然情願退親。我就要了他休書，卻不一刀兩斷。

然而，小姐阿秀不肯背信棄盟，其母孟氏乃密約學會至家，欲贈他金、帛作
聘。不料魯公子之表兄梁尚賓假冒其身分到了顧家，逼姦小姐，騙去錢財。
待學會至顧家，一切真相大白，阿秀羞憤自縊。

　　這一樁因父親欲悔親而發生陰錯陽差的不幸悲劇，使得無辜的子女成了
「門當戶對」、「要求體面」觀念下的犧牲品。

　　2. 《警世通言》第十七卷〈鈍秀才一朝交泰〉

　　故事情節之一如下：

　　馬任，表字德稱，文章蓋世，名譽過人。里中富家黃勝見其人材出眾，
將來必大有可為，遂將親妹六瑛許與德稱為婚。後來，馬氏家道中落，黃勝
避之猶恐不及；甚而朝夕勒逼六瑛改聘。所幸六瑛貞烈，自誓不二夫。最後，
六瑛終與德稱結成夫妻，並受封為一品夫人。

　　3. 同上，第二十五卷〈桂員外途窮懺悔〉

　　正文寫桂遷因得施濟之助而致富。施桂二家女主人並互約指腹為婚；後
來施家不幸衰落，桂母孫氏因而悔婚。桂家忘恩負義之舉使得孫氏、桂遷二
子死後轉生為施家之犬，以踐自謂犬馬之報的誓言。桂遷恍悟懺悔，於是帶
著女兒前往施家再續姻約，然而施還堅辭（此時施還已婚）。最後乃由施還
岳父支翁促成美事；桂女雖與施還有婚約先於支女，但其母悔婚在前，故反
為側室。

　　4. 《醒世恆言》第二十五卷〈獨孤生歸途鬧夢〉

　　故事情節之一是這樣的：

　　獨孤及替兒子遐叔聘白行簡之女娟娟為妻。豈料遐叔父母連喪，丈人丈
母亦相繼棄世；功名未遂，家事日漸零落。娟娟之兄白長吉見此，就要賴他
的婚姻，將妹子另配安陵富家。幸虧娟娟是個剛毅女子，截髮自誓，不肯改
節；白長吉強她不過，只得嫁與遐叔。

　　除了因為一方家道式微而悔婚之外，造成解除婚約的因素還有：

（1）其中一方生死不明

《醒世恆言》第五卷〈大樹坡義虎送親〉敘述勤自勵幼年即由父母聘定林潮音為妻，後來自勵從軍三年卻杳無音訊，潮音之母梁氏因而想要悔婚。林氏夫婦於是詿騙女兒勤郎已死，欲替她另擇人家，潮音不肯，但又拗爹娘不過；心生一計，與父母約守三年之制，以畢夫妻之情。父母若不允許此事，寧甘一死，決不從改嫁之命。林氏夫婦不得已只好答應女兒的要求。然而三年過去，仍不見自勵歸來；林氏夫婦又開始尋人議親，最後計誘女兒上轎，將她嫁與李家三舍人。此時，中途跳出一隻嘗為自勵所救的大虎，銜走了潮音而使得小夫妻二人團圓。

（2）其中一方染上惡疾

同上，第九卷〈陳多壽生死夫妻〉裡的多壽得了癩疾，形容改變，弄得不像模樣且一身惡臭。與之有婚姻的朱家聞知女婿染了怪病，遂有悔親之意。而陳家也頗能體會女家心情，因此允諾退還庚帖。但是女主角多福卻不願退婚而執意要與多壽同生共死。嫁到陳家，服侍丈夫三年；多壽不忍心耽誤妻子的青春，於是買好砒霜就此了結殘生，多福見狀亦服毒自盡。最後，夫妻兩人同時獲救，多壽之疾也漸漸痊癒，並且科舉及第。多福多壽十分恩愛，生下兒女一雙，盡老百年告終。

在上述的故事、情節當中，無論是因為門第不相稱、或是因對方生死不明、疾病纏身而要求退婚，皆是為人父母長輩者基於現實生活問題的考量而做下的決定。而且據我個人對此類情節的觀察分析，其中有兩個現象可以說明婚姻的「現實面」與「實際性」：

1. 只重門第利益等條件而結為親家者，其發生嫌貧愛富的悔婚機率也較高，這種「以利合者，利斷則恩盡」式的婚姻與一般的交易買賣並無兩樣。

2. 在這些悔婚事件中，父母長輩們為了女兒的將來、家族之體面，他們完全無視「好人家女子不喫兩家茶」、「一女不更二夫」這類的觀念，一心一意就希望能夠覓得有錢有勢的乘龍快婿。換言之，對一些婚姻過來人而言，擁有衣食無虞的生活要比守信、守貞實際許多了。

此外，在《三言》故事裡尚有岳父唯恐染病的女婿拖累女兒，而狠心騙逐之，例：《警世通言》第二十二卷〈宋小官團圓破氈笠〉。還有不欲女兒步其守寡後塵，而將兒子改扮成女子代姐嫁給身罹重病的夫婿，例：《醒世恆言》

第八卷〈喬太守亂點鴛鴦譜〉的孫寡婦。由此可見父母愛護子女的心情，他們做出假扮新娘甚至不合道義之事，一切都是為了子女的幸福著想。

二、士人的婚姻觀─功成名就，再論婚姻

對男性而言，其事業成就要比婚姻來得重要，《醒世恆言》第三十二卷〈黃秀才徼靈玉馬墜〉裡胡僧告訴黃秀才說：

> 大丈夫以致身青雲，顯宗揚名為本，此事（指婚姻）須於成名之後，從容及之。

而故事之結局亦寫黃生功成名就，終得佳人為配。

又第二十八卷〈吳衙內鄰舟赴約〉敘述吳彥日夜攻書，至京應試果然金榜題名，在此同時也擇吉迎娶妻子過門。

此二則故事除了描寫動人的堅貞情愛之外，特別值得注意的是作者點出一般讀書人的事業觀與婚姻觀。讀書人之所以求取功名，固然是為了光宗耀祖、治國淑世，而其安定的職務、高階的身分更是女方家長爭相許婚的對象。諸如此類之例可見《警世通言》第十一卷〈蘇知縣羅衫再合〉、《醒世恆言》第二十卷〈張廷秀逃生救父〉以及其他民間戲曲故事。因此，只要一日躋身士族，就不愁沒有嬌妻美眷為偶；故「功成名就、再論婚姻」是有其道理的，當然此一模式也成了士人婚姻觀念裡的定則。

三、蓄妾的觀念

妻妾成群的觀念在中國古代婚姻制度裡即是司空見慣之事，父權社會允許男性納妾嫖妓，並且要求為人妻者接受這種不平等待遇的婚姻生活、不干涉丈夫尋花問柳、坐擁姬妾。

關於蓄妾之觀念，我個人認為可以分成三個方面來談：〔註3〕

（一）為求子嗣而蓄妾

婚姻之意義在於繁衍後世子孫、興旺家族，這是中國社會亙古不變的想法；〔註4〕也由於子嗣觀念太深，男性蓄妾便有了冠冕堂皇的藉口。〔註5〕

〔註3〕蔡獻榮以為中國多妻制度發生的主因是：（一）母系制的崩壞與男權的伸張；（二）部族戰爭與奴隸使用的結果；（三）子嗣觀念的影響；（四）特殊階級的縱慾。見其〈中國多妻制度的起源〉。

〔註4〕中國自古還有所謂兼祧並娶的風俗，此俗即是一子兼祧兩房，本房及兼祧之

　　《三言》篇章中對此現象亦予以詳述：

1. 《喻世明言》第二十二卷〈木棉庵鄭虎臣報冤〉
　　其情節之一乃描寫官人賈涉看那胡氏是個福相，心下躊躇道：

> 吾今壯年無子，若得此婦為妾，心滿意足矣。

遂與胡氏之夫王小四交易，以四十兩銀買娶胡氏。其妻唐氏見丈夫討了小老婆怒不可遏；當下胡氏已有三個月的身孕，唐氏思想道：

> 丈夫向來無子，若小賤人生子，必然寵用。那時我就爭他不過了；
> 我就是養得出孩兒，也讓他做哥哥，日後要被他欺悔。不如及早除
> 了禍根方妙。

唐氏於是百般刁難胡氏，尋盡理由將她毒打一頓，並令其留待婢隊，燒茶煮飯、掃地揩檯、舖床疊被樣樣皆須打理。又禁住丈夫不許與她睡；每日打罵胡氏，就想叫她流產。後來，賈涉為保住子嗣，於是求助陳履常，履常因而藉故向唐氏要得胡氏到陳府相幫襯，此事正合其意，胡氏才得以脫離魔掌，安然生下孩子。

　　最後，唐氏知悉實情便要丈夫將胡氏嫁出，方許把小孩兒領回。賈涉聽說嫁出胡氏一件倒也罷了，單只怕領回兒子被唐氏故意謀害，或是絕其乳食。於是就把孩子送交哥哥賈濡代為撫養；而可憐的胡氏在離了丈夫又失去孩子的情況下，迫嫁給一位石匠。

2. 同上，第四十卷〈沈小霞相會出師表〉
　　沈小霞指著小妾聞淑女對娘子孟氏說道：

> 奈我三十無子，他卻有兩個半月的身孕，他日倘生得一男，也不絕
> 了沈氏香煙。娘子你看我平日夫妻面上一發帶他到丈人家去住幾
> 時，等待十月滿足，生下或男或女，那時憑你發遣他去便了。

3. 《醒世恆言》第十九卷〈白玉孃忍苦成夫〉
　　故事敘述程鵬舉和白玉孃皆為元朝元帥兀良哈歹部下張萬戶所擄，程、白二人留作奴僕，並配為夫婦。玉孃洞悉鵬舉的心思，就要他逃歸以覓顯祖揚宗之途。豈料鵬舉懷疑玉孃受張萬戶指使來試探其意，因而上報張萬戶說明玉孃

房都給他娶妻。二妻在名份上並無大小之別，所生之子則各承宗祧，各繼財產。由此可見中國人對子孫之重視，多子多孫最好不過了。

〔註5〕該藉口理由充分，還有官方律令支持。案明律：「年四十以上無子者方聽娶妾」。

所言之事；張欲吊打玉孃，幸得張夫人說情得免。過了三日，玉孃又勸鵬舉，鵬舉再次稟告張萬戶，玉孃於是被賣爲婢，鵬舉始知玉孃之真心。在他們夫妻離別之際，玉孃與鵬舉互換繡鞋舊履，相約若能重逢，即以此爲證。

後來，玉孃被賣給了顧大郎做偏房；顧大郎之妻和氏盼玉孃替顧家傳宗接代，因此百般撮合丈夫和玉孃成其好事。但是，玉孃堅心守志，不違與萬里期約之誓，顧氏夫婦祇得放棄買妾生子的念頭。一年後，玉孃以自織布匹贖了身，便至南城曇花庵爲尼。最後，相別二十餘載的玉孃與鵬舉終於團圓，玉孃得知丈夫沒有再娶，又因自己年長料難生育，故而爲丈夫廣置姬妾，程參政（指鵬舉）遂得兩子。

4. 同上，第三十三卷〈十五貫戲言成巧〉

情節之一即敘述劉貴渾家無子嗣，因而又娶下一個小娘子—陳二姐。二姐與大娘兩人倒是和平相處，相安無事。

5. 同上，第三十六卷〈蔡瑞虹忍辱報仇〉

通篇故事曲折感人，其中穿插朱源無嗣而納娶瑞虹爲妾生子之情節：

朱源是個盛德君子，年紀四旬之外，尚無子嗣，娘子幾遍勸他娶個偏房，朱源即以功名淹蹇無意于此來推辭，就連同年曉得他沒有兒子亦苦勸他娶妾，朱源聽眾人勸說，始有意尋個小妾。一些媒婆互相傳言，便找來若干女子要請朱源揀擇，無奈皆不中意。後來見過瑞虹，心中十分歡喜，於是央媒行聘娶親。洞房之際，朱源殷勤慰解瑞虹，瑞虹竟全然不理，但是朱源並毫無慍怒之色；瑞虹見狀愈覺朱源厚道，遂將胡悅以她爲餌的騙婚歹計說與朱源知悉。最後，朱源不計瑞虹過往遭遇，對她百般疼惜，兩人彼此相敬相愛，並且生下一子。

從上述幾則事件，我們很明顯地看到中國人對子嗣重視的程度。爲人妻而無法生育者就必須替丈夫尋姬覓妾，找個偏房好讓夫家得以傳宗接代。其次，再檢視唐氏的一番話，可見子嗣的有無左右了婦女在家庭中的地位；因此，女性爲了維持婚姻，鞏固自己在家族裡的身分，於是就想盡辦法要生個兒子，而且最好生個嫡長子。

由於子嗣觀念太強、太深，難免也衍生出不少悲劇，《醒世恆言》第三十九卷〈汪大尹火焚寶蓮寺〉的故事即是一例。惡僧神棍利用婦女求子心切，假託佛祖送子之名留宿祈嗣婦女，並趁半夜姦淫之。此不法無恥之行爆發後，凡曾在寶蓮寺求子後而生兒育女者，丈夫皆不肯認，大者逐出，小者溺死；

婦女因而懷羞自縊者更不在少數。這種慘絕人寰之事皆由求嗣而引起，許多家庭、婚姻就此崩壞破裂。值得令人深思的是，該事件其實正突顯出古代女性的無辜與不幸；已婚婦女經年不孕，除了自己本身先天性無法生育之外，丈夫也可能沒有生殖能力。然而，在醫學知識不發達的古代，女性就成了可憐的「代罪羔羊」，不是一天到晚求神拜佛盼個子嗣，就是讓丈夫廣置姬妾、尋花問柳。以「寶蓮寺事件」來看，婦女於寺院留宿，遭淫僧輕薄之後，多有人因而產子，由此可推測不孕者應是另一半而不是自己。但是這些無辜的女人卻無從辯白，她們和孩子都成了子嗣觀念下的犧牲者。

（二）貪戀美色而蓄妾

自古以來，美色人皆愛之，父權社會給予男性多偶的自由，所以因為貪戀美色而蓄妾者難計其數，《三言》故事裡即有：

1. 《喻世明言》第十卷〈滕大尹鬼斷家私〉

話說明朝永樂年間北直順天府香河縣，有個倪太守，雙名守謙，字益之。家累千家，肥田美宅。夫人陳氏單生一子，名曰善繼，長大婚娶之後，陳夫人身故。倪太守罷官鰥居，雖然年老，只落得精神健旺，凡收租放債之事，件件關心，不肯安閒享用。每年十月間，倪太守就親往庄上收租。整月的住下，庄戶人家肥雞美酒儘他受用。某年又去住了幾日，偶然一日午後無事，繞庄閒步，觀看野景，忽然見一女子同著一個白髮婆子在溪邊石上搗衣。那女子雖然村粧打扮，卻頗有幾分姿色。倪太守當時老興勃發，看得呆了。於是喚來管庄教他訪那女子曾否許人，若是不曾訂親，就要娶她為妾。後來老太守果然和這位女子梅氏成婚；也由於梅氏生了一子，因而引來長子善繼與之計較家產的糾紛。最後，經滕太尹巧斷審判，該案終告平息。

2. 《警世通言》第二十四卷〈玉堂春落難逢夫〉

山西平陽府洪同縣有個商人沈洪，久聞玉堂春大名，特來相訪。然而玉堂春與公子王景隆相愛，早已為公子守身而不願接客。那老鴇見沈洪有錢，於是把翠香打扮當作玉姐，相交數日，沈洪方知不是而苦求一見。後來在丫頭安排之下，沈洪得見玉姐一面，自此朝思暮想，廢寢忘食。最後以千金央求老鴇，騙娶玉姐歸家，還惹來妻子皮氏滿腹不悅。（詳見第三章第一節）

3. 《醒世恆言》第三十六卷〈蔡瑞虹忍辱報仇〉

在瑞虹嫁與朱源為妾之前，瑞虹嘗二度做人小妾。原來瑞虹全家遇劫，

惡徒陳小四逼姦瑞虹並欲殺她滅口。幸虧瑞虹死裡逃生，被商人卜福救起，不料卜福心懷不良之念，遂以代其申冤為藉口，要瑞虹嫁她為妾。瑞虹在此不得已的情況下，只好忍辱屈從。卻說卜福原有老婆，是個拮酸的領袖，喫醋的班頭，卜福平時極是懼內，因而不敢引瑞虹歸家，於是只得另尋所在安置，而且還叮囑手下不許洩漏此事。誰知那婆娘甚是厲害，獲悉丈夫金屋藏嬌，怒氣沖天；一日便把卜福灌醉，反鎖在家，而暗中賣了瑞虹。後來，瑞虹又遭胡悅欺騙；這位貪愛絕色麗人的胡爺有位做太守的親戚，瑞虹以為胡悅真能替她洗刷冤屈，所以就隨他返家。胡妻見丈夫娶個美人回來，好生妒忌，時常廝鬧，瑞虹也不與她爭辯，也不要胡悅進房，這婆娘方纔稍解。

（三）羈旅行商在外而納妾

古人為仕、行商，往往遠離家鄉，又為種種因素而不能攜家帶眷；所以只得隻身在外，而由妻子留家侍奉公婆、照顧子女。因此，這些官人們便可能在異地納妾，一來照料自己，二來得以解悶為伴。諸如此類之舉，可見：

1. 《警世通言》第二十卷〈計押番金鰻產禍〉

那計慶奴與戚青離了婚，返住娘家。一日，來個媒婆說親：

> 有個官人要小娘子，特地教老媳婦來說，見在家中安歇。他曾來宅
> 上喫酒，認得小娘子。他是高郵主簿，如今來這裡理會差遣，沒人
> 相伴，只是要帶歸宅裡去。卻不知押番肯也不肯？

原來，這位官人姓李名子由，單身來行在理會差遣，妻小都在家中。後來，子由討得慶奴，便如夫妻一般地恩恩愛愛。然而，好景不常，數月之後，家中恭人來信，催促子由返鄉。恭人一見慶奴，不由得妒火大燃。（參見本文第三章第一節）

2. 《醒世恆言》第三十三卷〈十五貫戲言成巧〉入話

入話描述魏鵬舉上京應試，一舉成名後，修了一封家書，差人接取家眷入京，並告知因在京中早晚無人照管，所以討了一房小老婆，現在專候夫人到京，同享榮華。那渾家接到家書道：

> 官人直恁負恩，甫能得官，便娶了二夫人。

家僕向主母解釋未見此事，想是官人戲謔之言。而夫人也隨即覆了一封書信；那魏生接書拆開來看，信中並無一句閒言閒語，只道：

> 你在京中娶了一個小老婆，我在家中也嫁了一個小老公，早晚同赴

京師也。

魏鵬舉見了，也只道是夫人取笑的說話，全不在意。

　　此則入話雖是夫妻之間的戲言，但卻眞實地呈現出妻子深愛丈夫而不願與其他女人共事一夫的心理。〔註6〕無論是爲了求得子嗣或因好色、羈旅行商在外而蓄妾，這些能夠坐享齊人之福者大都是有錢、有地位的士紳、富豪；換言之，若要納得起姬妾，財、勢是必備的條件。此外，妻妾成群固然爲法律、社會所允許，但是其中卻隱藏著女性爭寵的風暴。就前述之故事來看，丈夫納妾多半是引起妻子不快，即使還未能替夫家生個一男半女的，也「醋象」環生。

　　中國歷來以妒爲女性的惡德，妒忌丈夫納妾嫖妓或因而爭風吃醋者就可能走上「七出」的命運。牛志平在〈唐代妒婦述論〉一文中一針見血道破妒婦的心理：

> 婦女的妒性，實質上是對丈夫的痴情、酷愛……她們不能容忍丈夫的多偶和妻妾同處的境遇，爲了維護自己的尊嚴和地位，爲了取得對丈夫的獨占權，不惜付出一切代價……。

所以，當丈夫寵妾甚過自己時，其妒恨的心情便逐漸升高，於是就想盡辦法、用盡手段來迫害這些婢妾，〔註7〕或拚命虐待，或將她們轉賣。然則，受虐者也並非完全是小妾；在中國封建家庭裡，嫡妻與媵妾之爭時有所聞，當媵妾得到恩寵時，嫡妻也難免受其凌虐。就是爲了滿足男人的多戀心理和生理，竟演成婦女自相摧殘的景況，這是古代女性的悲哀。因此，我個人認爲建立男女平等的婚姻制度才能消彌此類悲劇。〔註8〕而關於子嗣有無的問題，身爲

〔註6〕沈復《浮生六記‧坎坷記愁》嘗載沈父在客中（邗江），希望有一語音相通的妾侍，好侍奉起居生活。陳芸見得姚氏女後，沒有立刻稟告婆婆，而託言是鄰家女。待沈父要沈復來接取至邗江時，陳芸又聽別人意見，託言姚女早爲沈父所中意。婆婆得知此事，認爲陳芸撮合其翁納妾之事，又欺騙她，於是大爲不悅。陳芸也因而失姑之歡。由此可見丈夫納妾對大多數的妻子而言，是難以忍受的。

〔註7〕例《喻世明言》第三十七卷〈梁武帝累修歸極樂〉就描寫武帝正宮郗后妒忌皇上其所幸之宮人，並加以百般毒害。

〔註8〕牛志平說：「夫權社會對兩性極不平等的規定，也是產生妒婦的一個因素。古代婚姻是以『父母之命、媒妁之言』撮合而成的，婚前無愛情可言，婚後感情不和殆爲常事。爲此，婚姻法令片面地給男子提供了遺棄妻子的諸多理由，如約定成俗的所謂『七出』。妻子若犯了其中一條，丈夫即可名正言順地將她休掉，另求新歡，他們實在沒有什麼妒忌的必要。而女子則不然，『一與之齊，

現代人的我們則應當在婚前做好生殖能力的確認與檢查，此時議婚的男女雙方必須對子嗣觀念有共識的認同；假使其中一方不育，那麼，就要在感情和子嗣二者當中做一抉擇，結婚與否端賴這抉擇之結果，如此才能避免不幸的婚姻，或讓傷害降至最低。

四、女性的婚姻責任——社會、家族、丈夫對婦女的要求

父權主導著社會，女性因而必須服從各種規範與要求。在婚姻制度裡，女性除了管理家務與哺育子嗣之外，其身上所背負的婚姻責任還不少。

從《三言》故事中，可歸納出：

（一）管住不肖的丈夫

《醒世恆言》第十七卷〈張孝基陳留認舅〉敘過善替兒子過遷聘下方長者之女，待過遷年長後，就娶媳婦進門，為的是讓媳婦管住兒子。家人道：

> 如今年已長大，何不與他完了姻事，有娘子絆住身子，料必不想到
> 外邊遊蕩……。

不料過遷婚後竟然不改積習，反而變本加厲，索性棄妻離家。過善見兒子不肖又辜負了媳婦，於是在臨終前勸媳婦改嫁。方氏聞言大哭堅辭不二嫁，過善即道：

> 逆子總在，這等不肖，守之何益？

方氏答道：

> 妾夫雖不肖，妾志不可改，必欲奪妾之志，有死而已。

最後，過善女婿張孝基四處打探大舅消息，終於將過遷尋回，一家團圓。

（二）包容丈夫

丈夫有過，妻子要包容原諒，誠如過遷之妻誓死守節，等待浪子回頭。又例《喻世明言》第二十七卷〈金玉奴棒打薄情郎〉裡的玉奴重新接納曾經謀害於她的良人——莫稽。

莫稽原是個窮書生，只因玉奴那身為團頭的父親想要將女兒嫁他，好借此改變低賤門風，故不嫌棄莫稽家貧。而莫稽貪圖金家富足，既可因此而衣

終身不改』，『嫁雞隨雞，嫁狗隨狗』，沒有選擇的餘地。……女子在不平等的婚姻制度束縛下，萌發妒忌心理，並在丈夫和婢妾身上發其妒威並不難理解。這種妒性，一定意義上也可謂是對夫權社會婚姻不自主的消極反抗。」見其〈唐代妒婦論述〉（載於《中國婦女史論集續集》頁 63）。

食無慮，又可免費得個嬌妻，於是就入贅了金家。就在莫稽中舉及第之後，卻恥為團頭之婿，因而於赴任途中陡生惡念，將妻子玉奴推入江心。還好玉奴為淮西轉運使許德厚所救，才倖免於難。許公夫婦收玉奴為義女，並將她再許配莫稽，莫生欣喜若狂，以為攀龍附鳳就此前途似錦。最後于新婚之夜但見新娘本是舊妻，頓時羞愧萬分又磕頭謝罪。而玉奴終究原諒丈夫無情無義之行，二人和好如初。

再看白玉孃誠心勸勉丈夫求上進的苦心，卻換來良人的猜忌與懷疑。然而玉孃始終包容了丈夫一而再、再而三的不信任，真是難得的一位賢妻；也讓我深深替她抱屈。

反觀買臣妻就不若過遷、莫稽、程萬里一般幸運了。在中國傳統的婚姻觀念裡，為人妻者就要能寬待接納犯錯的丈夫，這是理所當然的。但是若自己有了閃失差錯，那麼很可能就難逃「七出」的惡運，甚至要因此感到羞愧而以死謝罪。我個人認為原已不公允的婚姻規範於此更張顯其不仁之處。

（三）要求婦女守節、相殉

古代的婦女在家從父，出嫁從夫，夫死從子，所以她們的想法、觀念無不受男權社會的影響；「非愛情昇華式」的守節相殉行為正是婦女「思想中毒」的表現。例如：嘉定宣氏，丈夫對她素來狂悖殘忍，宣氏卻晨夕恭敬奉侍。丈夫死了，她要以身相殉，別人勸她道：「你丈夫一貫對你不好，為何還要為他殉節呢？」宣氏嘆道：

> 我只知道自己要盡婦道，哪管丈夫賢與不賢，好與歹呢？〔註9〕

從宣氏之嘆可見她與丈夫並無深厚的感情，而此嘆息又包含了多少無力與無奈呢！

《三言》故事中的女性殉死、守節者亦不勝枚舉：

《喻世明言》：

　　第二卷〈陳御史巧勘金釵鈿〉的烈女阿秀

　　第四卷〈閒雲庵阮三償冤債〉的玉蘭

　　第十卷〈滕大尹鬼斷家私〉的梅氏

　　第二十卷〈陳從善梅嶺失渾家〉的張如春

　　第二十四卷〈楊思溫燕山逢故人〉的鄭夫人

〔註9〕此例轉引自顧鑒塘、顧鳴塘合著之《中國歷代婚姻與家庭》頁135。

　　　　第三十九卷〈汪信之一死救全家〉的張氏

　　　　第四十卷〈沈小霞相會出師表〉的孟氏

　　《警世通言》：

　　　　第十二卷〈范鰍兒雙鏡重圓〉的呂順哥

　　　　第十七卷〈鈍秀才一朝交泰〉的黃六瑛

　　　　第二十一卷〈趙太祖千里送京娘〉的趙京娘

　　　　第二十二卷〈宋小官團圓破氈笠〉的劉宜春

　　《醒世恆言》：

　　　　第五卷〈大樹坡義虎送親〉的林潮音

　　　　第九卷〈陳多壽生死夫妻〉的朱多福

　　　　第十七卷〈張孝基陳留認舅〉的方氏

　　　　第十九卷〈白玉孃忍苦成夫〉的玉孃

　　　　第二十五卷〈獨孤生歸途鬧夢〉的白娟娟

　　　　第三十五卷〈徐老漢義憤成家〉的顏氏

　　　　第三十六卷〈蔡瑞虹忍辱報仇〉的瑞虹

這些女性或為生死不明的丈夫守節，或堅持「一女不更二夫」的原則，或為名節、愛情而殉死，其誓死不悔的勇氣與精神直媲美從容就義的俠士。再就上述篇章之情節做一全盤統整，我個人認為有幾個特點特別需要提出來說明：

1. 恪守貞節者多能與丈夫團圓，百年偕老。為夫守寡撫子的婦女也盡得善終。由此可反映出馮夢龍對貞節觀念的認同與鼓勵。

2. 故事中的阿秀、趙京娘與蔡瑞虹為婚前受辱或為避嫌而殉死，此以死明貞節之行為可說是「非處女情結」〔註10〕的心理作祟而引起的。換言之，若婚前非清白之身，即使是非自願的失身，女性仍然要以死謝「罪」；可憐的古代女子殊不知「罪不在己」！

3. 守節與否，妻妾有別。例如：〈沈小霞相會出師表〉裡沈小霞於押解前吩咐娘子孟氏道：

　　我此去死多生少，你休為我憂念，只當我已死一般在爺娘家過活，
　　你是書禮之家，諒無再醮之事，我也放心得下。

〔註10〕據陳東原《中國婦女生活史》之說，「男性底處女嗜好」在宋代形成。這種觀念一經推廣，人們於是在心理上開始鄙視非處女者；而且此想法對後世影響甚鉅，故婦女以非處女為恥，因而自戕尋死者難以計數。

然後又指著小妻聞淑女說道：

> 只這女子年紀幼小，又無處著落，合該叫她改嫁。

可見丈夫對妻妾貞節的要求，尚有不同的標準，且該標準又多半以女子的出身階層而有所差別。

3. 除了女性守節之外，汪世雄是個妻死而終身不再娶的特殊男子，見〈汪信之一死救全家〉。原來其妻張氏平日是個有智女子，只因汪家遭人誣陷，為求保住後嗣，公公汪革遂將張氏三歲小兒送至嚴州，並放火將村莊焚毀，張氏見兒子離去，大哭一場，後來投火而亡。最後，謀反風波終告平息，世雄在伯父汪孚的協助之下與兒子團圓。因感念張氏愛子之深切，世雄於是不再續絃，專以訓兒為事。

傳統社會片面要求女性守節，卻不在意丈夫對妻子是否忠誠。因此，婦女守節不足為奇，而汪世雄為妻子獨身就成了難得之舉了！

俗語說：「賢婦令夫貴，惡婦令夫敗。」為人妻的角色在家族中的確是台柱，但卻也很難扮演；她們必須遵從傳統的要求、符合家族的期望、擔負婚姻的責任。古代女性在背負這些壓力與義務的情況下，還要不斷美化自我的德性，才不致誤蹈「七出」、「七去」之路。

幾千年來，中國婦女一直承受著女教、女誡的束縛卻少有怨言。然而現代的社會型態已經改變，家庭結構異於舊時，婦女的角色也趨向多樣化，所以，此刻正是重新檢視婚姻制度的時候。儘管如此，但是我個人認為有一個原則是必須堅持的：女性仍然應確實了解自己在面對婚姻、家庭時所要承擔的責任，如同古代婦女作好分際之事。換言之，女性於爭取兩性平等、合理對待的同時，也要扮演好為人妻、為人母、為人媳的角色。當然，男性同胞更要摒棄父權主義，共同為和諧的兩性世界來努力！

第二節　姻緣天定說與宿命論

《醒世恆言》第二十八卷〈吳衙內鄰舟赴約〉裡寫道：

> 若是五百年前合為夫婦，月下老赤繩繫足，不論幽期明配，總是前緣判定。

諸如此類帶有濃厚宿命、天定思想的姻緣故事在《三言》裡隨處可見。本節即就情節之性質予以歸納，並作分析說明：

一、夫妻本是前生定

《三言》中關於男女愛情、婚姻故事的題材常有「姻緣本是前生定，不許今人作主張」、「自古姻緣天定，不繇人力謀求」、「三生簿上注風流，何用冰人開口」之類的入話詩或結語。而故事裡要是女方主動開口求婚，其理由亦不外：「是五百年姻眷」、「有宿世姻緣」以及「天生一對」等說詞。這種將男女結合歸咎於前生註定的篇章有：

《喻世明言》：

第五卷〈窮馬周遭際賣䭔媼〉

《警世通言》：

第十九卷〈崔衙內白鷂招妖〉

第二十八卷〈白娘子永鎮雷峰塔〉

《醒世恆言》：

第二十一卷〈張淑兒巧智脫楊生〉

第二十七卷〈李玉英獄中訟冤〉

第二十八卷〈吳衙內鄰舟赴約〉

第三十一卷〈鄭節使立功神臂弓〉

姻緣既是天定，當然就不得任意更改。換言之，合於天意的婚姻即使遭遇阻撓，也會奇蹟似地化險為夷，如同《醒世恆言》第五卷〈大樹坡義虎送親〉裡的勤自勵與林潮音在「虎媒」的撮合之下，完成終身大事。

猛獸食人本為天性，人盡皆知；但故事中的義虎卻有靈性，送親報恩，若非天意使然，何以能此？反過來說，不是天成佳偶就難以強求。《三言》裡描寫結婚對象易人之情節者有四則：

（一）《喻世明言》第二卷〈陳御史巧勘金釵鈿〉

（二）《醒世恆言》第一卷〈兩縣令競義婚孤女〉入話

（三）同上，第七卷〈錢秀才錯占鳳凰儔〉

（四）同上，第八卷〈喬太守亂點鴛鴦譜〉

該四則故事中的青年男女皆已文定，各有所屬。然而卻在洞房之際新郎、新娘換了人：〈陳御史巧勘金釵鈿〉的顧阿秀與魯學會本是一對未婚夫妻，只因不曾謀面，阿秀竟遭假冒的梁尚賓姦騙；最後小姐縊死，學會改娶梁賊前妻田氏。而〈兩縣令競義婚孤女〉入話裡的王奉因其私心作祟，暗地兌轉兩對新人，不料反替親生女兒招惹一樁不幸的婚姻。〈錢秀才錯占鳳凰儔〉的顏

俊央託尤辰至高家說媒，並找來一表人才的錢青冒充自己騙娶新娘；後來騙婚之計見拆，高父也不管顏俊和女兒已訂了婚，執意另擇錢青為婿。再說那〈喬太守亂點鴛鴦譜〉的妙判─原來孫玉郎和劉慧娘分別各有婚約，卻因「弟代姐嫁，姑伴嫂眠」而成了歡喜冤家；當然，他們的未婚夫、妻則在喬太守的撮和之下變成佳偶一對。

仔細推敲這些故事，我個人認為其中潛藏著三個觀念：

1. 婚姻大事在冥冥之中早已註定，即使原有婚配，若對象非赤繩所繫之人〔註11〕終究還是會勞燕分飛，另覓伴侶。誠如：魯學曾、顧阿秀、田氏、孫玉郎以及劉慧娘之例。

2. 非天定之姻緣不可苟求：故事裡的顏俊貌醜無才，自不量力，又要脅表弟錢青代為騙婚，結果迎親當日風雪大作，錢青因而無法如期返還顏家，於是只好在高家與新娘拜了堂。若非顏俊騙婚行徑不合天意，何以大喜之日風雪交加？最後反成全表弟的終身大事？因此，強求不合天意的姻緣，又犯下欺心之事，就算其計謀再周密，仍然逃不過蒼天的安排。

3. 兌轉姻緣，背信遭天譴：王奉嫌貧愛富，不滿那又醜又窮的女婿，所以刻意兌轉各有婚約在身的女兒和姪女，把親女充作姪女嫁與富而美的潘華，將姪女反為己女嫁給貌醜家貧的蕭雅。王奉不願女兒吃苦受罪乃人之常情，若因此而悔婚也就罷了，然而王奉竟起不良之念，強奪姪女的未婚夫婿，到頭來卻遭致天譴，報應在女兒身上。類似這種強求姻緣的結局多半是悲劇，由此可見「姻緣本是前生定，不是姻緣莫強求」的婚姻觀自有其道理之所在。

二、宿世因果結連理

佛教傳入中國後，其「善惡報應」、「靈魂輪迴轉生」的教義即與中國民間固有信仰「靈魂不死」、「福善禍惡」的核心思想緊密結合，進而成為佛教民俗化的一整套心理基礎。〔註12〕而此通過相融的信仰觀念更深深地影響著百姓的生活，當然也影響人們對於婚姻的看法和態度。

〔註11〕中國民間相傳，人們婚配的對象早已記載於幽冥之書，且由月下老人紅繩繫足以定，詳見《太平廣記》卷159〈定婚店〉。

〔註12〕參見何云《佛教文化百問》頁190，以及方立天《中國佛教與傳統文化》。

　　《喻世明言》第一卷〈蔣興哥重會珠珍衫〉與第四卷〈閒雲庵阮三償冤債〉即反映出這種「宿世因果結連理」的婚姻觀。當蔣興哥得知續絃之妻平氏正是陳商的遺孀，他對平氏說明道：

> 這件珍珠衫原是我家舊物，你丈夫奸騙了我的妻子，得此衫爲表記。我在蘇州相會，見了此衫，始知其情，回來把王氏休了。誰知你丈夫客死，我今續絃，但聞是徽州陳客之妻，誰知就是陳商；卻不是一報還一報。

而且作者亦寫詩曰：

> 天理昭昭不可欺，兩妻交易孰便宜。
> 分明欠債償他利，百歲姻緣暫換時。

又其結語詩道：

> 恩愛夫妻雖到頭，妻還作妾亦堪羞。
> 殃祥果報無虛謬，咫尺青天莫遠求。

由此可見作者相信果報，所以鋪寫這樣的巧合，讓蔣興哥與平氏都接受上天爲他們安排的宿世姻緣。

　　而〈閒雲庵阮三償冤債〉更以阮三託夢來點明姻緣與因果的關係；阮三對陳玉蘭道：

> 小姐，你曉得夙因麼，前世你是個揚州名妓，我是金陵人，到彼訪親，與你相處情厚，許定一年之後，必然再來娶你爲妻。及至歸家，懼怕父親，不敢稟知，別成姻眷，害你終朝懸望，鬱鬱而死。因是夙緣未斷，今生乍會之時，兩情牽戀。閒雲庵相會，是你來索冤債，我登時身死，償了你前生之命。多感你誠心追薦，今已得往好處托身；你前世報志節而亡，今世合享榮華，所生孩兒他日必大貴，煩你好好撫養教訓……。

阮三與玉蘭之間雖只是一段露水姻緣，但是他們的愛情結晶卻使兩人的夫妻關係不因阮三的死亡而中斷。玉蘭自阮三託夢之後，便了悟生死恩情皆是前緣夙債；於是放下情懷，爲阮郎守節一生，並且教子成名。此一結局總算是讓這場私會之情畫上安慰的句點。

　　諸如此類將姻緣之聚合歸咎於宿世情債的說法，至今猶存，可見人們對這種解釋的認同與肯定。

三、婚姻之聚散端賴緣起與緣滅

關於愛情與婚姻的建立，還有另一種解釋，那就是「遇合有緣」；反之，愛情與婚姻的解體便是因為緣分已盡。

《警世通言》第三十卷〈金明池吳清逢愛愛〉裡的盧愛愛和吳清由於二人前緣有分，合有一百二十日夫妻之情，即使愛愛已死，其鬼魂依然追隨吳清；但是緣分盡時，愛愛倒也心甘情願離去，並託夢與吳清告別。最後，愛愛還是替吳清另覓佳人為配，以報一百二十日夫妻之恩。

又如《醒世恆言》第三十一卷〈鄭節使立功神臂弓〉的日霞仙子對丈夫鄭信言道：

> 你我相遇亦是夙緣，今三年限滿，仙凡路隔，豈復有相見之期乎？
>
> 夫妻緣盡，自然分別，妾亦不敢留君，恐誤君前途，必遭天譴。

人類通過想像，以「緣起緣滅」的藉口創造出異類姻緣的離合，而此「緣起緣滅」的藉口其實正反映了人們相信緣分支配婚姻的觀念。例：蔡瑞虹寫給丈夫朱源的訣別書也提及「姻緣有限，不獲面別」之語（見《醒世恆言》第三十六卷〈蔡瑞虹忍辱報仇〉）。

事實上，「姻緣天定」、「遇合有緣」「良（孽）緣宿締」的婚姻觀之所以深植人心，當然有其作用，影響著世人：

（一）解釋男女婚姻之遇合，說服不相識的未婚青年能心甘情願地服從長輩所安排的終身大事，並且安於婚姻現狀。

（二）宿世因果的情債觀安慰了守節婦女的心靈。誠如它使玉蘭釋懷而全心全意地教養遺腹子。

（三）天定思想對婦女的影響，產生副作用。由於古代婦權不張，面臨不幸的婚姻只能忍氣吞聲，順從上蒼為她們所安排的丈夫、良人。這種認命的消極態度使得女性在婚前即已牢記「嫁雞隨雞、嫁狗隨狗」的婚姻哲學。例如《醒世恆言》第九卷〈陳多壽生死夫妻〉裡的朱多福不願接受父親悔婚，寧願嫁與得了惡症的未婚夫，她道：

> 從沒見好人家女子喫兩家茶；貧富苦樂都是命中註定，生為陳家婦，
>
> 死為陳家鬼……。

又對丈夫多壽說：

> 我與你結髮夫妻，苦樂同受。今日官人患病，即是奴家命中所招……。

多福「逆來順受」的精神果然感動蒼天，丈夫癩疾痊癒，兩人白頭偕老。但

是並非每個人皆同多福般幸運；換言之，此一被喻爲中國傳統女性美德的「逆來順受」有時卻成了一種無形的折磨、壓抑女性而戕傷其身心，特別是遭受婚姻暴力的婦女。

然而，由於現代婚戀方式自由，姻緣天定的意義也逐漸發生變化。所謂的「天賜良緣」、「天作之合」皆成了祝福語；且居高不下的離婚率更打破舊時的命定思想，婚姻的穩定性開始受到挑戰。

第三節　青樓女子的婚姻觀

據王書奴《中國娼妓史》的說法，中國早在三千年前即有娼妓制度的存在。在女權不振的古代社會裡，婦女毫無人權可言，貴族富戶視之爲寵物、娛樂的工具而蓄養於家中，這是後人所謂的「家妓」。這個現象在隋唐以前十分盛行，當時的達官貴人多半以此競誇豪奢。到了隋唐以後，官（宮）妓、營妓、〔註13〕民妓並行。而本節所要討論的青樓女子除關盼盼、周月仙、謝玉英與楊玉之外，皆爲民間自設公開營業的娼館妓女。這些女子或遭拐騙、或爲父母售賣而淪落風塵。換言之，成爲煙溷之花並非個人之意願。

既然非出於自願而從娼，其內心不免懷抱「跳出火坑」的夢想；在面對年輕俊秀的嫖客時，她們和良家女孩一樣，憧憬著美好的愛情與婚姻。在《三言》裡描述善良妓女立意從良，企求正常婚姻生活的故事有：

《喻世明言》：

第十二卷〈眾名妓春風弔柳七〉

第十七卷〈單符郎全州佳偶〉

《警世通言》：

第十卷〈錢舍人題詩燕子樓〉

第二十四卷〈玉堂春落難逢夫〉

第三十一卷〈趙春兒重旺曹家莊〉

第三十四卷〈王嬌鸞百年長恨〉入話

《醒世恆言》：

〔註13〕宮妓、官妓和營妓都是當時的正式名稱。宮妓係爲娛樂皇室而設，官妓乃專供高官陪侍公私宴會之用，設置於地方政府的衙門內；而營妓則只對軍中開放，慰勞士卒。

第三卷〈賣油郎獨占花魁女〉及其入話

　　這些久有從良之志的娼妓有的固如所願，有的卻沒有如此幸運；部分遇人不淑者甚至自戕了結殘生。以下即就此分類，略述其事：

一、從良成家

（一）〈眾名妓春風弔柳七〉

　　故事中，在縣衙唱曲侑酒的周月仙一心只要嫁那黃秀才，無奈秀才家貧，不能備辦財禮，兩人好事多磨。月仙誓為秀才守身，拒絕接客；豈料卻遭富戶劉二員外逼姦。柳永得知此事，即喚來老鴇，將錢八十千付作身價，替月仙除了樂籍；〔註14〕一面請黃秀才相見，親領月仙回去，成其夫婦。

　　而多情風流的柳永嘗與名妓謝玉英訂下終身之約，兩人相處如夫婦。後來柳官人過世，玉英為他守節，最後竟悲傷成疾而歿。

（二）〈單符郎全州佳偶〉

　　篇敘邢、單二家夫人同時懷孕，因而私下相約作兒女親家。數年後，邢家夫婦遭金人殺害，女兒春娘為亂兵所掠而轉賣至全州為娼。由於春娘從小讀過經書、唐詩，所以頗通文墨，尤善應對；鴇母愛之如寶，並改名楊玉，又教以樂器歌舞，使其堪稱色藝雙全。

　　楊玉終究是宦家出身，舉止甚是端莊，官府公庭莫不愛重，一日巧遇未婚夫婿單符郎，符郎為之傾慕兩載餘，才得一親芳澤。單見楊玉沒有青樓氣習，便追問其身世。楊玉據實以告，符郎心中已知楊玉就是未婚妻邢春娘；然而卻不說破，只是安慰著：

> 汝今日鮮衣美食，花朝月夕，勾你受用。官府都另眼看覷，誰人輕賤你？況宗族遠離，夫家存亡未卜，隨緣快活，亦足了一生矣；何乃自生悲泣耶？

楊玉蹙額答道：

> 妾聞女子生而願為之有家，雖不幸風塵，實出無奈。夫家宦族即使無恙，妾亦不作團圓之望。若得嫁一小民，荊釵布裙，啜菽飲水，亦是良人家媳婦，比在此中迎新送舊，勝卻千萬倍矣。

〔註14〕唐代樂妓欲解籍從良，必經主官首肯。民妓之解籍則必須繳納巨款充做從良費。

過了數日，單符郎喚來楊玉，正色問曰：

> 汝前日有言爲小民婦亦有所甘心。我今喪偶，未有正室；汝肯相隨
> 我乎？

楊玉含淚答道：

> 枳棘豈堪鳳凰所棲？若恩官可憐，得蒙收錄，使得備巾櫛之列，豐
> 衣足食，不用送往迎來，固妾所願也。但恐他日新孺人性嚴不能相
> 容，然妾自當含忍；萬一徵色發聲，妾情願持齋佞佛，終身獨宿以
> 報恩官之德耳。

最後，符郎之父單公致書於太守，求爲楊玉脫籍，釋賤歸良。小夫妻終於再
續前緣。

（三）〈錢舍人題詩燕子樓〉

　　事述大唐禮部尚書張建封與武寧名妓關盼盼之戀愛。張建封自見了盼盼
之後，愛其點慧，因而擇地起樓，使盼盼居之。每遇閒暇，即驅車往訪盼盼，
並與之宴飲。兩人恩愛之情不在話下；但是好景不常，建封染疾沈重，盼盼
雖延醫調治，卻回天乏術。從此盼盼落髮爲尼，敬誦佛經，資公冥福，誓不
再嫁。最後，因爲白樂天一句「一朝身死不相隨」的感慨語，使得盼盼寢食
失常，抑鬱而死。

（四）〈玉堂春落難逢夫〉

　　故事描寫玉堂春與王三官相愛，玉姐因而有意從良，且積極謀畫脫離娼
館，要那鴇子立書押花，裡頭寫道：

> 有南京公子王順卿，與女相愛，准得過銀兩萬兩，憑眾議作贖身財
> 禮。今後聽憑玉堂春嫁人，並與本戶無干。立此爲照。

從此玉姐閉門守身，待那三官攻書成名娶她歸家。（參見第三章第一節）

（五）〈趙春兒重旺曹家莊〉

　　趙春兒本是揚州名妓，曹可成一見傾心，兩人頓時如膠似漆；怎奈父親
在堂，不敢娶她入門。後來，可成偷了父親許多銀子，替春兒贖了身。曹父
過逝，可成將假錠換銀之事告知渾家，渾家因而憂心病歿。曹可成連遭二喪，
痛苦無極，勉力支持。過了七七四十九日，債主都來算賬，把曹家庄祖業田
房盡自抵債求償而去。春兒見可成狀極狼狽，乃取白金百兩，囑咐他拿回去
省吃儉用。可成得了銀子，頓忘苦楚，又將銀兩買酒買肉，請舊日一班閒漢

同喫。春兒初次不好勸阻他，到第二次就好言相諫。

待可成三年服滿，春兒備了三牲祭禮，香燭紙錢；到曹氏墳堂拜奠，又將錢三串把與可成做起靈功德。事後，可成問春兒從良與否，春兒道：

> 此事我非不願，只怕你還想娶大娘。

又道：

> 你目下雖如此說，怕日後掙得好時，又要尋良家正配，可不枉了我
> 一片心機。

可成於是對天立誓，春兒見其誠心，因而答應擇吉完婚。誰知可成不改紈褲子弟習性，氣得春兒自此爲始，就喫了長齋，朝暮紡績自食。

一日，可成見同坐監同撥歷的殷盛選官榮歸家鄉，遂興求官念頭，在告貸無門，嚐盡冷暖之後，總算有所悔悟。此時，春兒便將埋藏多年的千金儲蓄取出，助丈夫立業起家。

（六）〈賣油郎獨占花魁女〉及其入話

入話敘述鄭元和與名妓李亞仙的愛情婚姻故事。那亞仙非貪愛公子錢財，非戀他面貌；只爲鄭元和識趣知情，善于幫襯，所以亞仙心中捨他不得，因而在公子囊篋俱空之際，將繡襦包裹美食供養公子，還與他做了夫妻。後來元和中了狀元，亞仙也封做汧國夫人。

而正文則是描寫花魁莘瑤琴（美娘）從對賣油郎秦重的輕視到好感，最後決心嫁他的故事。

那秦重自見過美娘後，便勤奮攢錢，爲求要與他相處一宵。然而美娘卻因秦重不是有名稱的子弟，就要拒絕他；但在老鴇愛財慫恿之下，美娘於是勉強進房相見，不一會兒倒頭就睡，也不理那秦重。而秦小官人竟一夜不闔眼地服侍著早已醉酒的美娘。天明後，花魁想起夜來之事，心下想道：

> 難得這好人，又忠厚，又老實，又且知情識趣，隱惡揚善，千百中
> 難遇此一人；可惜是市井之輩，若是衣冠弟子，情願委身事之。

直到在西湖邊上，美娘遭受吳八公子的凌辱；她才認清現實，並對秦重說道：

> 我自十四歲被媽媽灌醉，梳弄過了，此時便要從良，只是未曾相處
> 得人，不辨好歹，恐誤了終身大事；以後相處的雖多，都是豪華之
> 輩，酒色之徒，但知買笑追歡的樂意，那有憐香惜玉的真心。看來
> 看去，只有你是個志誠君子；況聞你尚未娶親，若不嫌我煙花賤質，
> 情願舉案齊眉，白首奉侍。你若不允之時，我就將三尺白羅，死于

　　君前，表白我這片誠心。

那秦重聽了又驚又喜，卻無力替美娘贖身，然而贖身之費是不用秦小官人擔憂的。原來美娘早已預先積攢些東西，以備日後從良之需；再透過劉四媽的巧嘴來說服媽媽，美娘與秦重終於拜堂成親。

二、遇人不淑

（一）〈杜十娘怒沈百寶箱〉

　　故事敘述北京名妓杜十娘與宦門子弟李甲情投意合，在十娘與老鴇鬥智脫籍之後，不料半路冒出鹽商孫富覬覦十娘美色，於是極力說動李甲以千金易聘。誰知李甲竟是個沒主意的人，本心懼怕老子，被孫富一席話弄得茫然自失；〔註15〕完全忘卻昔日與十娘的恩愛。

　　由於李甲這一念之差，使得十娘精心安排的從良計畫毀於一旦。就在「一手交人，一手交錢」時，十娘窺見公子欣欣似有喜色後，她的婚姻夢醒，憧憬粉碎，她對李甲說道：

> 妾風塵數年，私有所積，本爲終身之計。自遇郎君，山盟海誓，白
> 首不渝。前出都之際，假托眾姐妹相贈，箱中韞藏百寶，不下萬金。
> 將潤色郎君之裝，歸見父母，或憐妾有心，取佐中饋，得終委托，
> 生死無憾。誰知郎君相信不深，惑於浮議，中道見棄，負妾一片眞
> 心。今日當眾目之前，開箱出視，使郎君知區區千金，未爲難事。
> 妾櫝中有玉，恨郎眼内無珠！命之不辰，風塵困瘁，甫得脫離，又
> 遭棄捐。今眾人各有耳目，共作證明，妾不負郎君，郎君自負妾耳！

〔註15〕孫富道：「自古道：『婦人水性無常。』況煙花之輩，少眞多假。他既係六院名妹，相識定滿天下，或者南邊原有舊約，借兄之力，挈帶而來，以爲他適之地。」又說：「……江南子弟，最工輕薄，兄留麗人獨居，難保無踰牆鑽穴之事。若挈之同歸，愈增尊大人之怒。爲兄之計，未有善策。況父子天倫，必不可絕。若爲妾而觸父，因妓而棄家，海内必以兄爲浮浪不經之人。異日妻不以爲夫，弟不以爲兄，同袍不以爲友，兄何以立於天地之間，兄今日不可不熟思也。」繼而獻計曰：「兄飄零歲餘，嚴親懷怒，閨閣離心，設身以處兄之地，誠寢食不安之時也。然尊大人所以怒兄者，不過爲迷花戀柳，揮金如土，異日必爲棄家蕩產之人，不堪承繼家業耳。兄今日空手而歸，正觸其怒。兄倘能割衽席之愛，見機而作，僕願以千金相贈。兄得千金，以報尊大人，只説在京授館，並不曾浪費分毫，尊大人必然相信。從此家庭和睦，當無間言。須臾之間，轉禍爲福。兄請三思，僕非貪麗人之色，實爲兄效忠於萬一也！」

語罷，十娘抱持寶匣，赴水自沈。

（二）〈王嬌鸞百年長恨〉入話

入話描述販商張乙深夜投宿城外邸店，夢中見一美婦自來薦枕。此婦即娼女穆廿二娘，嘗與餘干客人楊川相厚。楊許娶之歸去，廿二娘因而將私財百金資助于他。誰知楊川一去三年不來；廿二娘又為鴇兒管束，無計脫身而悒鬱不堪，於是自縊身亡。最後廿二娘使楊川九竅流血而死，索還負義之債。

從以上故事，可歸納出娼妓共同的心聲與願望：

1. 皆有從良之志，並為將來預作打算

神女生涯備受身心煎熬，在娼門送往迎來終有年老色弛的一天。〔註16〕因此，若不願轉任鴇母或出家為尼者，多求落籍從良。〔註17〕當然，從良前的贖身費是筆大數目，所以，這些有志從良的妓女就必須未雨綢繆，私下積攢財物，以待良人出現後，做為脫籍之資。例如，莘瑤琴、杜十娘……。

2. 從良反映其對正常婚姻生活的渴望

青樓章台之地多聞才子名妓的戀愛故事，這是因為古代缺乏戀愛自由的風氣所致。雖然妓女們的感情世界因而多采多姿，但是她們更嚮往單純正常的婚姻生活，即使過著粗食布衣的日子，也甘之如飴。又如趙春兒嫁與敗家的曹可成後，以十五年的勤儉刻苦和耐心來等待丈夫的轉變。此妓從良堅忍持家之舉足可證明其對娼門的厭惡與成家的渴望；換言之，春兒寧願捨棄物質享受而就貧困失意的窮漢，還要引導夫婿自覺自強，由此可見其從良愛家的心情。

然而，也由於沒有認清從良的「層次區別」，抱憾而卒者終究是婚姻舞台上的悲劇人物，例如：杜十娘與穆廿二娘。

所謂從良的「層次區別」，在〈賣油郎獨占花魁女〉裡，劉四媽即有一番精闢的解析，簡述如下：

(1) 眞從良：即才子佳人配，兩下相逢，你貪我愛，一個願討，一個願嫁，然而卻是好事多磨，話雖如此，兩人依舊似捉對的蠶蛾，死也不放。

〔註16〕名妓徐月英〈敘懷〉一詩即可證娼門生涯的痛苦與其內心之嚮往：「為失三從泣淚頻，此身何用處人倫。雖然日逐笙歌樂，長羨荊釵與布裙。」
〔註17〕據宋德熹〈唐代的妓女〉一文所言，妓女之歸宿：（一）轉任鴇母（二）續操賤業（三）出家入道（四）從良作妾。（見《中國婦女史論集續集》）

（2）假從良：就是公子愛著小娘，小娘並不愛他，只把個嫁字兒哄他心熱，撒漫銀錢，等到成交，又推故不就。另外還有一種痴心的子弟，曉得小娘心腸不對他，卻偏要娶她回去；老鴇見錢眼開，小娘勉強進門後即故意不守家規，弄出醜事，人家容留不得只好放她出去，此等娼妓不過把從良當做是個賺錢的手段罷了。

（3）苦從良：子弟愛小娘，小娘不愛那子弟，卻被他以勢欺凌，老鴇懼禍，遂趕緊將小娘嫁去。這做小娘的身不由己，含淚而行，一入侯門家法又嚴；由於身分低賤始終抬頭不得，因此只得半妾半婢，忍死度日。

（4）樂從良：做小娘的，正值擇人之際，偶然相交個子弟，見他情性溫和、家道富足，而大娘子又無男無女，指望她過門爲夫家生育。若能因此從良，圖個終身安逸，就是所謂的樂從良。

（5）趁好的從良：小娘趁著盛名，急流勇退，在眾多的追求者當中擇個十分滿意的嫁他，及早回頭，不致受人怠慢。

（6）沒奈何的從良：此等從良之目的乃爲求靜買安，憋口氣，不論好歹，嫁個老公以避債務或強橫欺蠻。

（7）了從良：小娘半老，風波歷盡，剛好遇個實在的孤老，兩人有心相伴，從此白首到老。

（8）不了的從良：因一時之興，沒有個長久打算，或者尊長不容、大娘妒忌，鬧了幾場，再發回媽家。或因家道凋零，養她不活，苦守不過，只得重操舊業。

那杜十娘有志「眞從良」，誰知李甲懼怕父親，不敢應承；在偕同十娘南歸途中，就此葬送這位名妓的婚姻大夢與生命。就十娘從娼七年的經驗，實在比不得劉四媽老練；杜十娘致力謀劃終身大事之際，卻被愛情蒙蔽了眼睛，遂沒能認識李甲的眞正個性與二人階級地位之懸殊。

依我個人之見，這「樂從良」與「了從良」的成功機率要比那「眞從良」、「趁好的從良」來得高些。不可諱言，無論是何等色藝雙全，一旦淪做煙花，其身分終究要被刻下一個卑賤的烙印。〔註18〕在重視門第階級的社會裡，一位娼妓想成爲上流人士的妻妾，談何容易！有多少妓女可以如同李亞仙、玉堂春幸運？程遙說：

〔註18〕娼妓出賣色藝，人多鄙夷不屑；元明以後之律令更禁止官吏娶娼妓爲妻妾。

《李娃傳》中描寫鄭生登第做官後，李娃並無欣喜之情，因爲她明
知自己身分卑賤，不可能做鄭生的妻子，反而勸他「當結媛鼎族」，
「中外婚媾，無自黷也」。至於小說結局寫鄭生謹遵父命，明媒正娶
地同妓女李娃結爲伉儷，那只是作者的道德理想而已。（見其〈論唐
代愛情婚姻小說的道德理想〉）

由此可見，娼妓若要從良，就應當了解現實加諸在己身的限制，誠如花魁娘
子認清事實，嫁與那曾是心目中所謂「市井之輩」的秦重。再者，或爲見容
於主母的小妾，或尋個老伴相依後半生，此即「樂從良」、「了從良」。

換一個角度來說，那些風流倜儻的王孫公子但知買歡追笑，貪戀花柳之
情，若是論及婚嫁，眞心者又有幾人？難怪勘破風月的娼妓們不對愛情婚姻
存有任何幻想，例如關漢卿筆下的趙盼兒：

我想這姻緣匹配，少一時一刻強難爲。如何可意？怎的相知？怕不
便腳踏著腦杓成事早，怎知他手拍著胸脯後悔遲！尋前程，覓下梢，
恰便似黑海也是難尋覓。料的來，人心不問，天理難欺。（第一折〈混
江龍〉）

那趙盼兒也嘗有待嫁之心：

待嫁一個老實的，又怕盡世兒難成對。待嫁一個聰俊的，又怕半路
輕拋棄。（第一折〈油葫蘆〉）

隨之目睹姊妹淘們從良後不幸的遭遇，使得她領悟身爲娼妓的無奈與婚姻的
眞相，因而勸道宋引章：

你道這子弟情腸甜似蜜，但娶到他家裡，多無半載週年相棄擲，早
努牙突嘴，拳椎腳踢，打的你哭啼啼。（第一折〈勝葫蘆〉）

儘管現實經常挫傷妓女們的理想，但是，她們對於婚姻總抱持著些許期
待，從良是脫離花街生涯的途逕，也是終身的歸宿；儘管期待或許是無奈的，
但她們卻不能不有期待的心。換言之，她們比一般女性更渴望能夠建立一個
有愛情基礎的婚姻，誠心誠意要與丈夫共組家庭，甚至於爲所愛的人守節、
殉情。〔註19〕如此說來，她們的期待甚至接近宗教的情操了。

人人皆有追求幸福的想望與權利，即使是被當作商品販鬻的娼妓，其眞
摯的情感、堅定的意志仍不容輕侮，特別是非自願從娼者。滲透人心已久的

〔註19〕〈錢舍人題詩燕子樓〉裡的關盼盼本欲自縊，相隨張建封，但恐人言張公有
隨死之妾，使張公有好色之名，因此作罷。

貞節觀念與門第思想使得歡場女性難以翻身；而《三言》中這群積極有心的
娼妓，對於愛情和婚姻，她們不再是等待的角色，就其努力爭取的精神，無
論成敗，都是值得同情與肯定的。

第四節　禮教的婚姻觀與其他

一、禮教的婚姻觀

《三言》裡的愛情婚姻故事多有突破傳統思想的內容，但關於合禮、守
信、有義的婚姻理念，也常藉由其中的人物語言與行為來傳達、呈現：

（一）不奪人妻

《喻世明言》第九卷〈裴晉公義還原配〉乃述晉州萬全縣令為奉承上級，
遂強奪唐璧未婚妻黃小娥入相府掌班。一日，相國裴度開暇在外私行，巧遇
唐璧而獲悉整個事件的來龍去脈。裴公回府後，隨即傳喚小娥以證唐璧所言，
待查核屬實，裴公還親自為小夫妻倆主婚，使二人完成大禮。

（二）有信有義

1. 《喻世明言》第十七卷〈單符郎全州佳偶〉

單符郎與邢春娘本是指腹為婚的小夫妻，後來春娘不幸淪為娼妓；然而
符郎在了解春娘厭惡風塵時，情願復踐舊約，而不以良賤為嫌，完全實踐了
儒家的恕道。

2. 《醒世恆言》第九卷〈陳多壽生死夫妻〉

陳多壽身罹惡疾，其父母替未過門的媳婦著想〔註20〕欲將行聘的庚帖退
還女家；但是多福卻執意服侍臥病在床的丈夫。後來多壽實不忍心拖累妻子，
遂興自殺之念（參見本章第一節）。這夫婦倆一個有節，一個有義，尤其是那
出自於內心對彼此的關懷，更叫人為之動容。

〔註20〕《醒世恆言》第八卷〈喬太守亂點鴛鴦譜〉裡的劉璞病勢沈重，劉父與劉媽
　　　　商量暫緩成親，以防兒子有個三長兩短，也不致誤了人家女兒。然而劉媽卻
　　　　道：「大凡病人勢凶，得喜事一沖就好了，……你但顧了別人，卻不顧自己，
　　　　你我費了許多心機，定得一房媳婦，誰知孩兒命薄，臨做親卻又患病起來。
　　　　今若回了孫家，孩兒無事，不消說起。萬一有些山高水低，有甚把臂，那原
　　　　聘還了一半，也算是他們忠厚了，卻不是人財兩失。」而陳家二老在兒子多
　　　　壽病重時答應女家退婚之舉，完全不同於劉媽，堪稱是通情達理的智者。

3. 同上，第二十一卷〈張淑兒巧智脫楊生〉

　　楊元禮赴京會試，途中遭匪僧打劫，幸得淑兒救命，於是相約日後娶她
為妻；而元禮登科榮歸後，果然與淑兒結姻。其信守婚姻承諾的態度與周廷
章停妻再娶之舉（見〈王嬌鸞百年長恨〉），可謂大相逕庭。

（三）不違倫理

1. 《喻世明言》第十七卷〈單符郎全州佳偶〉

　　單符郎寄回家書一封，懇請父親致書於太守，求為春娘脫籍。太守將此
事告訴春娘，並問道：

> 汝今日尚在樂籍，明日即為縣君，將何以報我之德？

又歎道：

> 麗色佳音不可復得。

語畢，太守竟前起抱持春娘，強要春娘以身回報其恩典。此時，通判見太守
發狂，即正色指責：

> 既同戶（指單符郎）有宿約便是孀人，我等俱有同僚叔嫂之誼，君
> 子進退當以禮，不可苟且以傷雅道。

通判所言不僅點醒太守非份之想，而且顯露其對女性人格之尊重；此適時仗
義執言之舉，堪稱為儒家君子、禮教的實踐者。

2. 同上，第二十八卷〈李秀卿義結黃貞女〉

　　改扮男裝隨父販香的黃善聰在父親病逝後，與李英結為兄弟，共同經商，
二人同食同眠而不踰矩。最後，在守備太監李公的促合之下，終於完成婚事。

3. 《警世通言》第二十九卷〈宿香亭張浩遇鶯鶯〉

　　張浩與鶯鶯相期終身之約於宿香亭，鶯鶯正待離去，張浩情不自禁擁抱
小姐，此刻忽聞山甫說道：

> 相見已非正禮，此事決然不可！若能用我一言，可以永諧百歲。

見鶯鶯已去，山甫又對張浩曰：

> 但凡讀書，蓋欲知禮別嫌。今君誦孔聖之書，何故習小人之態？若
> 使女子去遲，父母先回，必詢究其所往，則女禍延及于君，豈可戀
> 一時之樂，損終身之德。請君三思，恐成後悔！

好友山甫這一番建言對意亂情迷的張浩來說，不啻是一帖醒腦的良藥，使他
不致踰越份際。

4. 《醒世恆言》第七卷〈錢秀才錯占鳳凰儔〉

錢青遭表兄顏俊所逼而代為娶迎高家小姐，不料風雪大作阻斷回程。岳父高贊不願錯失良辰吉時，於是就地拜了堂，送進洞房。那不知情的伴娘替新娘卸了頭面，幾遍催促新郎安置，錢青只不答應；丫鬟將房門掩上，又敦請官人就寢，錢青心上如小鹿亂撞，勉強答應一句。幾夜下來皆和衣而睡，連小娘子的被窩兒也不敢觸著。其不欺暗室之舉深獲大尹肯定，遂判小姐嫁與錢青。

5. 同上，第十卷〈劉小官雌雄兄弟〉

劉奇得知劉方是女兒身，於是與之約定百年。劉方答曰：

> 此事妾亦籌之熟矣，三宗墳墓俱在于此，妾若適他人，父母三尺之
> 上，朝夕不便省視；況義父義母看待你我猶如親生，棄此而去亦難
> 恝然。兄若不棄陋質，使妾得侍箕帚，共奉三姓香火，妾之願也。
> 但無媒私合，於禮有虧！惟兄裁酌而行，免受傍人談議，則全美矣。

次日劉奇請了欽大媽為媒，與劉方說合，並備辦衣飾，擇了吉日，先往三個墳墓上祭告過了，然後花燭成親，大排筵宴，廣請鄰里。劉家一門孝義貞烈一時傳為美談。

6. 同上，第二十八卷〈吳衙內鄰舟赴約〉入話

入話描寫潘遇買舟往臨安會試，途中借宿一戶人家，主人有女年方二八，頗有姿色，聽父親說其夢兆道潘郎有狀元之分，於是在窗下偷覷，又見他儀容俊雅，心懷契慕。一日，潘生因取硯水，自往廚房，恰與主人之女相見，兩人心下有意，互贈信物並相期幽會。直至場事已畢，主翁治盃節勞，飲至更深，主翁大醉。此女見父親睡沈，於是徑往書齋，與那潘遇成其雲雨，約以及第之後娶為側室。當夜，潘父在家夢見一送扁者對他說道：

> 今科狀元合是汝子潘遇，因做了欺心之事，天帝命削去前程，另換
> 一人也。

後來，潘遇果然落榜。過了歲餘，潘生心念此女，因而遣人持金帛往聘之；然此女已適他人矣。

上述之情節、故事雖不相同，但是所呈現的婚姻觀卻是一致的：

（1）婚前謹守本分

《三言》的愛情婚姻故事裡有許多私諧歡好在先，而後才正式成婚的例子，也有婚前遭人姦騙而羞愧赴死之情節。前者「有情人終成眷屬」固然值

得欣慰；但後者見棄於負心歹人，實亦不忍苛責之。欲不使此類悲劇重演，婚前謹守份際是必要的。孔子曾曰：「克己復禮」，意思是說人們應當控制自己的情感，避免違禮的事情。將此一觀念延用在處理男女感情上，適時以理性約束生理本能的衝動，才能提升愛情與婚姻的層次，而不只是停留於情色、肉欲之吸引。〔註21〕

（2）婚禮隆重非兒戲

孔子主張婚禮應「冕而親迎」，即由新郎穿戴大禮服親自前往女家迎娶新娘，以表示對妻子的尊重與親愛。〔註22〕換言之，沒有舉行婚禮儀式的婚姻就不能被承認為合法婚姻。儒家以禮規範婚姻，對婚禮如此重視，自有其道理所在，《禮記‧昏義》曰：

> 昏者，將合二姓之好，上以事宗廟，而下以繼後世也，故君子重之。是以昏禮，……父親醮子而命之迎，……婦至，婿揖婦以入，共牢而食，合巹而酳，所以合體同尊卑以親之也。敬慎重正而後親之，禮之大體，而所以成男女之別，而後立夫婦之義也。男女有別，而後夫婦有義，夫婦有義，而後父子有親，父子有親，而後君臣有正，故曰昏禮者，禮之本也。

由此可見，儒家制定婚禮以明「男女之別」而立「夫婦之義」，是具有維護正常的男女關係和防止社會混亂的進步意義；絕非是吃人的禮教。〔註23〕所以，無媒私合、不婚同居皆為汙蔑婚姻神聖之舉，也突顯其對婚姻認識的不足。

《三言》裡這些呈現禮教思想的婚姻故事有著極為強烈的人文、倫理傾向。換言之，在故事人物的身上，可以看到人類有別於禽獸的高貴情操。

禮教的婚姻內容不是愛情，是恩義；其對婚姻之意義與價值表現的重心在「上事宗廟、下繼後世」以及「整體和諧」。因此，男女一旦結為夫婦，其所肩負的婚姻責任是重大的，而夫妻關係之維繫亦以此相愛相守。反觀現代

〔註21〕陳永正《三言二拍的世界》說：「《賣油郎獨占花魁》、《唐解元一笑姻緣》、《蔣興哥重會珍珠衫》等，所表現的只不過是"少女少郎，情色相當"的情色而已。」陳氏甚至認為賣油郎秦重心中的愛情，不過是原始的性欲罷了。

〔註22〕子貢與魯哀公嘗問於孔子：「冕而親迎，不已重乎？」孔子答道：「合二姓之好，以繼萬氏之後，可謂已重乎！」詳見《穀梁傳‧桓公三年》與《禮記‧哀公問》。

〔註23〕婚姻隆重不同於「娶婦必問資裝之厚薄，嫁女必問聘財之多少。」使人不堪承受的婚禮費用並不是「六禮」之本義；換官之，婚姻論財與禮教不相符，它是不良的社會風氣。

的婚姻型態，愛情的成分增加了，然而對於莊嚴的婚姻使命感卻淡薄了，輕言離婚，視婚姻如兒戲的夫妻並不少。〔註 24〕在探討古代婚姻觀的同時，現代人的婚姻態度更需予以檢視省察，重建婚姻倫理亟待努力。

二、其他（夢想式的婚姻）

《三言》裡所描寫的愛情婚姻，可稱得上自由選擇對象的方式，除了青梅竹馬、文章徵婚外，就屬「一見鍾情」了。而初次謀面的男女能夠因而產生相互仰慕的情愫，其原因可歸咎於：（一）生理本能的自然吸引。（二）後世嚴格的兩性之防。這兩個原因使得未婚的青年男女對異性抱持若干的期待與幻想。換言之，古代的青年男女沒有交往的自由，故對於愛情和婚姻的憧憬常常是夢想的成分居多。因爲一見鍾情而互贈信物，或私訂終身，或相約私奔的情侶有：

《喻世明言》：

　第四卷〈閒雲庵阮三償冤債〉的阮三與陳玉蘭

《警世通言》：

　第六卷〈俞仲舉題詩遇上皇〉入話的司馬相如與卓文君

　第二十六卷〈唐解元一笑姻緣〉的唐寅與秋香

　第三十卷〈金明池吳清逢愛愛〉的吳清與褚愛愛

　第三十四卷〈王嬌鸞百年長恨〉的周廷章與王嬌鸞

《醒世恆言》：

　第十四卷〈鬧樊樓多情周勝仙〉的范二郎與周勝仙

　第十六卷〈陸五漢硬留合色鞋〉的張藎與潘壽兒

　第二十八卷〈吳衙內鄰舟赴約〉及其入話的吳彥與賀秀娥、潘遇與

　　借宿屋主之女

　第三十二卷〈黃秀才徼靈玉馬墜〉的黃損與韓玉娥

一見鍾情對於封建包辦婚姻具有反叛性，然其基礎不過是郎才女貌，也就是單純的外在吸引，還談不上心靈精神的契合，因此裴斐認爲這是「低級的愛情形態」（見其《文學概論》，頁 210）。

〔註 24〕根據內政部民國 82 年《內政統計提要》資料得知，台灣地區民國 62 年結婚數與離婚數之比例約爲 20 比 1；至民國八十二年時則爲 5.1 比 1。總計二十年間離婚率成長了 271％，而同期間之結婚率反負成長 6%。

　　裴斐希望文學能夠呈現具有思想內涵的愛情主題，因而對愛情的標準冀盼甚高。但是，人類愛美惡醜的天性也不容否認，即使是現代男女得以自由交往，其心目中亦早有未來對象的藍圖，能否繼續深入瞭解彼此，同樣端賴於外在的相互吸引與否。所以，未婚男女編織愛情婚姻的夢想古今皆然，而且其力量無遠弗屆，誠如唐伯虎只為秋香傍舟一笑，竟委身屈就扮起書僮，最後終於娶得夢中情人返家。

　　雖然，夢想式的婚姻觀不甚實際，但卻是人類最純真的婚姻雛形，若能就此與父母長輩現實的婚姻理論相調和，相信夢想式的婚姻可以落實而穩定。

第五章　結　語

　　本章綜合以上對《三言》婚姻與戀愛之研究要義提出個人的感想，現在分點敘述如下：

　　一、就《三言》中的婚姻戀愛故事來看，實在很難以兩分法論斷馮氏的情教觀。換言之，其對於婚姻戀愛與道德之關係並沒有一定具體的觀念。他既認同未婚男女之間的私情，如：張浩與李鶯鶯、吳彥與賀秀娥私諧歡好之例。馮氏並未在判詞中予以譴責（詳見《警世通言》第二十九卷〈宿香亭張浩遇鶯鶯〉、《醒世恆言》第二十八卷〈吳衙內鄰舟赴約〉）；然而在相當程度上還是偏向於「婚前不要有某種不正當的關係」。例；馮氏稱讚劉奇和劉方、李秀卿和黃善聰在婚前謹守份際，而責備潘遇做下欺心之事（詳見《喻世明言》第二十八卷〈李秀卿義結黃貞女〉、《醒世恆言》第十卷〈劉小官雌雄兄弟〉與第二十八卷〈吳衙內鄰舟赴約〉入話）。諸如此類之情結其實正是馮氏反抗「父母之命，媒妁之言」式的包辦婚姻，但又受制於禮教思想的一種矛盾心理。

　　二、馮氏的矛盾也反映在《三言》的序言與內容上：其立意欲教化人心，但《三言》的內容卻不免受到當時文學潮流的影響，對於男女性愛之描寫是十分露骨的。王運熙、顧易生在《中國文學批評史》亦曰：

> 《醒世恆言》序說：「若夫淫譚褻語，取快一時，貽穢百世。」馮夢龍作為一個小說家而不是衛道人士，在淫風特盛的晚明文壇發表這樣的見解是難能可貴、很有現實意義的，當時就受到了人們的重視。……但在實際上，馮夢龍生活在那個時代裡，耳濡目染，並不能真正擺脫封建士大夫和小市民意識交織起來的低級庸俗的趣味。

在他編選的小說中，還有相當部分的作品流露了淫蕩的氣息，充滿
了色情的描寫。

三、關於守貞問題：馮氏在《三言》故事裡嘗歌頌貞婦烈女，亦不反對
女性二嫁，誠如其《情史・情貞類》卷末評語所言：

> 自來忠孝節烈之事，從道理上做者必勉強，從至情上出必真切。夫
> 婦其最近者也，無情之夫，必不能爲義夫；無情之婦，必不能爲節
> 婦。

由此可見，馮氏認爲守貞守節與否，應視個人的意願爲之，而不當虛情勉強、
沽名釣譽。這種尊重寡婦、鰥夫的精神極具人道意義。

四、《三言》對夫妻美滿生活之描述多半如此：「夫婿累官八座之位」、「夫
婦二人諧老百年」、「夫妻壽至九旬之外，無疾而終」、「至今子孫蕃衍」等。
可見中國人將幸福觀建立在「財（名）、子、壽」上，而非夫妻之間的愛情。
換言之，這些故事的結局好似西洋童話「……從此，王子和公主過著幸福快
樂的生活」；在故事當中難見夫妻相處之道的描寫，因此，讀者便無從了解如
何與異性共處，對婚姻愛情只懷抱憧憬而不懂付出以經營和諧的兩性生活。

五、在《喻世明言》第四卷〈閒雲庵阮三償冤債〉中，作者寫道：

> 男大須婚，女大須嫁：不婚不嫁，弄出醜吒。多少有女兒的人家，
> 只管要揀門擇戶，扳高嫌低，擔誤了婚姻日子。情竇開了，誰熬得
> 住？男子便去偷情嫖院，女兒家拿不定定盤星，也要走差了道兒，
> 那時悔之何及！

這奉勸爲人父母者要適時地爲兒女終身大事作打算的想法與對「門第觀念」
所提出的負面評價，是相當值得後人思考與反省的：時下的年輕人講求獨立
和自主，戀愛結婚之對象未必由父母決定，甚至有人抱持單身主義而不願接
受婚姻的約束；此時，父母應站在指導的地位，適時予以輔助。畢竟，結婚
也只是一種生活的方式，既然不結婚並無妨其爲人的快樂，那麼，父母就不
必要強迫兒女非得「爲結婚而結婚」了。

而馮氏對「門第觀念」產生質疑之舉，就當時來看是極前衛先進的，可
惜他並沒有更具體地指陳出「門當戶對」的意義。在現代，據中外學者對婚
姻的研究，都可發現夫妻雙方之文化背景與家庭背景愈相似者，其對婚姻的
滿意度愈高（見曹中瑋〈只有愛就夠了嗎？——談婚前的幾個實際問題〉）。
所以，「門當戶對」的新意義應是指議婚雙方的文化因素、生活環境與家庭背

景相似，而非指財勢、地位相等；這是未婚男女在選擇配偶時，應特別認眞考慮的課題。

六、在古代，愛情婚姻關係發生、發展、變化的過程之中，始終貫穿著一定的道德因素。換言之，情欲雜揉著道德規範的糾葛，因而扭曲了人性，戕害了人的生理。〔註1〕馮氏的《三言》裡可見青年男女率眞、大膽、熱烈追求婚姻愛情的精神，透露其反抗傳統道德對於戀愛婚姻的束縛。在這種道德與情欲的拔河狀態下，我個人以爲傳統的道德規範中應給予愛情、婚姻一個健康發展的空間，而不以普遍的道德來壓抑、約制它。換言之，把男女之間自然的吸引與相愛之情視爲「淫蕩」，這是極不合理的；眞正無德無行之人應是指玩弄感情又始亂終棄的負心漢和浪蕩女。

七、雖然買賣婚在《三言》中僅見四則，但是該婚制至今猶存，如以往老榮民用金錢買得原住民婦女爲妻，又如現在有些「台灣郎」買「大陸妹」或「泰國新娘」爲配偶，還有爲取得國外居留權而委身於當地人或具有該國國籍的華人之行爲，都屬於買賣婚。這種情形正可反映出兩個現象：其一是有些人的結婚動機實爲「各取所需」，男女雙方於婚前沒有感情基礎，結果往往造成不美滿的婚姻生活。換言之，金錢或許可買得婚姻，卻不能保證婚姻幸福。其二則顯示了婚姻市場當中始終有一群「弱勢」者，必須藉由「買賣」的方式才能完成「終身大事」。諸如此類的「買賣婚」亦極有可能發生逃婚、騙婚、離婚等婚姻不幸事件，甚而造成社會問題，值得吾人深思與關懷。

八、夫妻因公務或爲經商而分居兩地，乃情非得已，但由於空間的阻隔，使得兩人的愛情與婚姻面臨考驗。如《三言》裡的蔣興哥與王三巧之例，興哥出外營商，因故滯留遲歸，妻子三巧在獨守空房，芳心寂寞的情況之下，接受了陳大郎的追求（見《喻世明言》〈蔣興哥重會珍珠衫〉）。又如近年來，由於海峽兩岸交流頻繁，許多台商因爲長期居住大陸，不方便攜家帶眷同往，部分難耐孤單冷清者於是就地另築愛巢，享齊人之福，外遇問題因而隨之產生。〔註2〕古代因交通不便、通訊不發達而間接造成配偶一方的外遇，此一行爲或許情有可原。然而現代科技進步，運輸通訊便捷，空間阻隔不應成爲夫

〔註1〕晉代阮籍、嵇康主張「越名教而任自然」，明清之際王夫之認爲天理即在于人欲之中，戴震指責存理滅欲的學說賊人之情，戕人之生理，皆是承認人的自然情欲具有合理性，而不是一種罪惡。

〔註2〕台商外遇只是國人婚外情問題的部分，由於其特徵明顯，故以此爲例。

妻感情疏離及發生婚外情的藉口。雖然夫妻因故無法同居，但只要彼此用眞愛與負責的態度來經營婚姻和感情，即使是相隔千里，兩情若是長久，又豈在朝朝暮暮？

九、人類訂定婚姻制度，使人不致同禽獸之濫交，進而藉由男女秉於禮法的結合營建出和諧的倫理架構，以維繫社會群體生活之秩序。《易經·序卦》曰：

> 有天地，然後有萬物；有萬物，然後有男女；有男女，然後有夫婦；
>
> 有夫婦，然後有父子；有父子，然後有君臣；有君臣，然後有上下；
>
> 有上下，然後禮義有所錯。夫婦之道，不可以不久也。

在這段話裡，天地、萬物、男女皆屬於自然秩序，從夫婦開始後，人文秩序之意愈來愈濃厚。所以，夫婦不同於男女者，正是由自然之鄙野進至人文禮義之分界。（詳見曾昭旭〈中國文化傳統下的婚姻觀〉）由此可知，婚姻提升了人類的文化層次，加速人類的進化，其莊嚴神聖之處即在於此。所以，若視婚姻爲兒戲者也就不配爲萬物之靈了。

馮氏提倡「情教」，主張戀愛的指歸是婚姻，結婚的基礎是感情。此一想法是未婚男女的共同心願，然而愛情婚姻並不單純衹是當事者個人的私事，這兩者都必須承擔一定的社會義務，即以成熟的人格面對婚姻生活。換言之，忠於自己所選擇的愛情和婚姻，就是維護了社會群體的秩序。

十、愛情與婚姻遭遇瓶頸、困境時，不應歸咎宿命安排；在《三言》中，有許多爲愛情婚姻努力奮鬥不懈的人物，如白玉孃、趙春兒等，都是值得後人學習效法的對象。愛情和婚姻是許諾、是責任、是道義、是承擔；願天下有情人終成眷屬，共同在婚姻生活裡成長、提攜彼此的生命。

主要參考書目與期刊論文

壹、馮夢龍著作

1. 《古今小說（喻世明言）》，馮夢龍，上海古籍，1988年。
2. 《警世通言》，馮夢龍，上海古籍，1988年。
3. 《醒世恆言》，馮夢龍，上海古籍，1988年。
4. 《情史類略》，馮夢龍，天一，明清善本小說叢刊，民國74年。

貳、研究《三言》之著作

一、專　著

1. 《三言兩拍資料》，譚正璧，里仁，民國70年。
2. 《古今小說校注》，許政陽，里仁，民國80年。
3. 《警世通言校注》，嚴敦易，里仁，民國80年。
4. 《醒世恆言校注》，顧學頡，里仁，民國80年。
5. 《新評警世通言》，錢伯城，上海古籍，1992年。
6. 《馮夢龍和三言》，繆詠禾，國文天地，民國82年。
7. 《三言二拍的世界》，陳永正，遠流，民國83年。

二、期刊論文

1. 〈馮夢龍古今小說研究〉，徐文助，《國文學報》，民國61年第十二期。
2. 〈《三言》《二拍》反映的明代後期物價和市民經濟生活〉，周舸岷，《浙江大學學報》，1980年第一期。
3. 〈怎樣讀我國古代短篇白話的珍品──《三言》〉，寧宗一，《文史知識》，1981年第三期。

4.　〈《三言》中的馮夢龍作品考辨〉，徐朔方，《杭州大學學報》，1982 年第一期。

5.　〈《三言》市民意識潛探〉，林樟杰，《上海師大學報》，1983 年第三期。

6.　〈《三言》人物塑造的藝術特色〉，楊國祥，《北方論叢》，1983 年第三期。

7.　〈《三言》《二拍》所表現的明代歷史的新變遷〉，馮天瑜等，《史學集刊》，1984 年第二期。

8.　〈明代哲學思潮與《三言》中的明代擬話本〉，何寅，《山西師大學報》，1985 年第三期。

9.　〈《三言》《二拍》中發跡變泰主題新說〉，歐陽健，《文史哲》（山東大學學報），1985 年第五期。

10.　〈從《三言》看明代奴僕〉，南炳文，《歷史研究》，1985 年第六期。

11.　〈馮夢龍、凌濛初和《三言》《二拍》〉，魏同賢，《文史知識》，1986 年第二期。

12.　〈一代名臣屬酒人——論《三言》中發跡變泰的故事〉，楊國祥，《社會科學戰線》，1986 年第二期。

13.　〈馮夢龍小說理論與《三言》〉，張志合，《四川師大學報》，1988 年第四期。

14.　〈試談《三言》《兩拍》中幾類婦女形象的社會意義〉，田國梁，《西北民族學院學報》，1988 年第四期。

15.　〈《三言》二題〉，繆詠禾，《文學評論》，1988 年第五期。

16.　〈《三言》的市民文學特色〉，汪玢玲等，《東北師大學報》，1989 年第四期。

17.　〈短篇白話小說《三言》中的戀愛〉，小野四平，邵毅平等摘譯，《明清小說研究》1990 年第一期。

18.　〈試論《三言》中的婦女主題〉，王引萍，《西北第二民族學院學報》，1991 年第二期。

19.　〈馮夢龍的情教觀在《三言》編纂中的體現〉，張丹飛，《新疆師大學報》，1991 年第四期。

20.　〈論《三言》情教觀的市民色彩〉，張丹飛，《新疆大學學報》，1992 年第三期。

21.　〈《三言》對封建官吏描寫的新貢獻〉，歐陽代發，《湖北大學學報》，1992 年第二期。

22.　〈《三言》的美學理想〉，潛明茲，《民間文學論壇》，1992 年第二期。

23.　〈《三言》中婦女形象與馮夢龍的情教觀〉，張璉，《漢學研究》，民國 82 年第 11 卷第二期。

24. 〈近十餘年三言二拍研究之回顧〉，王立言等，《文史知識》，1993年第十期。

25. 〈婚戀觀念的嬗變及其啓示——《三言》、《二拍》名篇心解〉，劉敬忻，《北方論叢》，1994年第二期。

26. 〈入乎其内與出乎其外——談《三言》主觀思想與客觀思想形象的結合〉，黃澤新，《文學評論叢刊》第二十二期。

27. 〈從《三言》看晚明商人〉，黃仁宇，《明史研究論叢》第一輯。

28. 〈馮夢龍《古今小説》中的梁祝故事——兼談江蘇省民間梁祝故事〉，高國藩，《民俗曲藝》。

29. 《三言研究》，李漢祚，台大碩士論文，民國53年。

30. 《三言主題研究》，王淑均，輔大碩士論文，民國68年。

31. 《古今小説研究》，陳妙如，文化碩士論文，民國70年。

32. 《三言愛情故事研究》，咸恩仙，輔大碩士論文，民國72年。

33. 《三言題材研究》，崔桓，台大碩士論文，民國73年。

34. 《三言人物研究》，柳之青，台灣師大碩士論文，民國79年。

35. 《三言獄訟故事研究》，郭靜薇，輔大碩士論文，民國79年。

36. 《馮夢龍編作三言的社會經濟基礎》，中山碩士論文，民國82年。

參、相關書籍

一、專　著

（一）經書類

1. 《周易》，藝文，十三經注疏本，民國74年。

2. 《周禮》，藝文，十三經注疏本，民國74年。

3. 《儀禮》，藝文，十三經注疏本，民國74年。

4. 《禮記》，藝文，十三經注疏本，民國74年。

5. 《論語》，藝文，十三經注疏本，民國74年。

6. 《春秋左氏傳》，藝文，十三經注疏本，民國74年。

7. 《春秋穀梁傳》，藝文，十三經注疏本，民國74年。

8. 《孟子》，藝文，十三經注疏本，民國74年。

（二）諸子類

1. 《管子》，齊・管仲，中華，民國55年。

2. 《荀子》，周・荀況，中華，四部備要子部。

3. 《韓非子》，周·韓非，台灣商務，景印文淵閣四庫全書。

4. 《二程遺書》，宋·程顥、程頤，台灣商務，景印文淵閣四庫全書。

5. 《朱子語類》，宋·黎靖德編，文津，民國 75 年。

（三）史傳方志、劄記

1. 《中國婚姻史》，陳顧遠，上海商務，民國 25 年。

2. 《明實錄》，中央研究院歷史語言研究所，民國 53 年。

3. 《二十四史》，台灣商務，上海涵芬樓影印本，民國 56 年。

4. 《二十五史》，藝文，清乾隆武英殿刊本景印。

5. 《高僧傳》，梁·慧皎，廣文，民國 60 年。

6. 《中國娼妓史話》，王書奴，仙人掌，民國 60 年。

7. 《二十二史劄記》，清·趙翼，鼎文，民國 64 年。

8. 《寧波府志》，明·張時徹，國立中央圖書館，民國 64 年。

9. 《列女傳》，漢·劉向，廣文，民國 68 年。

10. 《中國佛教史》，鎌田茂雄，關世謙譯，新文豐，民國 71 年。

11. 《中國婦女生活史話》，郭立誠，漢光，民國 73 年。

12. 《中國文學史初稿》，王師忠林等，福記文化，民國 74 年。

13. 《續資治通鑑長篇》，宋·李燾，上海古籍，1986 年。

14. 《中國俗文學史》，鄭振鐸，台灣商務，民國 75 年。

15. 《中國小說史》，孟瑤，傳記文學，民國 75 年。

16. 《中國文學發展史》，劉大杰，華正，民國 75 年。，

17. 《中國文學史》，葉慶炳，台灣學生，民國 76 年。

18. 《中國娼妓史》，王書奴，上海三聯，1988 年。

19. 《簡明中國佛教史》，鎌田茂雄，鄭彭年譯，華宇，民國 77 年。

20. 《戰國策》，高誘注，黃玉林註譯，綜合，民國 78 年。

21. 《佛教歷史百問》，業露華，北京中國建設，1989 年。

22. 《中國小說史略》，魯迅，風雲時代，1992 年。

23. 《中國文學批評史》，王運熙等，五南，民國 82 年。

24. 《中國婦女生活史》，陳東原，台灣商務，民國 83 年。

25. 《中國婚姻史》，蘇冰等，文津，民國 83 年。

26. 《中國明代經濟史》，林金樹等，北京人民，1994 年。

27. 《大清高宗純皇帝實錄》，華文。

28. 《袈裟裡的故事──高僧傳》，熊琬，時報文化。

（四）詩文集類、詩文考評

1. 《浮生六記》，沈復，開明，民國 57 年。
2. 《心理學與道德》，海德斐，楊懋春譯，開山，民國 58 年。
3. 《性與婚姻生活》，詹益宏等，輝煌，民國 65 年。
4. 《婚姻與道德》，羅素，水牛，民國 66 年。
5. 《全唐詩》，清聖祖御定，文史哲，民國 67 年。
6. 《樂府詩集》，宋·郭茂倩，里仁，民國 69 年。
7. 《中國家庭與倫理》，楊懋春，中央文化供應社，民國 70 年。
8. 《戲文概論》，錢南揚，木鐸，民國 71 年。
9. 《中國小說美學》，葉朗，天山，民國 71 年。
10. 《中國古典小說藝術欣賞》，賈文昭等，里仁，民國 72 年。
11. 《女性心理學》，李美枝，大洋，民國 73 年。
12. 《中國古典小說中的愛情》，葉慶炳，時報文化，民國 74 年。
13. 《男人的感情世界》，墨莉桑，張子方譯，允晨，民國 75 年。
14. 《中國婚俗》，吳存浩，山東人民，1986 年。
15. 《兩性關係的新觀念》，赫伯·高博格，洪建全教育文化基金會。
16. 《緣與命》，王邦雄，漢光，民國 76 年。
17. 《明清小說探幽》，木鐸，民國 76 年。
18. 《貞操問題》，胡適，遠流，民國 77 年。
19. 《情愛心理美學》，周鼎安，江西人民，1988 年。
20. 《不要相信愛情》，曾昭旭，民國 77 年。
21. 《中國婦女史論文集第二輯》，李又寧等編，台灣商務，民國 77 年。
22. 《中國人的心理》，楊國樞編，桂冠，民國 77 年。
23. 《明清小說講話》，吳雙翼，木鐸，民國 77 年。
24. 《愛情力量及正義》，田立克，王秀谷譯，三民，民國 78 年。
25. 《性倫理學》，王東峰，北京農村讀物，1989 年。
26. 《男女差異心理學》，袁振國等，天津人民，1989 年。
27. 《中國婚姻習俗之研究》，阮昌銳，台灣省立博物館，民國 78 年。
28. 《小說戲曲研究第二集》，聯經，民國 78 年。
29. 《劉大櫆集》，清·劉大櫆，吳夢復校點，上海古籍，1990 年。
30. 《中國人的婚戀觀》，張老師，民國 79 年。
31. 《古典今看——從孔明到潘金蓮》，王溢嘉，野鵝，民國 79 年。

32. 《古代女性世界》，洪丕謨，上海古籍，1990 年。

33. 《中國婚姻家庭的嬗變》，張樹棟等，浙江人民，1990 年。

34. 《中國人的幸福觀》，張老師，民國 80 年。

35. 《中國人的姻緣觀》，張老師，民國 80 年。

36. 《姻緣路上情理多》，張春興編，桂冠，民國 80 年。

37. 《中國婦女史論集續集》，鮑家麟編，稻鄉，民國 80 年。

38. 《中國善惡報應習俗》，劉道超，文津，民國 81 年。

39. 《文學概論》，裴斐，復文，民國 81 年。

40. 《聊齋誌異中的愛情》，陸又新，台灣學生，民國 81 年。

41. 《中國人的愛情觀》，張老師，民國 81 年。

42. 《中國婦女史論集》，鮑家麟編，稻鄉，民國 81 年。

43. 《中國婦女史論文集第一輯》，李又寧等編，台灣商務，民國 81 年。

44. 《中國的家庭與倫理》，張懷承，中國人民大學，1993 年。

45. 《中國古代風俗文化論》，劉學林等，陝西人民，1993 年。

46. 《瘋狂的教化——貞節崇拜之通觀》，王文斌，遼寧人民，1993 年。

47. 《中國婦女史論集第三集》，鮑家麟編，稻鄉，民國 82 年。

48. 《中國歷代婚姻與家庭》，顧鑒塘等，台灣商務，民國 83 年。

49. 《話本與才子佳人小說之研究》，胡萬川，大安，民國 83 年。

50. 《范文正公集》，宋·范仲俺，台灣商務，萬有文庫薈要。

（五）政書·典章制度

1. 《國榷》，明·談遷，上海古籍，1954 年。

2. 《唐會要》，王溥，世界，武英殿聚珍版，民國 49 年。

3. 《宋刑統》，宋·竇儀，文海，民國 53 年。

4. 《明律集解附例》，明太祖敕修，成文，民國 58 年。

5. 《大明會典》，明·李東陽等撰，申時行等重修，新文豐，民國 65 年。

6. 《唐律疏議》，唐·長孫無忌等，台灣商務，景印文淵閣四庫全書，民國 73 年。

7. 《中國婚姻——婚俗、婚禮與婚律》，王潔卿，三民，民國 73 年。

8. 《大元聖政國朝典章》，故宮博物院景印元本，

9. 《大元通制條格》，文海。

（六）類書、筆記（小說）雜著

1. 《霞外攟屑》，清·平步青，世界，民國 52 年。

2. 《太平御覽》，宋‧李昉等，台灣商務，民國 57 年。

3. 《太平廣記》，宋‧李昉等，新興，民國 62 年。

4. 《藝文類聚》，唐‧歐陽詢，新興，民國 62 年。

5. 《夢梁錄》，宋‧吳自牧，新文豐，民國 64 年。

6. 《酉陽雜俎》，唐‧段成式，台灣學生，民國 68 年。

7. 《鏡花緣》，清‧李汝珍，河洛，民國 69 年。

8. 《清平山堂話本》，明‧洪楩，世界，民國 71 年。

9. 《戒庵老人漫筆》，明‧李詡，新興，民國 72 年。

10. 《歧路燈》，清‧李海觀，新文豐，民國 72 年。

11. 《石頭點》，明‧天然癡叟，文史哲，民國 74 年。

12. 《婦學》，清‧章學誠，藝文百部叢書集成‧藝海珠塵。

13. 《桓子新論》，漢‧桓譚，藝文百部叢書集成。

（七）其 他

1. 《全元雜劇》，關漢卿等，楊家駱編，世界，民國 51 年。

2. 《彈評通考》，譚正璧等蒐集，北京中國曲藝，1985 年。

3. 《明末中國佛教之研究》，釋聖嚴，台灣學生，民國 77 年。

4. 《中國佛教與傳統文化》，方立天，上海人民，1988 年。

5. 《佛教文化百問》，何云，北京中國建設，1989 年。

二、期刊論文

1. 〈明代的主僕關係〉，吳振漢，《食貨月刊》，民國 60 年 12 卷四～五期。

2. 〈明代奴僕之生活概況——幾個重要問題探討〉，吳振漢，《史原》，民國 60 年第十二期。

3. 〈禮教社會與愛情小說〉，葉慶炳，《幼獅文藝》，民國 66 年第 45 卷第六期。

4. 〈〈杜十娘怒沈百寶箱〉論析〉，張學忠，《天津師大學報》，1983 年第三期。

5. 〈〈杜十娘怒沈百寶箱〉的由來〉，徐朔方，《社會科學戰線》，1983 年第一期。

6. 〈〈杜十娘怒沈百寶箱〉塑造人物的藝術〉，楊子堅，《文史知識》，1984 年第三期。

7. 〈論馮夢龍對話本的編撰〉，苑坪玉，《貴州文史叢刊》，1984 年第一期。

8. 〈白蛇傳和市民意識的影響〉，薛寶琨，《民間文學論壇》，1984 年第三期。

9. 〈櫝中有玉——杜十娘內心世界簡析〉，張國慶，《文史知識》，1985 年第

六期。

10. 〈簡論錯斬崔寧〉，言炎，《南京大學學報》，1986 年第三期。

11. 〈談〈蔣興哥重會珍珠衫〉的結構藝術〉，周五純，《文史知識》，1986 年第四期。

12. 〈明朝對僧道的管理〉，暴鴻昌，《北方論叢》，1986 年第五期。

13. 〈馮夢龍的生平、著述及其時代特點〉，魏同賢，中國文史論叢，1986 年第三期。

14. 〈試論〈蔣興哥重會珍珠衫〉的思想和藝術成就〉，張永芳，《遼寧大學學報》，1987 年第二期。

15. 〈試論《警世通言》愛情悲劇小說的審美特徵〉，張恆海，《社會科學輯刊》，1987 年第六期。

16. 〈論話本小說〈碾玉觀音〉〉，郝延霖，《新疆大學學報》，1988 年第二期。

17. 〈馮夢龍「情教說」試論〉，陳萬益，《漢學研究》，民國 77 年第 6 卷第一期。

18. 〈古典小說中的婦女群象〉，鄭明娳，《台北評論》，民國 77 年 1 月。

19. 〈奇中奇──古典小說中的娼優考察〉，康來新，《台北評論》，民國 77 年 1 月。

20. 〈「清明靈秀」與「殘忍乖邪」──由傳奇與話本中兩位女性探抉人性〉，董挽華，《台北評論》，民國 77 年 1 月。

21. 〈傳統小說家筆下的女性〉，李殿魁，《台北評論》，民國 77 年 1 月。

22. 〈從浮生六記中看沈復與陳芸的生活〉，應師裕康，《高雄師院學報》，民國 77 年第十六期。

23. 〈論狐妻故事中的傳統文化精神〉，周愛明，《民間文學論壇》，1989 年第四期。

24. 〈馮夢龍小說觀三談〉，《明清小說研究》，1989 年增刊。

25. 〈論杜十娘的「死亡抉擇」〉，李若鶯，《高雄師院國文所系教師論文研討會論文集》，民國 78 年。

26. 〈論《白蛇傳》故事的世俗化傾向〉，吳洪年，《杭州大學學報》，1990 年第一期。

27. 〈明代節婦烈女旌表初探〉，蔡凌虹，《福建論壇》，1990 年第六期。

28. 〈狐狸精怪故事別解──兼論龔維英先生、何新先生商榷〉，姚立江，《民間文學論壇》，1990 年第五期。

29. 〈馮夢龍晚年的匡時濟世思想〉，魏全勝，《瀋陽師院學報》，1990 年第四期。

30. 〈梁祝愛情故事的社會意義〉，汪玢玲，《東北師大學報》，1991 年第二期。

31. 〈中國人的婚姻價值觀及家庭觀念分析〉，趙子祥，《社會科學輯刊》，1991年第四期。

32. 〈難題求婚——從西南少數民族談起〉，鹿憶鹿，《第一屆中國民間文學學術研討會論文集》，民國80年。

33. 〈馮夢龍研究六十年〉，傳承洲，《文史知識》，1991年第四期。

34. 〈《賣油郎獨占花魁》的喜劇藝術〉，胡萬川，《中外文學》，民國81年第20卷第十期。

35. 〈論唐代愛情婚姻小說的道德理想〉，程遙，《遼寧大學學報》，1992年第三期。

36. 〈《聊齋誌異》婚戀問題新探〉，安國梁，《文學評論》，1992年第五期。

37. 〈馮夢龍研究七十年〉，袁志，《福建論壇》，1993年第五期。

38. 〈孔子婚姻思想的進步性〉，徐儒宗，《河北大學學報》，1993年第四期。

39. 〈馮夢龍的情學觀〉，詹明，《上海師大學報》，1994年第二期。

40. 〈一個同源假設說及其驗證——「難題求婚」故事和「郎才女貌」俗語的深層結構〉，譚學純，《民間文學論壇》1994年第二期。

41. 〈《救風塵》的衝突結構——巧計與自覺〉，吳淑慧，《國文天地》，民國83年第10卷第一期。

42. 〈從女性立場看王安憶《三戀》中的女性〉，曾恆源，《國文天地》，民國83年6月第一○九期。

43. 〈女性主義帶來的詮釋新向度——以葉兆言的《綠色陷阱》為演練實例〉，林積萍，《國文天地》，民國83年6月第一○九期。

44. 〈試觀男性文化典律下昭君形象的扭曲〉，魏光霞，《國文天地》，民國83年第10卷第一期。

45. 《明傳奇所見的中國女性》，李桂柱，台大碩士論文，民國59年。

46. 《馮夢龍生平及其對小說之貢獻》，胡萬川，政大碩士論文，民國62年。

47. 《梁祝故事及其文學研究》，林美清，台大碩士論文，民國71年。

48. 《三笑姻緣故事研究——以「唐解元一笑姻緣為主」》，柳喜在，文化碩士論文，民國76年。

49. 《馮夢龍「情史類略」情論研究》，張穗芳，文化碩士論文，民國77年。

50. 《唐人小說中的女性角色》，朱美蓮，政大碩士論文，民國78年。

51. 《話本小說果報觀研究》，咸恩仙，文化博士論文，民國78年。

52. 《中國傳統妒婦故事研究》，張本芳，逢甲碩士論文，民國80年。

53. 《蒙古文化對元朝婚姻制度的影響》，郭文惠，政大碩士論文，民國80年。

54. 《馮夢龍文學研究》，蔣美華，東吳博士論文，民國83年。